光文社文庫

文庫書下ろし

不可視の網

林　譲治

光　文　社

この作品は光文社文庫のために書下ろされました。

目次

姫田市略図

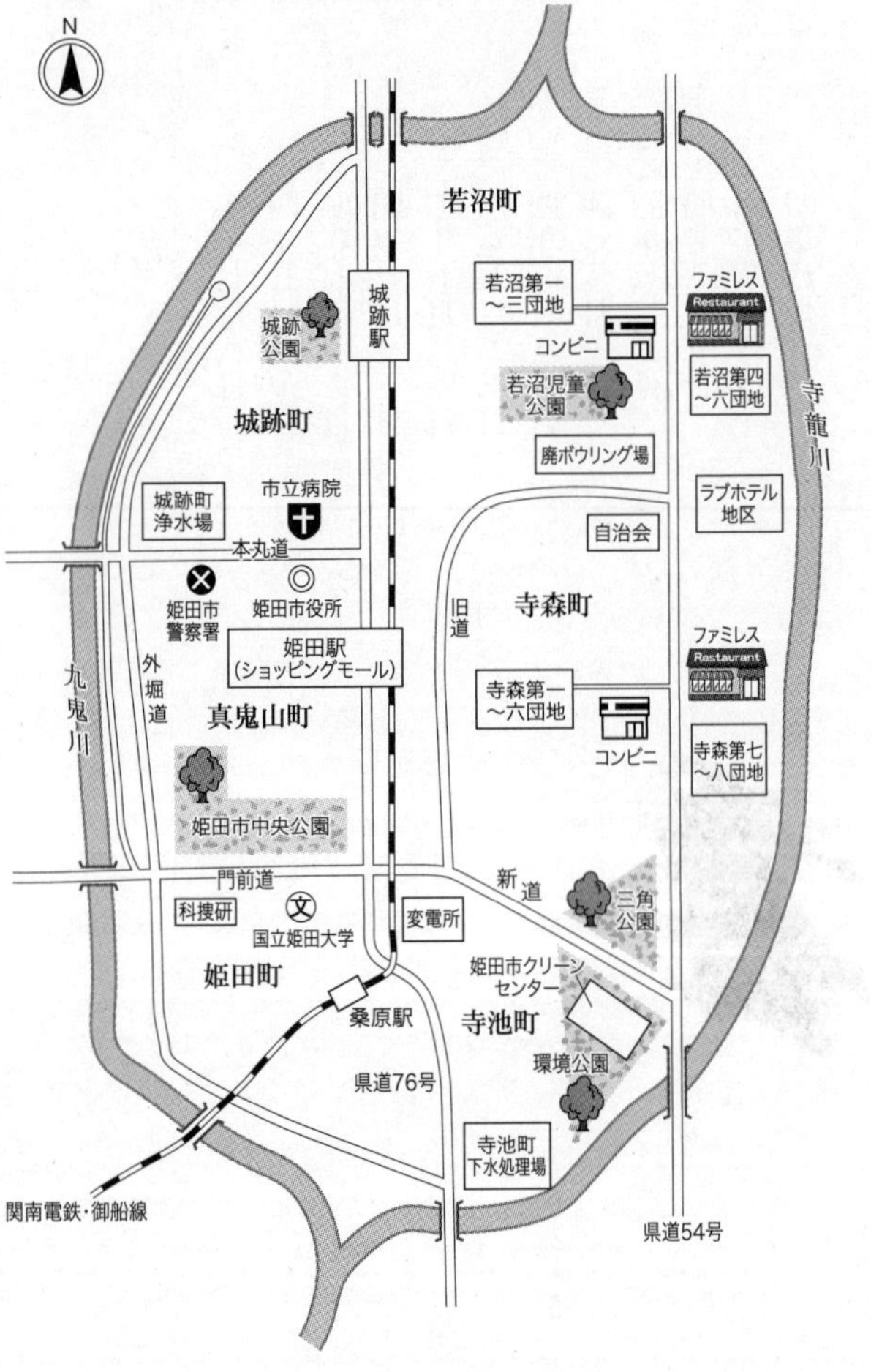
N
若沼町
城跡駅
城跡公園
若沼第一〜三団地
ファミレス
Restaurant
コンビニ
若沼児童公園
若沼第四〜六団地
寺龍川
城跡町
廃ボウリング場
市立病院
城跡町浄水場
ラブホテル地区
自治会
本丸道
姫田市警察署
姫田市役所
旧道
寺森町
姫田駅（ショッピングモール）
ファミレス
Restaurant
外堀道
九鬼川
寺森第一〜六団地
真鬼山町
コンビニ
寺森第七〜八団地
姫田市中央公園
門前道
新道
三角公園
科捜研
国立姫田大学
変電所
姫田町
姫田市クリーンセンター
桑原駅
寺池町
環境公園
県道76号
寺池町下水処理場
関南電鉄・御船線
県道54号

プロローグ

「本当に、あんたたちは、馬鹿で、無教養で、性格の悪い、クズよね」

榊原亜樹《さかきばらあき》は、足元に横たわる女を足蹴《あしげ》にする。口からグゥとかいう音がしたので、まだ生きてはいるらしい。

しかし、もうそれほど長くはないだろう。床はもう女の血で濡れている。榊原亜樹が、その時思ったのは、床を洗う洗剤に何を使うかということだった。

納屋の隅にあるロッカーからは、また中から叩く音と、泣きわめく声がする。彼女は血のついたバールを手にすると、鋼鉄製のロッカーの側面に叩きつける。

「静かにしろ、クズ！」

ロッカーの中の男も、長くないだろう。両足の骨は折れてるし、使えるのは左手だけのはずだ。

いまは夏、冷房もない納屋の中、ロッカーに閉じ込められ、飲まず食わずで一日過ごせば、熱中症で死ぬだろう。今日死ななくても明日には死ぬ。明日死ななくても明後日には死ねる。

いまなら、通報して病院に収容すれば、助かるのかもしれない。だが榊原亜樹にとっては、この二人はすでに死人だった。まだ死んでいないだけの死体。

彼女は、納屋の隅にある古い四脚の椅子に倒れ込む。思った以上に消耗しているようだ。

女は床に海老のような恰好で横たわり、ときおり口から音を出す。バールで顎を叩きつぶしたので、それが言葉だったとしても、意味はわからない。わかったとしても、ここまで来たら、もう言葉は無意味だ。

「まだ、生きてる？」

亜樹が椅子から立ち上がり、女の腹を蹴り上げると、女は口から音と何か液体を吐いた。

もう一度蹴り上げようかと思ったが、足元が覚束《おぼつか》ないので止めた。

無我夢中で闘ったが、奴らが盛ったクスリは完全に抜けてない。身体は休めと彼女に言う。しかし、過去の記憶から呼び起こされた感情は、もっといたぶれと囁《ささや》く。

「少し休んでからね」

コーヒーが欲しいと思ったが、納屋の中にはそんなものは無かった。ただ二人が用意したらしい、缶ビールとウイスキーがポテチと一緒にコンビニ袋に入っていた。

「缶ビール片手に私を殺すつもりだったっての？」

亜樹は、ウイスキーの蓋をあけると、床に横たわる女にぶちまける。傷口にアルコールが染みたのか、女は痙攣《けいれん》した。

「まだ生きてるのか、ムカつく」

女は母方の従姉妹《いとこ》だった。年齢は同じだが、女は姫田《きた》市に住んでいて、亜樹の実家は隣接する市内にあった。だから接点はほとんどなかった、高校までは。

榊原亜樹はやりたい仕事があった。だからそのために姫田市内にある私立の進学校に進んだ。通学には一時間以上かかるが、従姉妹も同じ高校に通う点で両親も安心したらしい。

サラリーマン家庭の榊原家とは違い、従姉妹の実家は地元でも大きな農家で、資産家でもあった。

従姉妹とはクラスも違い、さほど接点はなかった。たまに話をする程度だ。一年の夏休みまではごく平凡な日常が続いた。

そして夏休み明けから、虐《いじ》めがはじまった。何が理由なのかはわからない。ともかく彼女は従姉妹とその取り巻きに嫌がらせを受け続けた。

従姉妹は狡猾《こうかつ》だった。自分が加害者なのに、あたかも被害者であるかのように周囲に思わせていた。

教師も、両親でさえも従姉妹の味方で、悪いのは亜樹の方だと言った。そういう大人たちの前で、仲良くしようと亜樹に手を差し伸べ、涙さえ流す従姉妹に彼女は恐怖した。

最悪だったのは、高校三年の夏からだ。亜樹は知らなかったが、従姉妹の両親は浮気問題から二年ほど家庭内別居の状態が続いていたが、ついに離婚に至った。

そして従姉妹は高校卒業まで亜樹の家で暮らすことになった。同居中の嫌がらせはなかった。

だが亜樹が知らない間に、従姉妹は「亜樹からの虐めの被害者」として、両親に自分を演出していた。そしてそれは学校でも続いた。

周囲のすべての人間が、亜樹を加害者として糾弾する。反論は許されず、彼女に出来るのは堪えることだけだった。

そんな地獄のような生活を経て高校を卒業できたのは、従姉妹に負けたくない一心と、周囲への復讐心のおかげだった。自分の故郷を呪い、周囲の人間の死を願った。できるできないは関係ない。ただ憎悪だけがあった。

従姉妹はそれから東京の短大へと進み、自分は地方の国立大に進んだ。もう親には頼れないと悟ったからだ。

生きるためには、誰も知らない場所に逃げなければならない。そのために小遣いをため、可能な限りバイトに勉《つと》めた。そうして逃げるための金を貯めた。

いま思えば、従姉妹は亜樹の計画を知っていたらしい。あるいは彼女を追い出すことが目的だったのかもしれない。

高校を卒業した時、従姉妹は謝罪し、現金の入った封筒を手渡す。自分の気持ちだと。

さすがに亜樹は従姉妹の芝居に騙されはしなかったが、現金は受け取った。裏があるとは思ったが、現金は現金だ。

じじつ裏はあった。それは親の預金から勝手に引き出されたものだった。

実の姉妹と間違えられるほど似ている亜樹と従姉妹のどちらが金を下ろしたのか、銀行員も即答できなかった。

しかし、両親の結論は決まっていた。可哀想な従姉妹と対照的に反抗的で素行の悪い娘、亜樹の仕業なのは明らかだ。じっさい現金を持っているのは亜樹の方だった。

そんな娘を両親は勘当した。

「お前がいなくても、自分達には従姉妹という娘がいる」両親はそう言った。亜樹は、あまりにも予想どおりの展開に笑いたくなった。そうして彼女は家を出た。

その両親もすでにいない。自宅の火事で焼死し、保険金は従姉妹が受け取った。

彼女が事実を知ったのは、火事から二年後だった。つまり親戚から葬儀にも呼ばれなかった。

そして大学を卒業し、望んでいたIT関連の職種に就くことができた。過去のトラウマもあって虐めから自分を護るために護身術も学んでいたが、最近ではそれも健康のために変わった。

復讐という気持ちもいまは薄れていた。実の娘を信じず、従姉妹を信じた両親に、いまは愛着も何もない。

故郷は彼女の中で、呪詛の対象であり、捨てたものであり、完全に過去のものだった。だが捨てたはずの故郷の方が彼女の前に現れる。

この三年ほど、彼女は仕事がらみで姫田市という名前を目にする事が増えていた。衰退するだけの地方都市は先端技術特区に選ばれ、SCS（監視カメラシステム）という新しいセキュリティシステムの一大実証実験場となった。

総務省、公安調査庁、外務省、経産省など多くの省庁がこのプロジェクトに関わっていた。公式には姫田市のSCSは万博を視野に、大都市圏の対テロ対策のため、犯罪の抑止と犯人検挙のための実証実験であると宣伝されていた。

亜樹が勤務するIT企業は、姫田市役所がSCSを行政サービスでも利用するためのスマホアプリ開発という地味な分野を請け負っていた。

その関係で元請けから降りてきた詳細な技術仕様書には、それ以上のことが書かれていた。SCSによるテロ対策は嘘ではないが、話はそこで終わらない。まず警察庁は、警視庁・地方警察全体で、ベテラン警官の大量退職を迎えるという大問題があった。警察組織への治安に対する要求が増大するなか、ベテランが退職した穴をITで埋める必要があったのだ。

そして日本警察の治安に対する要求とは、外国人労働者問題に他ならない。出生率は上がらず、労働力は不足するなか、足りない分は外国人労働者で埋めねばならない。すでに日本には二〇〇万人近い外国人が働いている。

だがこれ以上の外国人労働者の増大は、テロの増大をはじめとして治安面の懸念がある。それが日本政府の認識である。このため町中に配置された監視カメラの映像分析で、行動から犯罪が予測される人間を割り出し、監視し、必要なら行政・警察等が必要な処置をするシステムが求められたのだ。

人間を善良な者とそうでない者に選別し、街中に目に見えない形で犯罪者や犯罪者予備軍が侵入できない安全エリアを作り出す。日本人はその安全エリア内で生活すれば、外国人労働者に対する治安問題は解決する。

榊原亜樹もSCSの性能には一度は感銘を受けた。しかし、いまは違う。どんな高性能のAI（人工知能）を何千台と利用しようが、所詮は人間の作るもの、不備はある。亜樹は、いままさにそのSCSの不備の中にいた。

SCSを設計した人間達は、突然現れた元彼から一服盛られ、自動車のトランクに詰められ、姫田市内に運ばれる人間がいることなど想定していなかったに違いない。

良和《よしかず》が元彼というのは、正確じゃない。それも従姉妹の巧妙な虐め、亜樹の家に彼女が引き取られてすぐの頃だ。

周囲から孤立していた亜樹の前に、同学年の良和が現れ、告白され、つきあい、身体の関係になったが、じつはすべて従姉妹の筋書きで、男に騙され、捨てられた亜樹を笑いものにするのが目的という茶番。良和は亜樹との間の出来事を事細かに従姉妹に報告していたという。

あの時の怒りは自分の中で封印してきた。そして社会人となり昇華されたと思っていたが、封印は封印に過ぎなかった。

思えば、良和が亜樹に偶然を装って接近して来た時から、封印は解けかけていたのだろう。良和の誤算は、亜樹が高校生だった頃の他人を疑うことを知らない女のままだという認識だ。じじつは、そう装いながら良和の真意を探る復讐鬼。

バーに行って、酒に何か混ぜたことは味でわかった。少しだけ口をつけ、気がつかれないように捨てる。それくらいの芸当は出来るようになっている。

そうして眠ったふりをしていると良和は彼女を自分の車のトランクに詰め、どこかに向かった。

薬のせいで頭は痛かったが、スマホのナビで現在位置はわかった。自分達は高速を移動している。だが、トランク内では電波状態が悪いためか、バッテリーの消費も恐ろしく早い。亜樹はとりあえずスマホの電源を切る。

途中、良和が運転しながら、誰かと話しているのが聞こえた。どうもスマホでどこかに通話しているらしい。しかも、会話の中に自分の名前が聞こえた。

亜樹は手探りでトランクの中を探ると、バールが触れた。とりあえず武器は手に入れた。

最初、亜樹は、良和は都合の良い女のつもりで自分を軟派しようとしていると考えていた。だから素面となって返り討ちしようと、あえてなすがままにされていたのだ。

しかし、状況は明らかにおかしい。良和は無抵抗に見える自分に手を触れようともしない。SAで脱出も可能だったが、良和が電話の相手と何をしようとしているかがわからない。脱出はそれを確認してからでもできるだろう。

車はしばらく高速を通り、下道に降りてどこかの橋を通過する。するとカーナビが特有の女性の声で告げる。

「安全・清潔宣言都市、姫田市にようこそ」

それで亜樹にはすべてがつながった。いや良和が現れた時から、予感はあった。黒幕は従姉妹なのだと。

おそらくいまは県道54号を南下している。そして旧道にはいるはず。そこに従姉妹の実家がある。

そして車は右折し、彼女の予想を裏付ける。思っていたとおり砂利道になり、車は徐行した。記憶が確かなら、そこは従姉妹の家の古い納屋に通じる道だ。そして車は止まる。かすかに扉が閉まる音。

そしてトランクの扉に誰かが乗る感覚。

「亜樹のスマホの電源はちゃんと切った？　電源ボタン押すだけじゃなくて、完全にシャットダウンしないと位置情報抜かれるんだからね」

やはり従姉妹の声だった。亜樹はバールを握る。すべての憎悪がいま甦《よみがえ》る。封印した記憶が熱を持ってあふれだす。もちろん良和は従姉妹からの指示など忘れている。でも、決してそれは認めまい。奴はそういう男だ。

「そこは言われたとおりにしたよ。だけどよぉ、なんで亜樹をわざわざここで殺すんだよ？どこで死んだって相続には関係ないだろうがよう」

「馬鹿。死体が見つかったら駄目なんだよ。

これは完全犯罪なんだ。行方不明のまま失踪宣告すれば、あたしたちは疑われない。

これがもしも他所で亜樹の死体が発見されたら、日本の警察はすぐにあたしたちを容疑者にするわよ。遺産の受取人は、あいつかあたししか残っちゃいないんだから」

「ここで殺せば違うのか？」

「あんたは地元しか知らないでしょ。亜樹の実家に放火するのとはわけが違うのよ。土地鑑のない場所で人を殺して成功するわけないじゃない。

それより頭使いなさいよ。姫田市はね、ＳＣＳの監視カメラで市内に出入りする人間は完璧に監視されているんだ。

だからトランクに隠して、スマホもオフにすれば、亜樹が姫田市にいることはＳＣＳにもわからない。

「ついてきてる？　警察には亜樹が姫田市にいることがわからない。だから警察が他所でいくら亜樹をさがしても、絶対に見つからない。

あとはアレを始末して、死体は畑に穴掘って埋めればお終《しま》いよ」

従姉妹が良和と共謀して両親を焼死させたとは知らなかった。ただそれで怒りは意外に起こらなかった。自分と両親との関係は、家を出た時に切れていたのか、彼女はそのことに悲しくなった。

それよりも、遺産とはどういうことだ？　思い当たる親族はいないが、あるいは従姉妹は、他の親族も手にかけてきたというのか？

亜樹はバールを手に身構える。この二人は自分のために人を殺すことを何とも思っていない。闘わねば殺される。

トランクの上から従姉妹が降りる音がして、すぐに開きかける。亜樹はバールの尖った方を隙間に向け、一撃で突き刺し、そしてトランクのヘリの立ち上がった部分に足をかけ、一気に引き抜く。

すぐにトランクから飛び降りると何が起きているかわかっていない良和の足をバールで払い、両膝を叩きつぶす。

身を守るために学んだ護身術が、こんな形で役に立つとは。従姉妹は腹を押さえてうずくまっている。傍らには軍用ナイフが転がっていた。

足の痛みで意識を失った良和をとりあえず目についたロッカーに押し込め、南京錠をかける。

従姉妹はうずくまりながらも、片手で床に転がっているナイフを探していた。亜樹はナイフを蹴飛ばし、従姉妹の腕をバールでたたき折る。

そして頭だけは避けて、他の部位にバールを叩き込む。勢い余って自分にバールをぶつけて鼻血がでたが、そんなことは気にならない。

この女に台無しにされた人生を思えばこんな痛み、ものの数じゃない。

失敗したのは、顎をバールで潰したことだった。おかげで従姉妹は亜樹に命乞いも謝罪もできず、おかしな音を口から発するだけだ。

そうして、いま亜樹は、冷静になり、周囲も見えてきた。この二人を助けるつもりは微塵もないが、死ねば殺人だ。実刑は免れまい。しかし、こんなクズどものために刑務所は御免だ。

そんな時、部屋の隅のポシェットからスマホが鳴る。従姉妹のスマホらしい。取りだして見ると、設定したタイマーの通知だ。作業終了時間とある。作業というのは、亜樹を殺して死体を埋めることだろう。いまから帰宅して寝て、そしていつもの日常をはじめようというのか。

　タイマーは鳴り続ける。うるさいと思ったが、亜樹はそこで気がついた。まだ体温のある従姉妹の腕を取り、スマホの指紋認証を行った。スマホのロックは解除された。タイマーを止め、そして従姉妹のSNSアプリやメールアプリを開く。

「なに、この女！」

　亜樹がいじめを受けていた頃から、従姉妹はどこか精神を病んでいるのではないかとは思っていた。だがスマホに残されていたものは、その疑問を確信に変えた。この女は常に誰かをターゲットにして攻撃を続けないと生きて行けないかのようだ。

　亜樹はバッテリーの警報が出るまで、従姉妹のSNSのログとメールの解読に没頭した。どうやら従姉妹は高校時代の取り巻きの何人かを虐め、自殺に追い込み、それが理由で東京に逃げていた時期があるらしい。

　遺産相続の関係で姫田市に戻ってきた時には、この事件のせいなのか、かつての友人知人からは絶縁状態で、姫田市から他府県に転居した人間も少なくない。

　そして従姉妹はかつての取り巻きの一人から、どういう事情かはわからなかったが強請《ゆす》られていた。保険金詐欺に関係あるらしい。亜樹や従姉妹の親戚が次々と鬼籍に入っていったこととなにか関係があるのか？　それはわからない。

　驚くべきは、良和とのメッセージのやり取りから判断すると、従姉妹はこの強請ってきた相手を殺し、死体を農場にバラバラにして埋めていた。良和はすでに共犯であった。

そしていまは非正規雇用の人間を雇って商売をしているらしいが、従姉妹は故郷に暮らしながら良和以外の仲間もいない。気がつけば取り巻きもいない、孤独な生活を送っているようだ。いい気味だ。

スマホの充電をしようとして亜樹は気がつく。

「この女が死んでも、こいつのスマホがあれば、ＳＣＳはまだこいつが生きていると判断するわよね」

亜樹は設定画面を呼び出すと、従姉妹の指紋を抹消し、自分の指紋を登録した。夜明け前に従姉妹は死んだ。しかし、誰もそのことを知らない。スマホは持ち主の生存を証明している。

一章　二〇二四年七月八日

Ｓｕｉｃａの残高で行ける一番遠い駅が関南《かんなん》電鉄・御船《みふね》線の姫田駅だった。船田信和《ふなだのぶかず》は四年使っているスマホで、Ｓｕｉｃａの残金を確認する。一〇一〇円、これで今日一日は生きて行ける。

ネットの銀行口座には、もうほとんど残がない。今日は八日、明後日一〇日はスマホの課金の引き落とし日だ。そこで引き落とされなければ、スマホが止められてしまう。

船田が今日まで生きてこられたのは、スマホのおかげだ。仕事もねぐらも全部、スマホの情報で手に入れてきた。

だからスマホが止められたら、船田は生きて行けない。真新しい電車を降りると、プラットホームの壁面に、車輛の長さごとに区切られた姫田市のＣＭが流れる。しかし、午前五時半では、壁のＣＭは照明器具としてしか働いていない。駅を降りたのは、船田を含めても五人ほどだ。

プラットホームのベンチで座り込んでいるのは、一目で酔っ払いとわかる。他に仕事帰りらしい男女、そしてランドセルと両手にキャラクターが描かれたトートバッグを持った小学生。

躓《つまず》いて、トートバッグから、やはり同じキャラクターの水筒が船田の足元に転がってきた。

水筒の蓋には有機ELが埋め込まれ、中身がスポーツドリンクであることと、残量がほとんどなく、内部は室温に近いことが表示されている。

けっこう高級な水筒。使い古しだが、売ればそこそこの値段にならないか？　そう思っていると、持ち主の小学生が近づいて来た。

一発こいつを殴って、水筒を手に入れようかと思ったが、思いとどまる。周囲には監視カメラがいっぱいだ。

暴力を振るおうとするだけで、すぐに駅員が飛んでくるだろう。駅員が現れなかったとしても、自分の顔は「暴力的人間」として監視カメラに記録されよう。後のことを考えれば、水筒を売ったはした金では引き合わない。

だから船田は、小学生に無言で水筒を手渡した。見るからに育ちの良さそうなその小学生は笑顔で水筒を受け取る。

「ありがとうございます」

小学生は、九〇度ちかい角度でお辞儀をした。船田はとっさに、あぁ、とか、うぅとか、口から音を出すのが精一杯だ。

他人に親切にされたせいか、小学生は走って改札を抜けて行く。むろん改札のゲートは彼の邪魔にならないように、自動的に開き、船田を残して自動的に閉まった。

「わかんねぇな、ったく」

見知らぬ人間に挨拶するとは、あの餓鬼は少しおかしいんじゃないか？　他人をまるで警戒しないなんて。

船田は以前の派遣先の同僚を思い出す。

大手の臨時工として派遣されていたときだ。班長というのが、インターン制とかで来ている学生で、歳は船田と変わらなかったが、妙にテンションが高い奴だった。

出社すれば挨拶し、退社するときも船田に声をかけてきた。こっちが無視しても挨拶してくる。

普通は正規社員で派遣の自分達に挨拶する奴はいない。

どこにもうるさい奴はいるので、そういう奴にだけは挨拶するが、まず社員と派遣は挨拶など交わさない。

別にそれで困ることはない。ラインで接触することはまずないし、社食を派遣は使えないから、昼休みも接触はない。接触したいとも思わないし、そもそも共通の話題がない。

だがその班長は、わざわざ派遣の自分達のところにやって来て飯を食うと言う。ただ奴は、俺たちに話しかけることで会社からの評価は高かったらしい。ようするにそう言うことだ。奴は点数稼ぎに俺たちを利用した。

だから契約切れの最終日に、派遣仲間と奴のイタリア製とか言う青緑の自転車を、プレスで潰して廃品置き場に捨ててきた。俺たちを舐めるなってことだ。

しかし、あれから碌《ろく》な仕事にありつけない。社員寮あり、半年勤務のような仕事はなくって、長くても一〇日の派遣仕事しかこない。当然、社員寮なんかない。

だからこの二年ほどは、ネットカフェで生活している。実入りが良くてカプセルホテルで手足を伸ばして眠れたことなど、片手で数えるほどしかない。

さすがにわずかばかりの貯金も底を尽きかけるとなれば、船田も動く。自分はやればできる人間なんだから。

だから景気の悪い土地からできるだけ遠くに離れるため、姫田駅まで来た。なんとか特区とかで景気がいいという話はスマホで調査済みだ。

それもあって割りとハイになって、電車に乗っていた。早朝五時半にやってきたのも、ちゃんと計算あってのことだ。

電車で過ごせばネットカフェの金が一晩分浮く。じつは今夜も終着駅まで一度行って、折り返し電車で姫田駅に来ている。その間、車内で寝てられる。

自分と同じような事情で電車で寝ているらしい人間は何人かいたが降りたのは船田だけだ。

奴らはあのまま都心に戻って朝を迎えるのだろう。馬鹿な奴らだ。いま狙うべきは、景気の悪い都心より、仕事のある地方都市だ。

船田は改札を抜ける。大丈夫とわかっても緊張する。Ｓｕｉｃａの残高が足りなくて改札から出られなかったらどうしよう。

そんな目に遭ったことは一度もないが、危ないことは何度もあった。今回だって計算が違ったら、ここで足止めだ。

が、ゲートは当たり前のように開いた。船田は急いで改札を抜ける。姫田市は俺を迎え入れてくれた。なんとなく、船田は幸先がいいような予感がした。

駅ビルのショッピングモールはどこかここか二四時間開いている。

駅の案内図によると、ショッピングモールは見れば直径一二〇メートルのドーナッツ状になっていて、地下二階地上五階建て。地下は駐車場で、一階から三階までの低層階がフードコートで、駅から直接アクセスできるのは三階だ。

それより上の四階と五階は専門店街となっている。

ただ今の時間はブランド品の店舗が集まっている最上階にはエレベーターも止まらず、エスカレーターも閉鎖されている。

スポーツ用品店やアパレル系、あるいは一部のレストランも店舗も二四時間営業はしておらず、それらが集まる階もやはりこの時間には閉鎖されていた。

さらにドーナッツの中央は円形の公園になっていて、中には洒落た喫茶店もある。ただここへは専門店街からしか出入りできないので、この時間は公園も閉鎖状態だ。

こんな時間にショッピングモールで営業中の店舗は低層階のフードコートだけとなる。二四時間営業とはいえ、さすがにこの時間にはフードコートで人の姿はまばらだ。動いているものは、業務用の掃除ロボットだけだ。

掃除ロボットは船田の方に移動し、船田を窺うように停止すると、今度は船田を無視するように、彼の足跡に沿って掃除をはじめた。ロボットには汚れが見えるのだろう。

それより船田には、掃除ロボットの行動が天啓のように思えた。過去のことなど忘れて、
ここで新たにやり直せと。それこそ船田が一番耳にしたい言葉だ。

エスカレーターの前には、名の知られた喫茶店のチェーン店があった。高いので船田は使わないが看板は知っている。

驚いたのは、奥のテーブル席を貸し切るように小学生が二、三〇人いたことだ。さっき駅で挨拶した小学生もいる。

喫茶店の前には、小中高一貫校の早朝勉強会とか書いてある。こんな時間に何を勉強するのかと思ったが、講師も生徒も英語で何か言っている。何とも得体の知れないものを感じて、船田は早々に下に降りた。

一階まで降りたら目的の店が見つかった。業績悪化で牛丼屋に買収されたハンバーガーチ

エーン店だ。安いだけが取り柄だが、船田にとっては安さは正義だ。

店内の席は二割ほど埋まっており、その内の半分は珈琲一つをトレーに載せて眠っている。船田も注文するのは珈琲一つ。まだモーニングの時間じゃない。周囲に人のいないカウンター席に座り、まずスマホを充電し、検索にかかる。

船田の計画は、早朝に姫田駅に入って、市内の求人を確認し、応募し、朝一に働くことだ。ともかく現金収入だ。それもできるだけ今日中に。

スマホの課金が間違いなく引き落とされるように、今日明日中に銀行口座に入金できるかどうかは、船田にとっては生死にかかわる問題だ。

他の買い物なら一回くらいバックレても平気だし、住所不定の船田なら踏み倒したって泣き寝入りするのは先方だ。

しかし、生活の糧《かて》であるスマホは失うわけにはいかないのだ。これが無くなれば、衣食住すべてを失う事になる。

何より求人情報だ。いつでもどこでもスマホで求人情報を確認できる時代だからこそ、条件のいい求人募集は、時に、秒単位の争いになる。

船田も昔は、ハロワ（ハローワーク）を頼っていた。しかし、ハロワの職員自体が公務員ではなく、非正規雇用と聞いてからは、使っていない。

船田が早朝に動くのも、この時間帯は美味しい仕事に当たる率が高いからだ。

求人情報を調べるためにスマホを取りだした船田は、トレーに敷かれている紙に気がついた。いつものキャラクター広告ではなく、求人募集の四文字が見えたからだ。

意外にも、それは姫田市役所の公報だった。市内の求人に特化した求職サイトを市が立ち上げているという。

QRコードをスマホに読ませると、専用アプリが無料でインストールされるらしい。船田は直感で、これは入れるべきだと思った。地元密着のこういう情報にこそ美味《うま》い話が埋もれている。

ダウンロードしたアプリをインストールするための確認画面や、お馴染みの個人情報がどうのこうのという許可画面を、読まないまま次々と「OK」にすると、求職アプリが立ち上がった。

画面に最初に現れたのは『安全・清潔宣言都市、姫田市』というコピーだった。市役所の無料アプリだから、これくらいの宣伝は仕方なかろう。

それが終わると、いきなり画面に姫田市のマスコットキャラらしい三頭身の姫君がお辞儀をして、吹き出しに「船田信和さんおはようございます」と表示される。この町では小学生だけじゃなく、こんなキャラクターまで挨拶するらしい。

アプリが自分の名前を知ってるのが不思議だったが、たぶん住所録か何かのファイルにアクセスしているのだろう。確かにアプリのインストールの時に、そういうアクセスを許可するかと問われたような気がする。

　とは言え天涯孤独で住所不定の自分に、抜かれて困るような個人情報などない。住所録には派遣会社か何か、五、六件しか入っていないし、五〇件ほどの着歴にしても、どれも派遣先かバイト先からのものだ。

　マスコットキャラは姫田姫という、いかにも役所が考えましたというようなセンスのない名称だった。その姫田姫が船田に幾つか質問をしてくる。

　年齢とか職歴などだ。選択肢から選ぶだけの作業だが、船田にとっては不快な作業だ。最終学歴は、船田の主観では高校は出ているつもりだが、じっさいは高校中退なので、選択肢は中卒となる。

　定住所はなく、配偶者もなく、年収は生活保護以下で、家族もなく、友人もいない。

ただ、家族がいないという選択肢を選ぶのには、彼にも躊躇《ためら》いはあった。

彼に電話したりメールをするような人間はいない。兄弟はいないし、血縁者は両親だけだ。

その両親には、高校の中退が原因で実家を飛び出してから、帰っていないので会ったことはない。

　派遣先の寮にいた頃、年賀状を出したことが一度だけあったが、宛先不明で戻って来た。

今、両親がどこで何をしているか、そもそも生死からして不明だ。

　すべて高校中退が原因で、悪いのは自分ではなく、そこまで事態を悪化させたあの親たちだ。

船田が入学した高校は、入学式には新入生が二〇〇人いた。そして風の便りでは、船田の同期で卒業したのは七〇人だけだったらしい。二〇〇人中、一三〇人が三年の間に退学する。そんな高校で友達ができるはずがない。船田にしても、入学時に一〇人ほどいた友人も、退学直前には三人になっていた。他はみんなその前に退学していた。

「お前が行ける高校はあそこだけだ」と中学の担任に言われて入学した高校だったが、船田の主観では成績はそこそこよかった。

それなのに退学となったのは、親のせいだ。授業料を払わず、減免手続きもせず、そのまま放置した、あの親たちだ。

自分が高校を退学しなければならないと担任に告げられたとき、船田は意味がわからなかった。授業料の減免手続きの書類は船田が両親に渡していたからだ。

「面倒な書類など書きたくない」「書類の書き方がわからない」それが激高した船田に対する両親の返答だった。

「明日から毎日、バイトできるな」父親のその言葉で、船田の中で何かがキレた。彼は両親を殴り、ついでに我が家で一番高額の電気製品である液晶テレビに灰皿をぶつけ、画面を叩き割った。

殴られても黙っていた父親が、液晶テレビが壊されたことに悲鳴を上げた。船田は、この家で自分がどんな存在なのか、はっきりわかった。だから親の財布から金を抜き取って家を出た。

給料日だったのか、珍しくパチスロで当てたのか。ともかく抜き取った現金は滞納していた授業料くらいあった。金が無いわけじゃない。母親は家賃がとか、生活費がとかわめいていたが、逆上した船田には聞こえなかった。

家を出るとき、もう一発ずつ親を殴ってやればよかったと、それだけは船田も未だに後悔している。あんな奴ら、殴られて当然じゃないか。子供の未来を奪ったんだ。

それ以後、船田はずっと一人だ。少なくともいまのスマホの方が、あんな両親よりずっと船田を支えてくれた。それは紛れもない事実だ。だからこそ、船田はスマホの課金を守るのだ。

「どれくらいの時給が必要ですか？」

姫田姫のキャラは明るい表情で尋ねる。この質問自体がすべてを物語る。船田の職歴では月給が得られるような仕事はない。

あるのは時給幾らの仕事だけ。当然、船田への処遇も相応のものとなる。社員寮はおろか、交通費支給さえ期待できない。

嫌な記憶が甦って、弱気になったためだろうか。船田は時給に関して「特に希望なし」のボタンを選んだ。

まぁ、弱気の選択をしても、条件が悪ければ選ばなければ済むだけの話だ。時給は問わないという選択肢なら、スクロールしきれないくらいの求人があるかと期待していた。

しかし、画面に表示されたのは三件だった。どうも他の条件で船田に合う仕事は絞られてしまうらしい。

求人が不公平なのはコンピュータが機械的に割り振るからだと聞いた事がある。船田自身も思い当たることはあった。

数年前のことだ、あるコンビニで深夜のバイトをしたことがある。同僚は年齢は同じで、船田でも名前を知ってる大学の学生だった。

たまたま二人はスマホで同じ求職サイトを利用していたが、同僚には家庭教師とか企業の手伝いのような割りのいい仕事が紹介されるのに、船田に紹介されるのは、水商売の雑用とか、良くてコンビニのバイトだった。

船田には、その同僚は自分より仕事のできる人間とはとても思えなかった。少なくともバイトの仕事は有名大学の学生と互角にできていたはずだ。

しかし、求職サイトは全然違う仕事を紹介する。結局のところ、スマホのような機械に人間の価値などわからない。できるのは経歴で機械的に振り分けることだけだ。

だから船田は金を貯めようとしていた。金があれば、世間の評価も変わる。そうなればスマホだって、もっと船田の能力を生かせる仕事を紹介するはずなのだ。だからこそ新天地を求めて姫田市に来たのではないか。

些細な喧嘩で派遣先の社員寮を追い出されたときは途方に暮れたが、あれでよかった。あの喧嘩でつまらない連中を捨てる事ができたんだから。

とは言え、一〇日の引落日までの現金収入という差し迫った問題を解決せねばならぬ。この三件で一番割りのいい仕事は何か？

三件中の二件は山畑《やまはた》農場の農業作業員と購買部の求人だった。どちらも住所が同じなので、農場と農場の購買部なのだろう。

はっきり書いていないが、寮はあるらしい。しかし、非正規雇用の長い船田だが、農場での仕事はしたことはない。それどころか農家そのものを見たことがない。

しかも週末までは現金収入は見込めない。こういう相手で前借りができたなんて話も聞かない。

残されたのは一件。しかし、これは良さそうだ。今日明日の二日間で、日当払い。仕事は廃屋の解体らしい。行政代執行がどうのこうのと書いてある。意味はわからないが、役所がらみなら楽な仕事だろう。

船田は躊躇《ちゅうちょ》せず、その仕事を選んだ。すると再び姫田姫のキャラクターが現れて、船田のマイナンバーを送信するかどうかを尋ねてくる。

送信するかも何も、送信しなければ仕事にありつけないのだから、「許可」を選ぶ。すぐに画面に仕事の内容と、集合場所、時間が表示される。

集合場所の案内にはご親切にも現在位置から目的地までの経路表示も付いている。五キロほどの距離を移動、徒歩なら一時間半と表示される。

それらを了解したとボタンに触れると、姫田姫は「スマホを忘れないでね」と表示して消えた。

命の綱なのだから、忘れるわけがない。船田だけじゃなく、日本人ならみんなそうだろう。個人の身分を証明する機械なのだから。

よく知らないが、そうなったのは法律が改正されたためらしい。例の自転車を潰された班長が言っていた。

スマホは指紋認証や顔認証で持ち主以外では使えない。なのでスマホを使える人間は、スマホの持ち主であり、本人であることが証明できる。

少なくとも運転免許証や捺印より身分を証明する手段としては、ずっと確実で信頼性は高い。

だからスマホでマイナンバーを管理すれば、個人番号カードで持ち歩くよりははるかに安全だ。そこで、個人番号カードはスマホに統合されたのだという。

とは言え、船田にそんな自覚はない。最初の派遣会社に登録したときにマイナンバーを提出した気はするが、そこから先は意識する事もなかったからだ。

働いたら口座に賃金が振り込まれる。コンビニで買い物したりファミレスで食事したとき、スマホをかざせば決済は終わる。昔からそうで、いまもそうだ。船田の日常に法改正は関係ない。

ともかく、仕事は見つかり、スマホ代は無事に引き落とされるだろう。そうやって金の目処が立ったとなると、安心して急に腹も減ってくる。船田は追加でモーニングで朝食を済ませる。

ただ改めて仕事内容をスマホで確認すると、日当などは良かったが、昼食はなかった。コンビニで弁当は買えるが、残金を計算するとバス代も残らない。現場まで五キロは歩くことになる。

それでも時間は十分だ。まだようやく六時になったばかりだ。集合時間は八時半だから、一時間はゆっくりしていられる。

しかし、船田がゆっくりしていられたのも三〇分ほどだった。急に店内が混雑してきた。朝食をここで済ませるのか、部活らしい学生が一〇人、二〇人とやってくる。

多くは大学付属の高校生らしい。体育会系だけでなく、文化系の生徒も少なくない。自前のノートパソコンを開いて、プレゼンテーションの準備をしているグループや一人で自習をしている生徒、タブレットの電子書籍を前に議論している二人などなど。

船田は店内の高校生らの喧噪《けんそう》に段々と不愉快になってきた。いまここにいる連中と自分が高校生だったときと、話してる内容も、話し相手も、服装も、言葉遣いも、何もかもが違う。

理不尽だとはわかっているが、何とも馬鹿にされたような、屈辱的な気持ちで店を出る。そんな船田に誰も気がつかない。

船田はあの手の学生が嫌いだった。どうして自分の高校時代は、あんな風ではなかったのか？　理由は簡単だ。親だ、親が悪い。

親が授業料の減免書類一つ書けないような奴らだったから、船田はいまここで五キロの道を歩かねばならないのだ。

あのタブレットを見ていた奴らだって、船田の家に生まれれば、いまごろはネットカフェで寝起きしていたはずだ。

ざらついた気持ちで、ハンバーガー屋を出る。腹が立つからトレーはそのまま放置した。邪魔なら奴らが片付ければいいのだ。

仕事先までスマホのナビが示したルートは単純だった。アプリには姫田市のPR機能もあり、画面の隅で姫田市の地形について説明が流れていた。

姫田市は昔は譜代大名の領地で、周囲を九鬼《くき》川と寺龍《じりゅう》川に囲まれた中州のようになっているのも、城下町時代の城郭の名残らしい。

領主が川筋を変え、平時は水運の活用、戦時には防衛線とするために、姫田市を中州のようにしたのだという。

確かにナビに示された地名には城跡町だの外堀道だの、それっぽいものが見られた。いまの県道76号の西側は全体に高台となっており、昔はここが城郭を備えた城下町であり、武家屋敷も並んでいたという。

対する県道76号の東側は、地形的に沖積平野《ちゅうせきへいや》であるため、西側よりも低地になっていた。江戸時代から高度経済成長期にベッドタウン化が進むまでは、この辺一帯は水田地帯だったといわれている。

こうした地形の影響で、姫田市は南北の移動は便利だが、東西の移動は不便だった。南北を移動するなら幹線道路だけで四つあるのに対して、東西への移動は新道一つしかない。昔は人も物も移動は川筋を利用した水運で担われていたので、不都合はなかったらしい。

ハンバーガー屋を出て船田は歩く。まだ朝の七時前にもかかわらず、県道76号は車も人も多かった。

県道だからトラックなどが多いのはわかるが、それらに交ざって高級車も多い。

船田は車に詳しいわけではないが、以前にやっていたビルの清掃作業のときの経験で、そこに展示されていたアウディやベンツが高級車であるくらいのことはわかる。

派遣先の嫌味なマネージャーから、「お前らが一生かかっても、この車は買えない」と言われたことは、いまも覚えている。

そんな車が、当たり前に走っている。運転者は様々だが、船田と同世代としか思えない奴も少なくない。

　それだけでも苛《いら》つくが、船田をもっと苛つかせるのは、自分を追い抜いて行く、ロードバイクやジョギングをしているような連中だ。

　自分がよくスーパーでがめてきたママチャリよりも、見るからに高級な自転車に乗っている奴。たかが自転車にそんな金をかける奴が信じられないし、気に入らない。

　自転車のくせに自動車くらいの値段がするものもあるらしい。自動車が買えるくらいの自転車に乗るくらいなら、自動車に乗れよ、と思う。船田には高級自転車など無駄づかいにしか思えないが、そんな無駄づかいを平気でできる奴が現実にいる。それが船田を苛つかせる。

　何より苛つくのは、健康維持か何か知らないが、わざわざ自転車で移動しようという気持ちだ。あの楽しそうに自転車を漕ぐ姿が腹立たしい。中には夫婦でおそろいウェアで、おそろいの自転車に乗ってる奴までいる。

　そして学生だ。ハンバーガー屋で見かけた学生と同じ制服の連中が、大人ほどではないにせよ、タイヤ幅の狭い高そうな自転車で、仲間と談笑しながら走っている。

　ジョギングをしているような奴らも苛つく。「すいません」とか船田に紳士的に声をかけて、彼を抜いて行く。

　船田が半年は働かねば得られないような額を、たかがジョギングウェアに費やす奴がいる。しかも赤の他人でも、道を譲り合い、挨拶を交わす。

県道76号沿いで、そんな連中ばかりとすれ違う。どう考えても自分とは異質な人間達。自分が生まれたのは東京都内だが、近所にこんな大人はいなかった。大人も子供も、挨拶なんかしない。

底辺校とは言え、高校に合格したとき、近所の連中や中学の同期も、お祝いどころか、遊びにも来なかった。

それが船田が高校を中退しそうだとなると、どこで聞きつけてきたか顔も覚えていないような奴まで近況を聞きに集まって来た。他人の不幸こそ奴らには最大の娯楽だ。

そんな中には、入学早々に退学して、ふらふらしている奴もいた。

「なんか、ネタないか？」

そいつは船田に尋ねた。

「身体を売ってる奴とか、援交とか、痴漢とか、何でもいいけど、そういう奴の話とかないか？　男でも女でも」

そいつによると、学校内の性的不祥事は、学校が隠蔽《いんぺい》するため高く売れるらしい。

「学校を強請るのか？」そう尋ねた船田にそいつは言った。

「馬鹿か、お前は。そんなヤバいことしなくても、こういう情報は金になるんだよ。こういう情報だけ買ってくれる名簿屋があるんだ」

人の不幸は娯楽だけじゃなく、金になる。それは船田にとって新知識だった。

学校の不祥事を名簿屋に売っていたあいつはクズなのか？　確かに世間ではそうかもしれないが、船田はむしろ奴を評価していた。少なくとも、奴は積極的だ。そんな奴は、船田の周囲には少なかった。

船田が物心ついたとき、周囲の大人は、人を殴り、働かず、テレビばかり見ている無気力な人間ばかりだった。

姫田市でいま船田とすれ違う人間は、あの大人たちとは別の生きものだ。

成り行きで姫田市にたどり着き、心機一転やり直そうと船田は仕事先に向かっている。あの無気力な連中とは決別するために。

だが、船田とすれ違う紳士淑女が、ここはお前の住む土地ではないと語っている。

そんなことがあるか！　そう反発する一方で、そうかもしれないと思う自分がいる。強い奴とは戦わないこと。それが船田がいままで学んできたことではなかったか。

だが船田は信じていた。自分がこんな有様なのは、自分の本当の能力を発揮できないからだ。

自分の能力を発揮できるチャンスさえ与えられれば、自分もあの自転車に乗っている奴やジョギングしている奴らと同じになれるはずなのだ。

だからこそ船田は職を転々とし、住む所も変えているのだ。チャンスを手にするために。

「作業は、そこにある重機が解体した家屋の残骸《ざんがい》を撤去することです。作業予定は二日ですので、皆さんもそのつもりで作業して下さい」

市役所職員が船田たちを前に、そう説明する。そこにいたのは船田も含めて四人。作業着と防塵《ぼうじん》マスク、さらに作業用グローブにヘルメット、バイザーも支給された。

船田が日雇いで入る現場と比較すると厚遇と言っていい。ひどい現場になると、ヘルメットもなく、軍手しか支給されないような所もあったからだ。

なんのかんの言っても、役所が関係する仕事はやはり好条件だ。こんな美味い仕事に四人しかありつけないのに、船田はその四人の中の一人となった。幸先いいじゃないか。

解体するのは、古い集合住宅だった。一棟に二世帯が入居するタイプの古い平屋で、そんな住宅が八棟ほどある。

何年も人が住んでいないのは、一目でわかった。「立ち入り禁止」の立て札は、赤い文字が紫外線で抜け、「立ち入り　　」としか読めない。

そんな何年も空き家として放置されてきた住宅がいま解体されるのだ。監督の市役所職員は「結局、所有者不明だ」とか言っていたから、何年も持ち主を探していたのかもしれない。

重機は蟹《かに》の鋏《はさみ》のような油圧ニブラでブロック塀をかみ砕いてゆく。そこに四人のうちの一人が埃が飛ばないようにホースで散水する。

ある程度解体が進むと作業の邪魔にならないように瓦礫《がれき》を動かす。

最初は人間が解体した廃材を捨てると思っていたが、廃材の移動は重機が油圧ニブラでつまんでトラックに載せている。

人間の仕事は、重機の邪魔になる廃材をよけたり、小さな廃材を集める清掃作業のようなことだった。確かにこの程度の仕事なら四人で十分だろう。

防塵マスクにはマイクとレシーバーが組み込まれていて、監督から個別に指示がなされる。だから作業中は他のバイトとの言葉を交わすこともなかった。

集合住宅は次々と解体されて行く。船田は、水道管など、金属製の廃品を所定の位置に運ぶよう指示されていた。大きなものは重機が運ぶか、油圧ニブラで切断したので、すべて一人でできた。

単純な作業だが苦痛ではなかった。自分は単純作業で人生を終わるような人間ではないと思っているが、この手の作業自体は手慣れたものだ。

解体中の住居というのは、屋根がなく、壁も一部が取り払われたりして、不思議な空間が生まれていた。広かった住居が、解体作業がはじまると、急に狭い空間に思えた。

船田は作業をしながら気がついた。この集合住宅の間取りは、自分が生まれた家と同じだったことに。

風呂とトイレがあり、狭い台所と三畳間と六畳間。それがすべて。一切合切合わせて六坪しかない。

懐かしいという感情はわかなかった。それよりも、自分がいかにひどい家に生まれたかということを再確認しただけだ。

船田が物心ついた時点で、築四〇年とか言っていた。エアコンもなければ、窓もアルミサッシではなく木枠だった。トイレに至っては、辛うじて水洗だが洋式ではなく和式。いまどきそんなアパート、見つける方が難しい。

船田は汚れで変色した流し台の残骸を運びながら思う。自分がこんな境遇なのは、自分の能力のせいじゃない。

他の人間がゼロからスタートしているのに、自分はマイナスからスタートしているのだ。競争となれば他の連中に負けてしまうのは仕方がない。

とは言え、船田はこの廃屋にかつて住んでいたであろう住人たちに親近感は覚えなかった。ここに住んでいたのは、自分の親のような人間なのだろう。

息子にまともな教育さえ受けさせられない下等な連中。あんな連中が住むには、確かにこの廃屋はお似合いだ。不当なのは、自分がこんな親の元に生まれてしまったことなのだ。

台所を重機が解体したら、床下から大量の空き缶が出てきた。重機のオペレーターが何かインカムで監督に告げると、監督から船田のレシーバーに指示がきた。

「そこの空き缶、全部運び出してくれ。ニブラの爪に巻き込まれると厄介だ。修理となれば、君らの日当程度じゃ間に合わんからな」

船田は黙って台所の床下で山となっている空き缶を片付ける。両腕で抱えようとしたら、監督から道具を使えと言われ、ポリバケツに空き缶を入れる。

こういう時はこつがある。バケツにただ放り込むのではなく、隙間が多いようにいれると、バケツは軽いし、何度も往復しなければならないので、傍《はた》からは一生懸命仕事しているように見える。

だがすぐに監督から、缶を潰してから入れろと指示がくる。

「缶を潰して入れる方が効率的だろう」

どうやら面倒な監督らしい。こんな仕事で効率的もないものだ。

それでも逆らわずに船田は空き缶を踏みつけバケツに入れる。効率というなら、重機のキャタピラの下に空き缶を並べた方が早いだろうと思いながら。

「汚ねぇ」

船田は顔をしかめる。缶詰の幾らかは、何かの汁が残っている。船田はそこに違和感を覚えた。何年も空き家なのに、どうして空き缶に汁が残っているのか？

それらは缶コーヒーや缶ビールの空き缶だ。しかも先月発売された新製品だった。ネットカフェでアルコールは厳禁なので、そっちの銘柄には詳しくない船田だが、缶コーヒーならわかる。金が無くて一食抜かないとならないときなど、缶コーヒーはカロリー摂取の命綱だからだ。

廃屋とのことだったが、誰か侵入した人間がいたのだろうか。廃屋で肝試しをするような奴は多いらしいから、ここはそういう場所だったのかもしれない。

ただ潰している空き缶の中で缶ビールや缶コーヒーは少なく、ほとんどが焼き鳥とか秋刀魚の蒲焼きなどの類だ。

別に確認するつもりも無かったが、賞味期限は今年の春になっている。もしかすると、廃屋に潜り込んで生活していた奴がいたのか。

船田の頭が回り出す。空き家に侵入して住みつく。そんなことは、今まで考えてもみなかった。

寝場所がなければネットカフェで過ごすしかない、と思い込んでいたが、空き家を利用するというのはまさに盲点だ。

船田は空き缶を潰す作業をしながら、興奮を抑えられない。空き家を使えば、いままでネットカフェやカプセルホテルに使っていた金を使わずに済む。

そうやって金を貯めて、アパートでも借りて、定住所を確保すれば、自分の能力を発揮できる定職に就ける。そうなれば人生を挽回できるだろう。

船田は、姫田姫に接吻したい気持ちだった。あのアプリがなかったら、自分はこの新発見をすることはなかったはずだから。

「昼休みだ、作業開始は一時間後、一三時」

監督の声がレシーバーから聞こえた。重機はエンジンを止め、オペレータが降りてくる。

まだ若い男で、年齢は船田より少し上くらいか。

監督はオペレータに向かって労《ねぎら》うように片手をあげると、彼に何やら話しかける。作業の打ち合わせか。

作業現場の近くには、臨時事務所となっている白いエアーテントがあった。監督とオペレータは、他の市の職員と共にエアーテントの中に入っていった。

監督も重機オペレータも、愛妻弁当らしいものをテーブルの上に広げているのが入り口から見えた。

しかし、バイトには弁当は支給されない。船田らは近くのコンビニで弁当を買うしかなかった。

集合住宅の廃屋の近くには姫田市のゴミ焼却施設と隣接する〈環境公園〉という、新道と寺龍川に面した三角形の公園があった。

コンビニはその公園内にある。船田も他の三人のバイトも、互いに声をかけ合うでもなく、個別に弁当を買い、適当に公園のベンチに座って食べようとしていた。

だが、船田には考えがあった。一番安いパスタ弁当とお茶を買ってから、廃屋に戻ったのだ。

適当な廃屋に潜り込んで生活する。それがどんなものか予行演習してみようと思ったのだ。可能なら、解体される前にこの廃屋で一夜を明かしてもいい。

廃屋は鍵がかかったままのものもあれば、肝試しに使われたのか、鍵が壊された家屋もあった。

そして鍵が壊されてはいないが、施錠もされていない集合住宅を見つけた。ゴミ焼却炉に近いせいか、腐敗臭のようなものが感じられた。

弁当を食べたい環境ではないが、船田が足を止めたのは、玄関から見えた室内に生活臭が認められたからだ。

いまさっきという生活臭ではないが、一月二月程度前まで人が住んでいたらしい雰囲気がそこにはあった。

解体した他の家屋のように床や家具に埃《ほこり》が溜まっていることもなく、食器棚のガラスも綺麗だった。何がということは言えないが、ここには整理された秩序みたいなものがある。

もちろん今現在人が住んでいる痕跡までは感じられない。ただここが無人になってから長くとも半年以上経過しているとは思えない。

どうやら船田と同じことを考え、すでに実行した人物がいたらしい。船田は土足のまま玄関から六畳間に入る。

そこには古いが手入れされた小さな食器棚があった。よく見ると茶碗や皿が四組あり、箸立ての箸も四組。親子なのか何なのか、ここに四人で生活していた人間がいる。

ここに何ヶ月か前まで住んでいた人間達は、おそらく船田と同様の状況に置かれていたのではないか？

その四人がどういう関係かはわからないが、ともかくいまは住んでいない。ここでの生活を続けることで金を貯め、定住所を手に入れることに成功したのか？

そんな考えは、船田にはひどく好ましいものに思えた。自分のアイデアを実行し、成功した人間がいる。ならば自分も空き家を占拠して生活拠点とし、いまの最底辺の状況から脱出できる。

そんなことを考えながら食べるコンビニ弁当は、一番安い奴でも美味かった。だが船田は食事を中断する。

ゴミ処理場に近いから臭いがすると思っていたが、我慢できないほどのかなりの悪臭だ。しかもどうやら外からではなく、おそらく台所からだ。ここに住んでいた人間達が、ここを引き払うときに生ものを放置して出ていった。そんな感じだ。

しかし、台所には特におかしなところはない。流し台にガスコンロだけの簡素なもので、ためしにひねったら、少し間を置いて水道は出るし、ガスコンロも火が着いた。やはり最近まで住んでいた人間がいたのだ。

そしてよく見ると、台所の床に扉がある。床下収納か、縁の下か、そんなところだろう。

臭いはそこから強く感じられた。たぶんここで生活していた人間がいたならば、買い置きの肉か何かが腐敗しているのだろう。

腐った肉を確認するつもりなどなかった。あくまでも船田は、空き家での生活の痕跡を確認したかっただけだ。

収納扉を引き上げると、むせるほどの腐敗臭と共に、煙のように夥《おびただ》しい数の小バエが飛び出してきた。

扉には、ゴミ袋のようなものがテープで目張りされ、見かけ以上に密閉されていたらしい。その巻き付けられたゴミ袋には、びっしりと小バエの蛹《さなぎ》が張り付いている。

収納の中は暗くてよくわからなかったが、何かコンビニ袋に包まれた肉のようなものが幾つも見えた。

船田は、そこに今食べた弁当を吐いた。袋の中身に顔があったためだ。それはどう見ても、バラバラにされた人体だった。


「こちら姫田6、現着しました。第一発見者と接触、応援乞う」

「指令室より、姫田3。姫田市クリーンセンターに向かい、姫田6の応援に向かえ」

「こちら姫田3、了解。姫田市クリーンセンターに向かう」

西島《にしじま》は指令室に報告すると、それに応えるかのように、警察車輌のカーナビの画面に事件概要が表示される。

姫田市クリーンセンター近くの廃屋で、解体された複数の他殺死体が、工事作業員により発見された。現時点での情報はごく少なかった。

姫田市クリーンセンターとは、市のゴミ焼却施設のことだ。市の南東部、寺池町《てらいけちょう》にある。県道54号と新道に面していて、寺龍川にも近い。

ゴミ焼却施設の建設時には、環境問題で一悶着あり、そのためここはゴミ焼却施設を囲うように、土地に合わせて三角形の公園が建設されていた。

環境公園というその三角形の公園は、面積だけは市内で一番大きかった。

問題の集合住宅そのものは、その公園のすぐ近くにある。一〇年以上も住人がおらず、八棟ある建屋は朽ちるに任せていた。

ネットで心霊スポットとして紹介されたこともあるとかで、一時は深夜に若者などが肝試しに訪れ、近隣住民とのトラブルも起きていた。

テロ対策の一環として、公共インフラの監視カメラが整備されてからは、そういうトラブルもなくなった。ただ現場の集合住宅は私有地なのでカメラも監視はしていない……。

姫田市警察署の刑事である西島和宣《かずのぶ》が知っているのは、この程度のことだ。変電所やゴミ焼却施設、下水処理場などの公共インフラが集中している地域なので、監視カメラの数は多かった。

住民は少なく、監視カメラは多い。犯罪やトラブルはほとんど起こらず、西島の記憶にも印象は薄かった。

「鑑識さん、動いてますね」

ナビに表示される後方カメラの映像を見ながら、三矢秀彦《みつやひでひこ》が自動車を駐車場に入れる。

「そのようだな」

西島と三矢を乗せた車が到着したとき、すでに現場は黄色いテープで封鎖され、機動鑑識係が作業に入っていた。

現場がひどい状況だというのは、車を降りた時からわかった。かなりきつい腐敗臭が公園の駐車場まで届いている。

さらに鑑識の人間達は全員、使い捨ての防護服と防毒マスクをしていた。

「かなり、ハードそうですね、西島さん。所轄のデータには記載されてなかったですよ、こんなこと」

「当たり前だろ。通報を受けた段階じゃ、誰も現場に入ってないんだからな」

「でも、そういうのって、フォーマットあるじゃないですか」

「フォーマットはあっても、通報から指示出しは人間なの。うちの所轄始まって以来の事件だぞ、バラバラ殺人なんて。指令室だって、そんなきっちり動けるかよ」

「そんなもんなんですか……」

「お前、彼女との初デートで、一から十まで段取りどおりに進んだか？　それと同じだ、不慣れなことには人間うまく対応できないってこと」

「自分、上手《うま》く行きましたけど」

「何が？」

「初デート、彼女と事前にSNSで計画練って、電車の時間とかも調べて、スケジュール調整のためにマージンも入れたんで」

「嫌味なカップルだね。だから、デートと殺人事件は違うんだよ。

三矢、遺体って、見たことあるか？」

「仕事では、ありません。だってうちの所轄、殺人事件なんかないじゃないですか。西島さんは？」

「この一〇年に限れば、ないな。仏さんを見たと言えば、三年前のかみさんの大叔母の葬儀が一番最近かな」

「バラバラ死体なんですよね。この臭いで、吐きそうなんですけど」

「三矢、紙袋がある。持ってけ」

ダッシュボードから西島は自分と三矢の分の紙袋を取り出す。新人じゃあるまいし、現場で嘔吐《おうと》するような醜態《しゅうたい》は晒《さら》すまい。とは言え、断言できる自信もなかった。

「しかし、なんで僕らなんです。姫田6が先に現着したって報告があったじゃないですか。僕ら二番目なのに、なんで現場担当なんです？」

「姫田6って、大葉《おおば》さんか。

たぶん現場がヤバイから逃げたんじゃなくて、第一発見者に事情聴取する必要があるから、署に同行願ったってことだろう。

それも必要なことだからな。こういう事件なんだ」

「大葉さんも、殺人事件は初めてなんですか？」

「俺と同期だからな。たぶんうちの署で一番修羅場を目にしてるのは部長、課長あたりかもな」

正直、このまま署に戻りたいところだ。西島はそれなりの年月を警察官として過ごしてきた。しかし、殺人事件など片手で数えられる程度しか遭遇していない。

新人警官の頃の姫田市は、今と違って寂れた地方都市に過ぎず、人口は減少する一方で、犯罪が起こるだけの活気さえなかった。

それが政府の特区指定や、万博やIR誘致をきっかけとした「安全・清潔都市事業モデル地区」に指定されると、嘘のように活気に満ちた都市となった。

だが「安全・清潔宣言都市」を具体的に支えるのは、監視カメラ網に代表される、ハイテクを利用した、治安システムだった。顔認証や行動分析などで、軽犯罪はともかく、凶悪犯罪は限りなくゼロに近い。

つまり、西島は刑事生活の中で、理由は全く違うが、昔も今も、死体とはとんと縁のない生活を続けてきたのだ。それがいきなりバラバラ死体だ。ちょっと落差がありすぎる。

「班長、いますか？」

西島は官給品のスマホ――ピースマと呼ばれている――で、鑑識係の班長である森田《もりた》を呼び出す。ピースマは内線電話としても利用できる。通常は署内だけだが、今回のような現場では、鑑識の車輛に内線電話の交換機能が装備されていた。

「どうした西島さん？」

森田の声がややこもってるのは防毒マスクのマイクを使っているためだろう。

「防護服がないと入れませんか？　現場に行けって指示が来たんですけどね」

「防護服はいるな。臭いもさることながら、小バエが酷《ひど》い。西島さんだって、スーツ一式お釈迦にしたくないだろ」

「防護服がないんですけど」

「えぇっ、車に積んでないの？　コロナ禍以降、防護服は載せる規則だろ」

「防護服の更新時期に当たっていて、新品の支給がまだなんです」

「あぁ、それならこっちにあるから、待ってて、うちの連中に渡すように言うから」

防護服がないから現場に入れませんでした、そんな幸運を期待していたが、小学生じゃあるまいし、そんな理屈が通用するはずもない。

すぐに車輛に待機していた鑑識係が、西島と三矢にビニール袋に入った防護服の一式を手渡した。

防護服は特殊な不織布で、つなぎのように全身を覆った。フードで頭部を覆い、バイザーと一体になった防毒マスクを着用する。すでに人々はコロナ禍を過ぎ去ったものとして日常を送っている。だがこうして防護服を着用すると、当時のことが思い出される。

かすかにモーター音がして、フィルターを通した空気が防護服内を流れる。これは冷却の意味と、服の内圧を上げて外部からの有害物が侵入するのを抑制する意味がある。

さすがに毒ガスには耐えられないが、細菌やウイルスには一定の効果がある。ただ鑑識の場合は、着衣に現場の臭いが浸透しないように使うことが多かった。

マスクのおかげで臭いは耐えられるようになったが、すれ違う鑑識係がトレーに載せて運び出している物を見て、また気分が悪くなる。

腐って溶けた肉塊ならわからないだけましだが、切断された頭部となると間違えようもない。しかも鼻骨や眼窩《がんか》には、蛆《うじ》や他の昆虫が動いている。

マスクに内蔵された内線電話は、不特定多数に同時に話しかけることも可能だが、いまは完璧に沈黙している。

あまりの惨状に鑑識係も言葉を忘れているのだろう。空き巣程度の犯罪なら、鑑識はもっと饒舌《じょうぜつ》だ。

小バエが多いからマスクが必要と言われたが、確かにそうだった。自分の防護服にも、模様のように小バエが止まっていた。

ただ状況の異常さに比して、犯罪現場は驚くほど普通だった。一棟に二世帯が居住する、いわゆる二軒長屋の空き家。

確かに二一世紀日本にこんな住居が残っているのは驚きだが、古いことを除けば、ごく普通の住居だ。

行政代執行で解体される廃屋と聞いていたが、死体が発見された家は、古いだけで状態はいい。柱が腐ってるわけでもなく、ガラクタで埋もれているわけでもない。

第一発見者が食べていたらしいコンビニ弁当とお茶のペットボトルがテーブルの上に置かれていたが、それに不自然さは覚えなかった。

「三矢、ここ、一〇年は空き家だったんだよな?」

「署から送られてきたデータでは、そうなってました。だから行政代執行って話になるんじゃ?」

「だとすると、おかしいぞ。あのカレンダー、今年の二月じゃないか」

「ということは、それまで誰か住んでいたんですか?」

「それが犯人か、あるいは……」

「被害者かもしれないと」

二人の会話に森田が割り込む。

「班長！」

「あぁ、聞いていた西島さん。カレンダーもちゃんと回収しておく。そうでなくても、この家は全体を調べ直す必要がある」

「何か、不審な点が？」

「廃屋で、住人もいないはずなのに、ガスも水道も、電気まで使えるんだよ、この家。何か小細工をしてメーターを誤魔化したんだろう。

おかげで住人がいても、電気やガスの不正使用は見つからず、住んでいる人間がいることもわからない。いつから住人がいなくなったのか、それもな」

そう言ってる間にも、西島たちは台所に入る。二畳程度の狭い台所だ。その狭い空間に鑑識の人間が三人入っていた。隅にいて指示を出している小柄な人が森田班長だ。

「ここの住人が犯人か、被害者か、その辺のことはわかりますかね？」

「それは質問が間違ってるな、西島さん。そんな単純なものじゃなさそうだ」

「間違ってるって？」

「この家、ざっと見たところ、住んでいたのは食器の数から言えば四人。だけどね、死体の数は少なくとも七人。頭が七つ見つかってるからな」

「七人……大量殺人じゃないですか！」

「ただ、ちょっとおかしいんだよな」

「おかしいって？」

「見ればわかると思うけど、こんな狭い穴に、バラバラにしたと言っても七人の大人が入るかい？　入らないだろう」

「なら、ここにあるのは死体の一部で、どこか他にも死体があると？」

「ここに収まりきらないなら、余った分は他所にあると考えるのが自然だろう。隣の家かどこかに、それがあるのかもな。これから調べるけど」

「犯人が食べたとか？」

三矢の言葉に、森田も西島も声を失う。

「三矢、お前なぁ、空気読めよ。ここでそれを言うの、君は？　ただでさえ厄介な連続バラバラ殺人を、猟奇連続バラバラ殺人にしたいわけか？」

「あぁ、でも三矢君の意見も否定できないよ。

台所のこんなところに、人体を切り分けたものをしまい込むなんて、そういう目的かもしれない」

「班長まで……普通、バラバラ殺人は死体を隠すのが目的じゃないですか。仮に頭のネジの緩んだ奴が、死体でそんなことをしようとするなら、こんな床下じゃなくて冷蔵庫を使うでしょ。

でも、冷蔵庫なんかないじゃないですか」

「いや、いまの西島さんの話で、ちょっと納得できたことがある。この床下収納、一立方メートル程度の大きさなんだが、建材の余りか何か、断熱材で囲まれてる。

この蓋も、造りは雑に見えるが断熱材が仕込まれている。この中にドライアイスでも入れておけば、冷蔵庫として十分に使える。

ほら、知らない？　北海道とか、豪雪地帯だと野菜を貯蔵するのに地面に穴を掘って雪の中に埋めるっていうじゃないか」

「そりゃ、大昔の話でしょ」

「そうだけど、ようするに冷蔵庫無しでも死体の貯蔵は可能ってことさ。

それに、西島さんがいま立ってるあたり」

森田に指さされ、西島は足元を見る。安普請の床板で、西島が立っている辺りだけ、四角く色が違う。

「排水溝はないが、コンセントはある。そこに洗濯機じゃなく、冷蔵庫があったはずだ。まぁ、事件と関係あるかどうか断定できないが、たぶんあったんじゃないかな」

「どうしてわかるんです？」

「この台所、場所的に西日が入るんだよね。空き家になって本当に一〇年なら、冷蔵庫が撤去されたのもその頃でしょ。

だったら未だに冷蔵庫の跡が残ったりしないじゃない。跡が残るってことは、撤去されたのは比較的最近。同時に、ある程度の期間、冷蔵庫はここに置かれていたはず。

もちろん、冷蔵庫があったということと、その中身は別の問題だけどね」

西島は冷蔵庫が置かれていたとしたら影になる柱を見た。そこは途中で色が変わっていた。それが冷蔵庫の高さを表すなら、かなり背の高い冷蔵庫となる。

西島が柱を見ている事で、森田班長も意図を察したらしい。

「そうだね、西島さん。大型冷蔵庫なら、この床下の空間と容積は同じかもな」

「冷蔵庫にバラバラ死体を隠していて、何かの理由で、中身をここに捨てて、冷蔵庫ごと逃げた？」

「冷蔵庫は処分したんじゃないかな、物証だから」

「殺人が行われた時期は特定できますかね？」

「冷凍された可能性があるとなると、鑑識や科捜研だけでは難しいね。DNA照合で身元が特定されたら、ある程度は絞れると思うけどね」

「死体が放置された時期は？　それまでここに住んでいた人間が事件関係者ってことになる」

「ドライアイスを入れたとして、もって一週間というところだな」

西島は車の中で読んだデータベースの捜査資料のことを思い出す。長年放置されていたこの共同住宅の行政代執行が決まったのが、二週間ほど前だったことを。

「ここで生活していた連中は、行政代執行でここが解体されることを知った。それで急いで逃げた、で、死体は床下に廃棄した」

「あのぉ、いいですか？」

「なんだ、三矢？」

「いま思いついたんですけど、七人分の遺体にしては少ない理由」

「三矢君、空気読めるよね？　それで？」

「犯人は別の場所で殺人を実行し、死体をバラバラにして、ここに保管していたんじゃないでしょうか。冷蔵庫だけじゃ足りないから、床下にも室《むろ》を造って保管して、少しずつ捨てるんです」

「捨てるって、どこに？」

「隣です、クリーンセンター。あそこにはありますよね、その、ゴミ焼却炉」

西島と三矢は、死体発見現場を逃げ出すように、防護服を脱いでクリーンセンターに向かった。

ゴミ焼却炉は姫田市役所環境部に属しており、正式名称は姫田市クリーンセンターである。周囲の公園が環境公園と命名されているのもこの関係だ。

西島はピースマで上司にこの件を報告する。すぐに了解した旨のことが専用のメッセージアプリを介して戻ってきた。

クリーンセンターの所長から話を聞く前に、西島らはゴミ焼却施設の周囲を一周した。施設は高さ三メートルほどの鉄板のフェンスで囲まれ、外部との出入り口は、ゴミ収集車が出入りする専用のゲートと、来客用のエントランスの二カ所しかない。

職員の駐車場は、公園の駐車場に間借りするように作られていた。当然ながら、クリーンセンターの周囲には監視カメラが備えられている。

「これだけカメラがあれば、何か映ってますよね？」

「どうだろうなぁ」

西島はそれについては、あまり期待していない。集合住宅が市営住宅か何かなら、安全のために監視カメラを設置することも可能だ。

しかし、問題の建物は長年放置された空き家とは言え、個人の所有物なので監視カメラのエリア外に設定されているはずだ。

テロ対策を理由に整備された公共インフラの監視カメラは、基本的に施設の監視が中心で、近くの廃屋などは対象外だ。

さらに西島はフェンスの一角に意外なものを見つけていた。シャッターで開閉する正規のゲートとは別に、工事現場で見るような簡易扉がフェンスの一角に取り付けられていたのだ。

位置的に施設の裏口で、塗装が巧みなので、ちょっと見ただけではドアがあることにも気がつかないだろう。

一応、内から施錠できるようにはなっていたが、正面の防備の固さと比べれば、侵入は容易だろう。もちろん、このドアも一つだけだが、監視カメラにより見張られている。ドアに面した道路を挟んだ反対側に電柱があり、そこに設置されているのだ。電柱には足場釘が設置されており、メンテナンスはしやすそうだ。

「入るとしたら、ここでしょうか？」

「侵入するなら、そうだろうな」

三矢は西島と同じ官給品のピースマで、ドアの写真を撮影した。

「いや、外部からの侵入を許すようなことは決してありません」

クリーンセンターの総務部長という人物が、西島らに対応した。

案内されたのは応接室ではなく、小会議室だった。応接室は使われているとのことだった。

西島も「解体中の集合住宅で事件が起きました」程度のことしか言っていない。いまはまだバラバラ殺人事件の捜査で来たことは伏せておきたかった。

ピースマで確認したが、ニュース速報でもこの事件についてはまだ何も報道されていない。

間違いなく総務部長もその辺のことは確認済みで、何も情報が得られないことで、不安を覚えているだろう。

だが、それでいい。複数のバラバラ死体が発見され、なのに明らかに切断部位の数が少なく、目の前にゴミ焼却施設がある。これらを結びつけるのは、自然な発想だ。それだけに手の内を明らかにすれば、相手を不必要に警戒させる。

「私がここで断言するまでもなく、それは警察のあなたがたが一番ご存じの事ではないのですか？　ＳＣＳはこの施設にも設置されているんです」

姫田市内の公共機関や公的インフラの監視カメラは、姫田市警察署公安部が管理するＳＣＳにより一元管理されていた。

監視カメラ自体は日本全国どこにでも設置されているが、姫田市のそれは、警察活動の省力化を意図してＳＣＳに接続されている点が異なっていた。

もとより市内すべての監視カメラを人間が管理する事など不可能だ。市内では公共施設のみならず、幹線道路を中心に警察のパトロール・ドローンまで映像を送っているのだ。

監視カメラの映像はＳＣＳのＡＩにより、顔認証や行動分析が行われ、犯罪者やテロリストなどの割り出しに使われている。

もちろん警察が恣意的に画像閲覧《えつらん》を行わないように、それに関しては厳格な運用規則が法律で定められていた。

犯罪捜査で使用する場合にも、裁判所の許可が必要であった。その代わり、必要と判断されれば、広範囲な使用が認められている。

　この場合でも、使用範囲が適正かどうかを第三者委員会が判断するために、閲覧記録の作成と提出が義務化されていた。具体的にはＳＣＳのＡＩによる閲覧ログの提出となる。

　一方で、監視カメラを設置した施設の側は、データが警察署内のサーバーにあるだけの話なので、彼らによるデータのアクセスには何の制約もなかった。

　じっさい各施設では、監視カメラの映像は警察のサーバーを介しているとは言え、普通にモニターに表示されていた。

　だから現場の刑事としては、面倒な手続きを経ることなく、当該施設に頼んで監視カメラの映像を見せてもらうことが多い。

　西島らの今回の訪問の主たる目的は、バラバラ遺体が焼却されたかどうかの確認よりも、監視カメラの映像にあった。

　空き家の直接的な画像はないとしても、住人がいれば空き家方向の監視カメラに某《なにがし》かの姿は映るだろう。

　あるいは自動車を使っていれば、そこから犯人が特定できるかもしれない。駐車場は監視カメラの対象だから。

　だが総務部長は、監視カメラの映像開示を拒否はしなかったものの、部外者が侵入した可能性は強く否定した。

「くどいようですが、ここはSCSにより監視されています。警備員もモニターを見ています。

だから不審者が誰にも知られず施設に侵入することなど不可能ですよ。ここに侵入できるなら、姫田市内のどこにだって、それこそ警察署にだって侵入できるはずじゃないですか」

「まぁ、仰《おっしゃ》る通りですが、それでも捜査手順に従うのが、我々の仕事なんですよ」

西島が宥《なだ》める横から、三矢が尋ねる。

「あのぉ、不審人物を見逃すことはないとのことなんですが、不審じゃない人物なら見逃されるかもしれないってことですか？」

「それは、どういう意味ですか」

総務部長は気色ばむが、それは何か思い当たることがあるからだと、西島は理解した。だからあえて話題を変える。

「ところで、裏のドアはどこに通じているんです？」

「裏のドア？」

「正面玄関の反対側にある、フェンスのドアですよ。工事現場でよく見るようなドアが付いていますよね」

総務部長は、あきらかに訊《き》いてくれるなという表情を浮かべた。

「工事の時に使ってた仮設ドアですよ。撤去するのも費用がかかるんで、そのまま放置してます。

だからと言って、部外者が勝手に侵入することはできませんよ。そこだって監視カメラが動いてるんです。鍵だってかけてる」

「鍵の管理は？」

「他の鍵と一緒です。最終的には私の管轄ですよ」

「なるほど、わかりました。いえ、侵入者がいないならそれで結構です。事件関係者がこの施設に侵入していないことが確認できれば、捜査範囲を絞ることができますので」

「どういう事件なんでしょうか？」

「それは捜査上の秘密です」

西島がそう言うと、総務部長は無意識なのか顔が引き攣《つ》った。平素よりストレスがたまっているようだ。

クリーンセンターの建設計画の時には、ダイオキシン類の発生など、環境面の問題から反対運動は起きていた。

しかし、もともと近隣住人が少ないことなどもあり、また施設が最新鋭の装置を導入していたことなどから、運転を始めてからはそうした問題も起きていない。

総務部長も定期的な人事で異動するはずで、彼がここに赴任したのは昨年度からのはず。いまさらストレスを感じる理由が西島には思い当たらない。

もっとも市役所の出世コースとは縁遠い役職だけに、そうした面ではストレスはあるのかもしれないが。

総務部長は、不安げな表情で、ともかく担当者に監視カメラの映像を表示するように命じた。それでも警察がここに来たことに、何か不安があるのか、他に仕事もあろうに立ちあっていた。

フェンスに設置されている監視カメラは一二個。縦三、横四の計一二個のモニターに映像が流れる。

ゴミ焼却施設は三角形を為す環境公園の隅に作られていた。ゴミ回収車が出入りするメインゲートは新道に面しており、施設自体はその支道で周囲を囲まれ、公園とは切り離されていた。

環境公園とは新道を挟んで反対側に、やはり県道54号と面した三角公園という公園があった。

三角公園は比較的古くからの公園で、遊具もあり、築年数が古いので耐震補強された集会所もある。近隣住民が利用するのは主に三角公園で、ゴミ焼却施設が近い環境公園は利用者はあまりいなかった。

それもあって、監視カメラに映る人の姿は少ない。

大都市圏では珍しくないホームレスも、「安全・清潔宣言都市」である姫田市では、すぐに収容施設への斡旋が為されるので、公園でも姿を見ることはない。

問題の集合住宅の廃屋が視界の中に映っているのは、一二個のカメラの中の五番から八番までの四基であった。五番と六番は入り口と道路を監視し、七番と八番は道路と駐車場の一部を監視していた。

「公園の駐車場以外に、フェンスの中にも駐車場があるんですね」

「職員の駐車場で、一般市民の駐車スペースを圧迫するわけには行きませんから」

総務部長はそう即答するも、またも顔が引き攣った。彼のストレスは、この駐車場に関係するようだ。

西島はそれで総務部長のストレスの原因の推測がついた。しかし、いまはそれについては触れないことにした。現時点ではフレンドリーな関係を維持したい。

画面は出勤・退勤時以外はほとんど動きがない。一二個のモニターを総動員して、日にちをずらし、時間短縮で再生を続ける。

再生は行政代執行により集合住宅が解体されることが公表された六月二四日から始めた。これで空振りなら、然るべき手続きを経て、科捜研あたりに専任者を配しての分析となる。

もともとクリーンセンターの監視カメラであり、集合住宅の監視カメラではない。ただバラバラ死体が発見された住宅は、比較的映り込んでいる。

「止めて下さい」

西島は担当者にある日時の画面を止めるように指示した。それは七月一日の画像だ。

「どうしました、西島さん？」

「これだ、裏口の窓。磨りガラスだから輪郭だけだけどな、前日までは、ここに白い部分があるだろ。これ位置的に、背の高い冷蔵庫があればできるよな。それがこの日の映像にはない」

「この時に冷蔵庫を処分したわけですか」

「だろうな」

意外なことに、冷蔵庫という言葉に総務部長の顔がまた引き攣った。本人には自覚がないのか、無表情を装っているが、それだけに不自然さが際立つ。

「あのぉ、個人的にいつも疑問に思ってるんですけどね」

「なんでしょうか？」

総務部長は、西島の「個人的質問」に当惑していた。根は善良な人なのだろう。西島はそう思う。

「姫田市って、ゴミの分別が割りと緩いですよね。親戚に聞いたら、他所はもっと厳密だって話なんですけど、何が違うんです？」

総務部長の緊張が嘘のように消えて行く。西島はいささか申し訳なく思う。彼はこちらの意図を知らない。

「一言でいえば、ハイテクの導入です。リサイクル可能な金属製品は磁石による分別でより分けます。プラスチックゴミは他のゴミと比重でより分けて、超臨界水で分解して、プラスチック原料として再利用します。

残ったゴミは、焼却可能ゴミですから、燃やすだけです。この段階ではダイオキシン類を生じるゴミも大幅に減少してますので、環境にも優しいわけです。また高温を急冷する時の蒸気を利用して、発電も行っています」

総務部長は、西島が事前に調べたクリーンセンターのホームページの文言そのままに、ゴミ分別のハイテク機器を説明する。

「ホームページによると、資源ゴミ以外が焼却ゴミだそうですけど、焼却ゴミのプールに何かの原因で大型資源ゴミが混入したら、燃焼したときにわかりませんか？」

総務部長の表情が再び痙攣する。

「裁判所経由で業務日報の提出……って面倒は私も避けたいんですけどね」

総務部長はゴミ焼却炉近くの、大きな鉄製の箱の前に西島らを案内した。それは焼却炉内の残渣《ざんさ》を入れる容器だという。

安全管理の問題もあるとかで、再び西島と三矢は使い捨て防護服を着せられた。昼飯前に防護服を二度も着るなど初めてだ。

鉄の箱は二つあり、そのうちの一つの蓋を開けると、金属製のフレームと何か圧力釜のようなものが置かれていた。

「冷蔵庫を焼却ゴミプールの中に何者かが捨てたんです。方法はわかりません」

わからないというより、わかりたくないのだろう。西島は総務部長の言葉をそう解釈した。

「ご存じのように冷蔵庫などの大型不燃ゴミは、有料で回収となっています。ドローンのおかげで不法投棄も根絶されてますから、それらのゴミはリサイクルセンターに運ばれて、クリーンセンターには運ばれません。

だから、ここに冷蔵庫の残骸があること自体が、あり得ないことなんです。ゴミ収集車は冷蔵庫など回収しませんから」

「方法は問わないとして、焼却ゴミプールに冷蔵庫など捨てたらわかりませんか？」

「炉が高温なので、分別後にプールされた焼却ゴミはすべて自動で処理されるんです。だからここに捨てられれば、発見はできません」

「でも、この残骸は発見できた？」

「焼却炉は順番にメンテナンスが必要なので、三基あるんです。その内の一基が炉内の異常燃焼を報告したので、すぐに燃焼を停止し、この残骸を発見したんです」

「捨てられた時期とか、見当はつきませんか？」

「センサーが異常燃焼を報告したのが七月三日でした。焼却ゴミプールのローテーションから逆算すれば、六月三〇日から七月一日の辺りです。それ以上の正確な日時はわかり兼ねます」

「これは証拠物件として押収することになると思います」

「あの、施設内の不法投棄についても捜査されるんでしょうか？」

もちろん捜査するに決まっている。しかし、西島は証拠隠滅の可能性も考え、こう返答した。

「不法投棄そのものは、直接の捜査案件ではありません。我々が問題としているのは、この冷蔵庫の残骸が、担当事案の証拠物件の可能性があるということです」

「お手柔らかにお願いします」

西島らが連絡すると、すぐに森田班長は鑑識の人間を送ってきた。それを見届けてから、西島はクリーンセンターを出た。

「もう、終わりですか、西島さん？」

「クリーンセンターか？」

「そうです」

「終わっちゃいない。これから調べなきゃならん。

バラバラ殺人の方は、割りと簡単に決着しそうだが、それとは別に厄介な案件になりそうだな」

「えっ、もう犯人がわかったんですか？」

「馬鹿、あれだけで犯人がわかるか。ただ犯人像は絞られたってことだ。三矢、気がつかなかったか？」

「気がつくって何をです？」

「やっぱりな。駐車場だよ。フェンスの中の駐車場。一一時に出ていって、三時頃戻ってくるような車が何台もあったのに気がつかなかったか？　戻ってこない車も何台かあったはずだ」

「あぁ、車の出入りはありましたね」

「ありましたね、じゃないよ。あれは中抜けだ。昼休みより前に抜けて、昼休み後に戻ってくる。

つまり就業時間内なのに罷業《ひぎょう》しているようなものだ。でもタイムカードは定時出勤定時退社だろう。下手《へた》したら残業すらついてるかもしれないぞ」

「それって不味《まず》いんじゃ？」

「不味いよ。不味いから総務部長は顔面引き攣ってたんだ。あれはクリーンセンターの組織がらみの不正だな。下手すれば市役所の環境部辺りまで話が行くかも知れん」

「でも、西島さん、あの監視カメラはＳＣＳにつながってるんですよ。どうしてわからないんですか？」

「午前一一時に自動車で出かけて、三時に戻るのが犯罪か？　その辺のことは人間様が判断してやらないと機械にはわからないんだ。だからな、ちゃんと昼休みに出かけて時間内に戻っても、爆弾持ち込んだら瞬時にSCSはテロ行為を発見し、報告する。SCSが認識出来る犯罪行為はそんなに多くはないんだ」

「そうなんですか」

「あのな、SCSが一から十まで判断できたら、警察も検察もいらないでしょ。SCSのAIったって、所詮は賢い道具に過ぎん」

「それで、犯人像って？」

「犯人が一人か複数か知らないが、確実に一人、クリーンセンター内に共犯者がいる。たぶん中抜けした奴が、解体された死体を持ち込んであのプールの中に捨てて、焼却させていた」

「じゃぁ、あの集合住宅は、一時保管所みたいなものですか？」

「たぶん、そうだろう。それが行政代執行で取り壊されることになった。だから冷蔵庫を処分する必要に迫られた」

「でも、どうして冷蔵庫が先なんでしょうか？　普通は中身の死体が先だと思いますけど。床下に収納場所を作る理由もわかりません」

「そこだ、問題は。そもそも冷蔵庫を処分する理由がわからん。中の死体さえ処分すれば、冷蔵庫は冷蔵庫だ。まぁ、そんなことは犯人に訊けばいいさ。とりあえずは、この方向性を提案するさ」

西島はダッシュボードから車載のキーボードを引きだし、レポートをまとめはじめた。警察車輛のカーナビは画面が一三インチもあるのは、こうした用途では文書作成画面となるためだ。

レポート作成中はカーナビは使えないが、所轄の署員は土地鑑があるものという前提なので、不都合はない。

西島は三矢のピースマで撮影した写真なども添付して、レポートを送信する。

姫田市警察署は、SCSの存在と元々凶悪事件が少ないということもあり、特例として、基本的にどんな犯罪でも、従来型の、人が集まる形の捜査本部というものが設置されないことになっていた。こうした動きは、大規模な感染流行も視野に入れて各地の警察署でも採用されつつあった。ただ姫田市警察署ほど徹底したものはなかった。

もちろん捜査本部もあれば捜査本部長もいるのだが、捜査データは署内専用のSNSとクラウドで共有され、刑事など捜査員の集合知で解決することが期待されていた。ようするに捜査はヴァーチャル捜査本部により処理される。

これはすべて警察機能の生産性向上のためである。だから捜査本部長も、専属ではなく、幾つかの事件を並行して抱えていた。

西島は一度、署に戻るつもりでいた。捜査本部長と直に打ち合わせるためだ。

西島の勘としては、このバラバラ殺人の犯人は、クリーンセンターの中抜けと無関係ではない。出勤退勤がルーズであることを犯人が利用しているのは間違いないだろう。

ただ捜査を進めれば、クリーンセンターの中抜けの実態も明らかになり、これ自体が市役所を巻き込む騒動となる。

さらに中抜けの問題が、捜査をやりにくくする可能性も少なくない。市役所の労組も知らない慣行なのか、労組も黙認なのかで話はまったく違って来る。

だから西島もSNSへのレポートには中抜けについてはあえて記載しなかった。地方都市の警察である。署員の中には、親兄弟が市役所勤務の人間も少なくない。

守秘義務があるのは事実だが、親兄弟が関わると、それが建前でしかないのも事実であり、西島も何度か市役所職員が関わる事件では、身内からの情報漏洩で、泣かされたことがあった。

そうしたことを考えると捜査本部長には、どうしても直接会って話を通しておかねばならない。ある程度は捜査本部長から市役所側に筋を通してもらう必要もあるだろう。

この事件の犯人が何者か知らないが、警察と市役所や労組の面倒な関係を承知で、捜査妨害として仕込んでいたとしたら、相当の知恵者だ。

「あれ、班長ですよ、西島さん」

車を出そうとした三矢は、スタッフを伴い、クリーンセンターに向かう森田班長の姿に気がついた。

西島は、車から自分だけ降りると森田班長に駆け寄る。

「どうしました？」

「あぁ、見ての通り。血痕だよ。あの家からクリーンセンターに向かってる」

「血痕なんかありました？」

「拭き取りはしたようだが、素人のやることだからな。肉眼で見えなくなって安心したんじゃないか。

ともかく死体はやはり焼却処分されていたようだな」

「それでもよく、血痕が残ってましたね」

「この一〇日ばかり、晴天が続いていたからな。まぁ、雨が降ったら降ったで考えるけどね」

予想通りと言うか、血痕は裏口の簡易ドアまで通じていた。

「物騒な事件ですけど、案外この山は早く片付きそうですな」

西島は、この時はそう思っていた。

北見麗子《きたみれいこ》に緊急の会議招集を告げたのは、会社支給のスマホだった。それは夕食を終え、自分で淹《い》れた珈琲を愉しんでいる時だった。スマホからプロコフィエフの『ロメオとジュリエット　第二組曲』の一節が流れる。

麗子はすぐにスマホを取った。社用のスマホの着信音は相手と内容ごとに変えてある。『ロメオとジュリエット　第二組曲』が流れるのは、幹部クラスが緊急度の高い厄介な案件を話し合うときだ。

もっとも想定外の時間にKOS社の創業者チームの一員である自分に掛かってくるなら、緊急で、厄介な案件しかないのではあるが。

スマホの画面には古関麻衣《こせきまい》と斉木寛《さいきひろし》の名前が表示される。麗子はかすかにため息をつく。古関は自分の同僚だが、斉木はKOS社の社員ではなく自衛隊のサイバー部隊からの出向者だ。階級は一等陸佐である。

実戦部隊の人間としてではなく、研修名目での出向者だが、自衛隊に戻ればサイバー部隊を率いる人材と言われている。

「はい、北見」

麗子がスマホを手に取ると、リビングのエージェントが六〇インチモニターを起動させる。こういう状況ではテレワーク会議になるのを部屋のエージェントは学習していた。

じじつスマホが会議開催に参加するか画面のボタンで確認するので、北見はタッチする。

すぐにスマホと連動したリビングのモニターに古関と斉木の姿が浮かぶ。

社用のスマホを連動させるのは、通信内容が暗号化されているからで、会議内容の漏洩を阻止するためだ。

古関はサイバー犯罪の分析を文化人類学的な見地から行うエキスパートだ。会社や対外的な折衝では、スーツ姿の似合う才女だが、テレワークでは私服のゴスロリで参加することが多い。大画面で妖艶な魔女を前にすると、会議のテーマを忘れてしまいそうになる。

一方の斉木一佐は、かなりBMIが高そうな人物で、いやしくも自衛隊員を名乗るなら、この体形は健康上問題となるのではないかと麗子はいつも思う。ただ、これでも格闘技などをさせると信じられない俊敏さを示す。ニコニコした熊さんみたいな容姿に騙されてはいけない人物だ。

「三人のメンバーで一佐まで加わるとなると、穏やかではないわね」

それは麗子の本心だった。KOS社は大手企業のシステム管理をセカンドオピニオンとして行うことを主たる業務としている。これにはあえてサイバー攻撃を仕掛け、ネットワークの脆弱性を検証するようなことも含まれていた。斉木一佐が出向しているのもこのためだ。

ただ、それでも斉木がこうした会議に参加することは稀だ。自衛隊のサイバー部隊は独自に活動するし、KOS社などの民間企業への支援要請には別のチャンネルが有る。だから幹部の話し合いに斉木が参加することは通常はない。

「穏やかではないことが起きている。あるいは起きようとしている。だから斉木さんにも参加してもらった」

「なるほど」

麗子はそれで状況を理解した。古関が他の幹部と一線を画するのは、文化人類学的な見地から、組織や社会の変化から、システムの異常や時にサイバー犯罪を予想するからだ。

一般的にネットワークなどのシステムは社会に最適化して設計される。しかし、社会の側が変化したら、システムと社会の間に齟齬《そご》が生まれる。そこがシステム異常やサイバー犯罪の弱点となるという理屈だ。

「いまデータ送ったけど、姫田市のＳＣＳが、ちょっと不穏」

ゴスロリ姿で古関が言うと、魔女の不吉な予言に聞こえる。

ＳＣＳそのものは治安維持や犯罪抑止が目的だが、行政機関ともデータを共有することで、行政の効率化も目的としていた。

多くの人は、街中に設置された監視カメラをＳＣＳと考えていたが、じっさいには市民が保有するスマホもＳＣＳの重要な要素となっていた。ＳＣＳが個人のスマホと連携することで、個人認証や行政の効率化が行えるためだ。

今日のスマホの性能は、二〇世紀末のスーパーコンピュータに匹敵する。それらが万単位で連携するネットワークには驚くべき能力が秘められているのだ。

もちろんこれらのシステムを人間が管理することは不可能であり、大小様々なＡＩがそれらの情報を処理していた。それでもＳＣＳの本体となるサーバー群はすべて姫田市警察署内の専用ルームに置かれていた。市役所とも情報共有は行われているが、システムの安全性と治安維持のためのシステムであることから、ＳＣＳの管理運営は警察管轄となっていた。

もちろん警察が画像閲覧をはじめとする個人情報の恣意的利用を行わないように、監査組織も用意される他、厳格な運用規則が法律で定められていた。ＫＯＳ社がＳＣＳのモニタリングを姫田市の外から行っているのも、警察による運用の透明性を確保するためだった。とはいえ民間企業のＫＯＳ社にできることは限られていたが。

「現時点でＳＣＳに明白なシステムトラブルは報告されていない。だけどこの半年ほどの間にシステムの負担が予測値より高くなる傾向が観測された。それがこの一週間ほどの間に急増しつつある」

麗子は古関が提示した資料を見る。確かに姫田市内のネットワークに占めるＳＣＳの活動量が増えている。増えていると言っても五パーセント程度だが、通常は活動量の変位は一パーセント以内の増減であることを考えれば、これは異常な数値だ。

「それで、システムの負荷が増えている意味なんだよね、問題は。姫田市民のスマホからＳＣＳへの情報が顕著に増えている。逆はない。つまりＳＣＳの側から市民のスマホには通常の情報量しか流れていない」

それは麗子を困惑させたが、斉木も同じであったらしい。

「ＳＣＳが積極的に市民の情報をスマホから抜いているってこと？」

しかし、ＳＣＳのＡＩにそんな機能がないことは麗子にも斉木にも周知の事実だ。ＡＩは与えられた命令と手順に従い処理するのには高い能力を発揮するが、自由意志をもって何かをするような能力はない。

「ＡＩがそんな真似をするわけがない。しかし、市民が積極的に情報を提供しているとも思えない。考えられるのは、姫田市市役所が提供しているアプリに問題があるということ」

「古関は市役所でサイバー犯罪を行った人間がいると言いたいの？」

麗子はやや詰問調で尋ねた。なぜなら本当にそうであれば、ＫＯＳ社は長期間に亘ってその犯罪を見逃していたことになるからだ。もちろん直接の主管は姫田市警察署であるが、そうであったとしても、セカンドオピニオンとしてのＫＯＳ社の責任は免れない。

「犯罪ではないと思う。市役所職員の犯罪なら、姫田市の警察署がもう動いているはず。おそらくアプリのバグが、何かの条件でスマホからのデータ転送量を増やしているのだと思う。現時点で姫田市で深刻なトラブルは起きていない。しかし、原因不明の負荷の増大は我々としては無視できない。

とはいえ、ＳＣＳの本体は姫田市警察署にある。セキュリティ契約上、我々が遠隔からＳＣＳ本体で何が起きているのかの解析はできない。警察から依頼があれば別だけど」

麗子はそれで古関の真意を理解した。要するにアリバイ作りだ。この件がシステムトラブルに結びついたとき、KOS社は契約に則り、トラブルの兆候を把握していたことを記録する。サイバー犯罪と決まってもいないのに斉木一佐を同席させるのも、KOS社、姫田市警察以外に自衛隊を証人とするためだろう。

「僕はあくまでも善意の第三者って立場なので、そこはよろしく」

斉木も自分に期待されていることをすぐに理解したらしい。ただ本件に深入りしない布石も忘れない。

「悪意さえなければ我々としては十分です」

麗子はそう斉木に告げる。

「わかった、私からKOS社を代表して、姫田市警察署に注意喚起のレポートを送っておくわ」

「よろしくぅ！」

こうして古関のまとめたデータをもとに、麗子は報告書をまとめ、姫田市警察署と市役所に提出する。

数日後、姫田市警察署から、機密管理の観点から、システムに関する報告書は市役所ではなく警察署のみにするようにという要求とともに、警察署のシステムエンジニアの見解も送られてきた。

「通信量の増大は、姫田市市役所が住民のニーズを読み取り、行政の効率化を図っている関係である」

その結論となる根拠も資料もなかった。すぐに麗子は古関と斉木にメッセージを送る。

「ＳＣＳの状況を重点的に監視すること。警察署のシステムエンジニアは事態に十分対処できていない可能性がある」

二章　二〇二四年七月一二日

船田にとって、この三日は激動の日々だった。

まず廃屋のバラバラ死体を発見したことで、船田は警察署で事情聴取を受けた。現場を差配している市役所の人もそのことは了解してくれた。

「とりあえず今日の日当は振り込むよう手配する」と市役所の人は言ってくれた。

船田が乗せられたのは、いわゆるパトカーではなく、普通乗用車のような警察車輌だった。警官もスーツ姿で、たぶんあれが刑事というものなのだろう。年長の方の刑事は大葉と名乗った。

刑事はスマホを手にしていたが、この時、船田のスマホが「ピッ」と鳴った。

何かと思って見ると、例の市の求人求職アプリが、目の前の人物が警察官であることを、またも姫田姫のアイコンで示していた。こんな機能があるとは知らなかった。

同時に大葉は「船田信和さんですか、いい名前ですね」と自分のスマホを見ながら言った。

大葉刑事は、「事件が事件なんで、署まで事情聴取のために同行願いたい」というようなことを、にこやかに説明した。

それは本職の刑事だからなのか、船田は親からだって、ここまで親身な表情を見せてもらったことがない。

「昔は交番を利用したんですが、いまは警察も省力化で、市内に交番もないんですわ」と大葉は船田が聞いてもいないことを語ってくれた。

「財布を拾ったらどうするんですか？」船田は、姫田市では「財布は拾った者勝ち」という期待を込めて尋ねてみた。すると返事は意外なものだった。

「それはですね、市内のコンビニに届けてください。コンビニは警官の巡回先ですし、夜間に不審者が現れたときの緊急避難先ともなってますから」

「コンビニが交番みたいなものなんですね」これじゃコンビニで万引きもできないな、船田はそう思ったが、大葉は言葉通りに解釈したのか、「そうです、そうです」とにこやかに頷《うなず》いた。

船田を乗せた警察車輛は県道76号を北上し、姫田駅を越え、市役所で左折した。そこからしばらく行くと、急にあるパステルカラーのコンクリート塀が見えた。

市役所のビルがレンガ色のタイル張りという、無難だが面白みのまるでない箱のような建物なのとは対照的な色彩感覚だ。

反対車線側には浄水場が見えたが、車はパステルカラーの切れ目から左折し、中に入った。

正面玄関と車輛の出入り口を兼ねる開口部以外は、警察署はこのパステルカラーの塀で囲まれているらしい。

塀の内部に入るとパステルカラーは剝《む》き出しのコンクリートの灰色に変わる。車内から見た警察署の建物は六等分にしたバームクーヘンのような形をしていた。

人手がないと言う割りには、入り口には警官が一人立っていた。警官が敬礼すると大葉と相方が目礼で通り過ぎる。

他に歩く者もなく、特徴らしい特徴のない廊下を進み、「どうぞ」と言われて、これまた取調室らしい部屋に案内される。

そこは六畳ほどで、大きな事務机が中央に、ドアの横の隅に学校の机のようなものが一つ。壁の高い所に棚があり、デジタル時計が載っている。船田は時計を背に座らされた。

何度か首を捻って時間を確認しようとしたら、棚板が邪魔して文字盤は見えなかった。

「まず、船田信和さん、二六歳、現住所は不定、職業は……自称フリーターというところでよろしいですかね？」

大葉はにこやかに、いまの発言に同意を求める。あの求職求人アプリは大葉に対して、彼の個人情報をかなり渡していたらしい。

そして、大葉は船田が姫田市にやって来たところから、バラバラ死体の発見までの経緯を、何度も何度も繰り返して聴取する。

さすがに船田も、「後で空き家に忍び込むつもりだった」と言うほど馬鹿ではなかった。しかし、それを漏らしそうになったことは、何度もあった。

大葉は時に、隅の机で会話をノートパソコンに打ち込んでいるらしい若い刑事と交替したり、あるいは世間話を挟む。

それでも、すぐに聴取は同じことの繰り返しになった。いま、船田を動かしているのは、恐怖だった。どうもこの刑事達は、自分をあのバラバラ死体の犯人にしたいのではないか？　よくは見ていないが、あの死体は何日も放置されていた。しかし、船田が姫田市に来たのは今朝のことだ。

だからそれを調べれば、船田が犯人ではないことは子供にもわかる。だが船田には、過去の経験から思い当たることもあった。

何年か前、派遣会社に登録していたときのことだ。ある工場に派遣された。雰囲気の良い職場ではなかった。

その工場では盗難騒ぎが起こることがよくあった。何が盗まれるかは決まっていない。社員の財布や私物だったり、工場の機材や材料だったり。その時々で変わる。

そうしたとき、真っ先に疑われるのは自分達のような非正規雇用の人間だった。証拠の有無にかかわりなく、トラブルは常に自分たちのせいにされる。

酷いときには正社員のミスや窃盗が、非正規雇用の工員に押しつけられることもあった。

小部屋に呼び出し、自分達が「自白」するまで、正社員が周囲を取り囲み、怒鳴り散らす。船田にもそうした「呼び出し」を受けた経験がある。何か底意があるのか、単なるストレス解消だったのか、それはわからない。幸い、船田は「自白」することなく解放された。ただ手癖の悪さを理由に解雇された非正規の工員は何人かいた。正社員のロッカーから窃盗という噂は聞いたが、それはないだろうと船田は思った。

非正規と正社員では工場のロッカールームも違う。非正規社員のロッカールームは工場の敷地に並べられた、鉄道コンテナであり、社屋のロッカールームには立ち入れない。社食にしても食堂は正社員だけが利用できて、自分達は近所のコンビニで買った弁当をコンテナの中で食べるだけだ。正社員からものを盗めるほど両者に接点はない。

それでも自分達が犯人となれば、工場にしてみれば、社員達には傷は付かない。仮に真犯人が他にいたとしても、犯人がすでに見つかったのだから、再犯はしないだろうと工場も考えたのかもしれない。

この工場は船田の経験の中でも特殊だったが、もっと地味なことなら色々あった。コンビニのシフトで売上げが合わないと、まず疑われるのが自分だ。他人の失敗なのに自分のせいにされたことも多々あった。

船田が空き家に住みつこうと思ったのも、借りを返してもらうためだ。自分が社会から不当な扱いを受けてきたことへの借りを、社会から返してもらうのだ。自分にはその権利がある。

が、それもこれも警察から自由になってからの話だ。この刑事たちは、自分を犯人に仕立て上げて、点数を稼ごうとしている。

それは不当だろうが、じゃぁ、正義のために船田の言い分を聞いてくれる人間がいるか？　船田の無実を我が事のように主張してくれる人間がいるか？

そんな人間はいない。船田の人生で、ただの一人もそんな奴はいなかった。親でさえ船田を評価してくれたことはないのだ、赤の他人ならなおさらだ。

だから船田は、恐怖心をバネにして、刑事達の尋問に耐え抜いた。

初日の取り調べが終わったのは夜だった。大葉刑事によると、自分は任意同行で事情聴取を求められただけで、決して逮捕されたわけではないという。

だからこれから警察署から帰宅することも自由であり、なおかつ明日もまた話を聞かせてもらいたいという。

しかし、刑事もわかっているはず、船田に帰宅すべき家などないことを。じじつ刑事はわかっていた。

「簡易宿泊所でよければ手配しますけど？」

「簡易宿泊所を手配って？」

「事情があって家に戻られない人のために、署が契約している宿泊所があるんです。三畳の個室ですけどプライバシーは守られます。我々も無駄な手間はかけたくないんで」

大葉刑事が言うのは、ようするに留置場には入れられないが、監視下には置きたいということだろう。警察の管理下は気に入らないが、空き家に泊まれない以上、簡易宿泊所に行くしかない。

「警察が手配するなら、宿泊費はそちら持ちですよね？」

「こちらの指定の簡易宿泊所でしたら」

「じゃあ、お願いします」

簡易宿泊所は警察署から歩いて五分ほどの路地裏にあった。古い旅館のようなものを想像していたが、案内されたのは、築年数の古い研修所のような場所だった。

「良かったらどうぞ」

大葉刑事は紙袋を船田に手渡した。菓子パンが幾つかとペットボトルが入っていた。夜食ということだろう。船田は頭を下げて、素直に受け取る。大葉とはそこでわかれた。手続きはスマホで事前に済ませてくれていたようで、船田は管理人からカードキーを無言で渡された。

こんな時代に管理人を置くとは意外だが、警察と契約している関係かもしれない。指定された部屋は三畳間に二段ベッドと小さなテーブルがあるだけの簡素なものだった。船田は大葉からのパンとペットボトルで食事を済ませると、そのままベッドに横になった。

「おはよう」

翌朝、船田は大葉に起こされる。時間は朝の八時だ。予想以上に疲れていたらしい。大葉はドア越しに船田に呼びかける。船田がドアを開けると、ハンバーガーのモーニングセットの箱が現れた。

「朝食だよ。ここは食事までは出ないからね。昨夜のペットボトルとかは僕の方で捨てておく」

ゴミなんか気にしていなかったが、大葉に促され、船田は袋ごとゴミを手渡す。大葉は部屋には入ってこなかったが、外で待っているのは明らかだ。モーニングセットを口に放り込むと、洗面台で顔を洗って外に出る。そして二人は警察に向かった。

そのまま九時に再び事情聴取がはじまった。ここでも船田は昨日と同じ態度を貫き通した。それは船田の意志の強さや決心の固さと言うよりも、大葉刑事の追及に昨日ほどの迫力が感じられなかったことが大きい。

むろん事情聴取の内容は昨日と同じで、同じことを何度も尋ねられ、その度毎に知らぬ存ぜぬを繰り返す。昼食と夕食は来客用らしい食堂に案内された。取調室での飲食は禁じられているためらしい。食堂と言っても六畳間ほどの狭い空間で、壁際にカウンターがコの字型にしつらえられているだけだ。お茶の入ったポットとコップの存在が、ここが飲食場であることを示している。

しかし、換気扇が回転し、消臭剤が置かれていてもかすかにタバコの臭いがする。おそらく通常は喫煙所として使われているのだろう。

昼食も夕食も大葉が用意してくれた。テイクアウトのハンバーガーやドーナッツ程度のものだが、船田はこうした他人からの厚意が嬉しかった反面、なにか裏があるのではないかと警戒もした。そして半ば儀式化した事情聴取の後に、一日が終わった。

一回だけ、大葉刑事は船田がここに留めおかれているのは「保護のため」と口を滑らせた。何からの保護かは曖昧だったが、どうやら報道機関にこの事件は大きく取り上げられ、第一発見者の船田にも迷惑がかかる……ということらしい。

船田はそのことを考えた。確かにバラバラ殺人事件はマスコミが放ってはおかないだろう。ただマスコミが自分をどう報じるかについては、興味が無かった。いや、知りたくなかった。自分がマスコミに扱われるとしたら、どんな料理のされ方をするか、十分想像がついたからだ。

駄目な親の家に生まれ、修学旅行にも参加できず、底辺校に入学するも、授業料滞納で中退。そしてつまらない仕事を転々とする日々。そんな奴が殺人事件の発見者だ。

どのレポーターが、どんな報じ方をするか、船田には口調まで予測できた。彼はワイドショーのMCから嘲笑され、コメンテーター達から攻撃される。誰一人として、船田がどんな人間であるのかをまともに見ようともしない。

やはり、できるだけ警察の事情聴取を受けていよう。船田は改めて、その決心を固めた。

だが、それは唐突に終わりを告げる。昨日と同じ簡易宿泊所を世話された船田は、翌日の朝の七時、テイクアウトのモーニングセットの入った紙袋を持って現れた大葉刑事に起こされる。

「おはようございます。これ、お礼です。いままでご協力いただいた。自腹だから警察云々は気にしなくていいですよ」

ベッドの中の船田に気にする様子もなく、大葉はドア越しに声をかける。

「どういうことですか？」

「事情聴取は終わりました。あとはご自由に」

「はい……」

船田にはそれだけ言うのが精いっぱいだった。そして言うだけ言ったら大葉刑事はどこかに消えた。これが七月一〇日の朝。

簡易宿泊所を出て、最初にやったのは、現在位置の確認だった。なにか幹線道路は歩道も含めて交通量が多い。

ちゃんとした身なりの男女が、チューブから歯磨きが搾《しぼ》りだされるように、びっしりと流れている。警察め、よりによって通勤時間帯に追い出しやがった。

自分がいるのは本丸道らしい。そこを西に進んで九鬼川にでると、川沿いに公園がある。

とりあえず、そこに避難することにする。こういう人混みは苦手なのだ。

公園のベンチまで何とか移動して、口座からスマホ代が無事に引き落とされたことを確認する。

「えっ！」

船田は思わず声をあげた。計算以上に残高がある。明細を見ると、集合住宅の解体の日当が八日だけでなく取り調べで何もしなかった九日分まで振り込まれていた。

警察に協力したから、市役所としては払わざるを得ないということなのだろうか？ まぁ、そんなことはどうでもいい。宿泊費は二日分浮いて、日当も余分にもらうことができた。

「案外、いい街じゃねっ？」

船田は思った。バラバラ死体発見などという波乱の幕開けではあったが、トータルでプラスじゃないか。

船田は自分へのご褒美で、今日は休むことにした。休むも何も、仕事そのものがなかったが、今日はそういうことを忘れて適当に過ごそうというわけだ。例のバラバラ死体のことは、すでに船田の脳裏にはない。厄介ごとには関わらず、すぐに忘れる。それが彼がこれまでの人生で学んできた処世術だ。

どこで何をするというあてもなく、結局、姫田駅のショッピングモールを一日ぶらついた。フードコートで昼食とも夕食ともつかない食事を済ませてから、船田はスマホの求職求人アプリを立ち上げ、明日の仕事を探す。

二四時間以上アプリに触らないと、自動でログアウトされる仕様らしく、立ち上がったのはトップ画面だった。

トップ画面には船田にログインを促す姫田姫のアイコンの横に「現在の求人総数三一一件」と表示されていた。

前回は船田に紹介されていた求人は三件。あの時は、船田に姫田市での実績は何もなかった。

しかし、ちゃんと仕事をすれば、機械の方も評価を変えるのだろう。考えてみれば、市役所が二日分の日当を払ったのも、船田の能力を評価してのことではないか？

船田としては、先日のような空き家解体の類が望ましかった。単調だが楽で日当も悪くない。

三一一件も求人があれば、そんな仕事もみつかるだろう。船田は期待を込めて指紋認証で自分のアカウントにログインする。

「求人件数は四件です」

船田は我が目を疑った。トップ画面には、三一一件の求人と表示されていたではないか。

それがなぜ四件なのか？

船田は何かの間違いと思い、一度ログアウトして、ログインし直そうとする。ログアウトするとトップ画面、求人数は少し増えて三一三件になっている。

だがログインすると、やはり四件だ。間違いようがない。

「ふざけやがって」

機械のくせにどこまで自分を馬鹿にしてくれるのか。高校中退だから、紹介できる仕事はこの程度というのか。

それにしても、三一三件と四件というのは、あまりにも人を馬鹿にしていないか。

このアプリに限らない。自分の人生はいつもそうだ。あんな親のせいで、自分は低く評価されっぱなしだ。

強い苛立ちを覚えながらも、それでも船田は四件の求人に目を通す。いずれ世間に目に物見せてやるにしても、いまは明日の仕事だ。

四件のうちの二件は、山畑農場の農業作業員と購買部の求人だった。こないだもこの求人はあった。よほど人気がないのか、人が居着かないのだろう。

時給が一番高いのは、水商売の雑用だが、船田の経験では、こういう求人で約束通りの時給が払われたためしがない。

それより船田の目を惹いたのは、四件目の求人だ。クリーンセンターの作業員募集の求人だ。

クリーンセンターとは例の集合住宅の近くにあったゴミ焼却施設のことだ。そこで作業員を募集しているという。

クリーンセンター内の軽作業で、作業の性質上、休日は不定期とのことだったが、労基法の範囲内ではあるらしい。

船田は躊躇せず、その求人に応じた。やはり公的機関の求人は、色々と楽ができそうだ。すぐにアプリは船田の要望が叶えられたことを告げる。求人への応募は少なかったのだろう。船田は、死体を発見した場所の近くで有利な求人があったことに、運命のようなものを感じていた。

ともかく、明日からの仕事が決まったことで、船田にも精神的な余裕ができた。そしてショッピングモール一階にあるコンビニで、懐中電灯と弁当とお茶を購入する。

予《かね》ての計画を実行するためだ。それは空き家を探し、住みつくこと。日当が余分に出て、仕事が順調に見つかったことに、船田は天の意思みたいな、運命のようなものを感じていた。新たに動き出すならいま、そう彼は直感したのだ。

クリーンセンターの求人は、はっきりとした雇用期間を明記していなかった。一週間以上としか書かれていないが、最低一週間分の日当は手に入るだろう。その間、ネットカフェの宿泊費を浮かすことができれば、それだけで一日の日当分くらいにはなる。

船田はスマホでクリーンセンターのある寺池町周辺の地図を表示させる。この範囲内で空き家を見つける。

クリーンセンターに近いと仕事先に向かうのが便利なのと、船田が乏しいなりにも、土地鑑があるのがあの辺であるためだ。

それに最初の仕事で解体した集合住宅のことを考えれば、この辺は空き家には基本的に無関心のようだ。侵入して占拠しても誰にもわかるまい。

ナビを頼りに環境公園の辺りに来たときには、完全に陽が沈んでいた。新道周辺はLED式の街灯も多かったが、新道を離れ、脇道に入ると、街灯もまばらになった。民家も相応に少ないからだろう。

三日前に船田が働いていた集合住宅の解体現場は、重機も片付けられ、警察の「KEEP OUT」と記されたテープで封鎖されていた。

むろん船田もいくら空き家とはいえ、こんな所に用はない。そのまま環境公園に入って、クリーンセンターの周囲を回ってみる。ここが明日からしばらく自分の職場になる。公園内には小さいがコンビニもあり、この近くの空き家なら生活に困ることは無さそうだ。だが残念ながら公園の周辺に住宅は意外に少なく、なおかつ空き家と思われるような家が見当たらない。

とりあえず、これ以上は何かを探す気力もなく、公園から県道54号をしばらく北上したところの一番近くにあるファミレスを目指す。

そこは船田も知っているチェーン店で、何度か夜を明かしたこともある二四時間営業のフアミレスだ。

県道54号は、76号とは異なり、トラックの通過が多かった。だからファミレスの駐車場は半分以上をトラックが占領していた。長距離トラックの運転手を主たる利用客と考えているらしく、食事と仮眠室セットがあった。船田はそこで一夜を過ごす。スマホのアラームが鳴ったとき、すでに朝だった。


「作業は簡単です。ただ衛生面を考えて防護服は脱がないでください」

船田と一緒に採用された作業員は九人、つまり船田を入れて一〇人。男五人に女五人で、年齢は二〇代から三〇代と思われた。

彼はすぐに控え室に案内されたが、そこには何人か先客がいた。しかし、船田も含め、誰もがスマホの画面を見るだけで、会話はない。それは一〇人全員が揃っても同じだった。

男女関係なく、誰もが自分に話しかけるなというオーラを放っている。そんなオーラを放たなくとも船田は他の連中に話しかけようとも思わない。

船田には既視感があった。高校時代のクラスの雰囲気だ。高校の頃、クラスにいたのは、どいつもこいつも船田から見てつまらない連中だった。

いかにも底辺校にふさわしい連中だ。親のせいでここに送られる羽目になった自分とは違う。

そんな感覚を、控え室で船田は感じ、同時に他の連中も同じことを感じているのではないかと思った。

そういう控え室に充満する、地味に攻撃的な空気は、内藤《ないとう》主任の登場で消えた。彼に何か華があるからではなく、場の空気などその程度のものだからだ。

一〇人は、机に二列に座らされ、内藤からA４判の書類を渡される。広報用のクリーンセンターのパンフレット。その中に書類がある。契約関係の書類と作業内容についての説明だ。パンフレットにはクリーンセンターのゴミは、ハイテク装置で自動的に分別されると見開きで説明してあった。

しかし、船田たちへの作業説明には、市内全域から集められたゴミの山からプラスチックと金属、電子機器などを分別する手順が書かれている。いわゆるハイテクによる分別とは、電磁石で鉄をより分ける程度のことらしい。

「ゴミはねぇ、機械で粉砕するんだ。その粉砕後のゴミから、使えるものを分別して欲しい。金属、プラスチック、電子機器の基板、これだけを分別して、それぞれの容器に入れるんだ！」

「他のゴミは？」

一〇人の中で、唯一、学生っぽい小柄な女性が尋ねる。

「そのまま放置して構わない。回収するのは資源になるリサイクル可能なものだけだ。

ようするにだ、金にならないゴミは焼却する！」

内藤主任にとってそれはギャグだったらしいが、誰も笑わないので、彼もそれはなかったものとして、実演をしてみせる。

テーブルにバケツのゴミをぶちまけ、自分は防護服を着ないまま、袖の長いゴム手袋で器用にゴミをより分けた。

あんまり他人の仕事に感心することのない船田だが、内藤主任の手際には感心した。

しかし、感心ばかりもしていられない。いまの作業をするのは自分達なのだ。

一通りの実演の後、内藤主任は言う。手には輪ゴムでまとめた紙のようなものが見えた。

「金目の物は分別と言いましたけど、ときどき、こういう現金が見つかることがあります。硬貨を見つけたら、それは皆さんのものにしても結構です。

まぁ、ねぇ、こういう仕事だから、なんか役得くらいないとね。

ただ、こういうお札については、着服しないで、私のところに届けて下さい。洗って、ストックして一定額になったら、みんなで分配することになってるんで。もちろん一部はちゃんと皆さんに還元しますよ」

ゴミの中の現金は、自分達が集めて、一定額になったら、職員に分配すると内藤は言っているらしい。

硬貨を見つけたら、自分のものにしても構わない。その話にその場の何人かは、表情を明るくした。

一生懸命にゴミの中から現金を探そうというのだろう。一時間の間に百円玉の一つも見つければ、それだけ時給が上がったのと同じだ。

しかし、船田は内藤の話に醒《さ》めていた。ゴミの中からいくら硬貨が見つかるか知らないが、それで一生懸命働いたところで、クリーンセンターから支払われる額が増えるわけではない。硬貨が見つからなければ、無駄な骨折りだ。

よしんば百円玉でも見つかったとしても、クリーンセンターの懐は痛まない。連中は何もしないで、こちらを無駄に働かせることができるわけだ。

ゴミの中の硬貨ははじめてだが、こういう役得を餌に無駄に人を働かせようとする職場は船田は何度も経験している。

正直、こんな話で喜んでいるような程度の低い奴がいることが信じられなかった。馬鹿共め、と思うのだが、自分がそんな連中と一緒に働かなければならないことに腹が立つ。

内藤のブリーフィングが終わり、男女別のロッカールームで防護服を着る。

ロッカールームは、本来のロッカールームとその前の前室に分かれていた。臭いが直接入らないようにするためだろう。

船田たちのロッカーは本来のロッカールームではなく、前室に並べられていた。ロッカールームには着衣を確認するための大きな鏡があり、奥のようすは前室からその鏡で見ることができた。

　ロッカールーム本体は三、四〇人は使える大きさだった。

　じっさいネームプレートに名前が書かれていたので持ち主はいるのだろうが、船田たちは内藤主任以外の人間を見ていない。

　だがそんな詮索をするよりも、着替えが優先された。私物をロッカーに入れ、全員が集合場所に集まる。

　そこは二列のベルトコンベアで、機械で粉砕されたらしいゴミがゆっくりと流れていた。ガラス越しに隣の作業エリアが見える。パンフレットに大きく写真が載っていたあたりだ。そこでは巨大な電磁石がゴミの山から鉄材を回収していた。磁石で回収できない金属は人力で分別しろということか。

　防護服は防塵防臭マスクが付いているので呼吸は楽だが、会話をするにはひどく面倒な作りだった。声が籠もってしまうのだ。私語を交わさず真面目に働けということだろう。

　その代わり、彼らにはブレスレットが渡されていた。スマホ画面のような小さな表示器があり、休憩時間や作業終了を報《しら》せるほか、突発的な事故などもこれで通知するという。

　使い捨ての防護服と比べ、ブレスレットはかなり使い込まれ、表面は傷だらけだが、使用に問題はないようだ。

　作業は難しくはなかったが、単調だった。ゴミ収集車が戻り、吐き出されたゴミを機械が砕き、磁石が鉄材を取り除くと、ゴミの山が流れてくる。その波が収まると、何も載っていないコンベアが流れる。その繰り返しだ。

どれくらい作業をしただろうか。船田の腕のブレスレットの表示器が赤く点滅する。表示器に触ると、点滅は止まり、メッセージが流れる。

「一五分休憩、ロッカー室が使えます」つまりロッカー室から出るなという意味だ。こういうメッセージの裏読みは、船田は得意だった。

雇われた一〇人の中で、ロッカー室に休憩に向かったのは、船田と女性が一人だけだった。もちろん二人のロッカールームは違う。

男用ロッカールームに入り、その前室で船田はマスクとフードを脱ぎ、使い捨てのグローブはゴミ箱に捨てる。

ふと見ると、装備を確認するための全身鏡に、男が二人着替えているのが映っていた。内藤主任と同世代っぽいのと船田と同世代に見えるの二人。市の水色の作業服を脱いで、二人とも私服に着替えている。彼らも船田の存在に気がついたようだ。

「あぁ、君らが代替要員か」

若い方が鏡越しに尋ねる。代替要員とは、要するに雇われた一〇人のことだろう。

「はい、そうです」

船田は素直に鏡越しに返答する。こういう時、ストレス発散のためか、妙に非正規社員に絡んでくる輩もいるからだ。

「何人雇われたの？」

「一〇人です」

「一〇人か……」

そして若い方は、そのまま船田への関心を失ったらしい。彼など存在しないかのように年長者と何やら話し出す。

「代替要員って二〇人じゃないんですね」

「まぁ、昨日の今日だからな、いまは頭を低くする時期さ。そうなると反省している姿勢を示すためにも、二〇人とはいかんだろう」

「一〇人は泣いてもらうってことですか」

「そうだろうな。まぁ、本来なら五人でできるところに二〇人放りこんでるんだ。一〇人に泣いてもらって、一〇人死守だろう」

「復帰はないんですかね？」

「ほとぼりが冷めるまで二、三ヶ月謹慎で復帰って噂だがな」

「そんな話があるんですか？」

「環境部に伝《つて》があってな」

「さすがっすね」

「市役所じゃコネがものをいうからな」

そう言うと、二人はロッカー室から出ていく。二人とも車のキーを持っている。若い方は、船田とすれ違いざま「まぁ、僕らのために頑張ってくれ」と船田の肩を叩いた。

二人がいなくなると、ロッカー室は船田一人となる。

かすかに腐敗臭の残る前室の隅の小テーブルには「臨時雇いの皆さんもご自由にお使い下さい」とお湯の入ったポットとインスタントコーヒーの瓶が置いてある。

誰も手を触れた痕跡がない。お湯もいっぱいだ。船田がはじめて使うのだろう。船田のカップ分だけ、お湯は減った。

船田は状況を考えようとするが、実を言うとよくわからない。何かトラブルが起きて、謹慎させられた人間がいて、その穴埋めに急遽自分達が雇われた、そういうことか？

ただ年長の方が「二、三ヶ月」がどうこうと言っていたから、もしかすると船田はこの仕事を少なくとも二ヶ月、うまくすると三ヶ月は勤められるかもしれない。

それは重要な情報だ。ゴミを扱うという仕事の内容はともかく、それ以外は楽で日給も悪くない。

だから空き家さえ確保できるなら、船田の経済状態はかなり改善する。もしも船田の能力が認められて、クリーンセンターの正社員になったなら、船田の人生は変わるだろう。

いままでのように他人から指図されるのではなく、船田が他人に指図する立場に替わるのだ。

それこそ、自分が本来いるべき場所だ。そんなことを思うと、船田は自分が他人に指図する光景を思い浮かべ、気恥ずかしささえ感じていた。

ブレスレットが休憩時間が終わったことを告げたので、船田はグローブを着用し、フードを被り、マスクをする。彼がコンベアに戻ると、別の代替要員二人とすれ違った。

彼らも男女なので、ロッカールームは違う。どうやらクリーンセンターは、自分達が私的な会話をすることを望んでいない。船田はそう理解した。

彼がそれを確信したのは、昼休みの時だ。午前中の一五分の休憩をとった順番に、昼休みの時間が告げられたことだ。

ロッカールームの前室には、段ボール箱に入ったコンビニ弁当があり、それぞれの弁当には臨時雇いの名前らしいものが、マジックペンで走り書きされていた。

船田はそれを見てはじめて、他の臨時雇用の職員の名前を知ったが、それでどうなるものでもない。顔と名前は一致しない。

弁当はどれも同じで、環境公園のコンビニで売っている日替わり弁当だった。昼休みは三〇分間。その間に弁当を食べ、お茶を飲む。

船田が男性五人の中では一番早く一一時に昼休みとなり、弁当を食べる。こうやって三〇分ずつずらして、遅い奴は一三時に弁当を食べるということか。

時間帯の関係か、船田の昼休み時間三〇分の間に、ロッカー室には臨時雇用はもちろん正職員も現れなかった。そして船田は再び仕事に戻った。

定時になり、船田たちの仕事は終わった。マスクとブーツとブレスレット以外は、すべて使い捨てだった。そしてクリーンセンターのリサイクル素材で作られたというエコバッグを渡された。余剰品を押し付けられたらしいが、貰えるものは貰っておく。

そうして彼らは追い立てられるように、クリーンセンターの外に出た。

「お疲れさん!」

突然、船田は肩を叩かれる。見れば昼休みにロッカー室にいた若い男だ。あの時の私服のまま、男は職員専用出入り口から、身分証をかざしてクリーンセンターに入って行く。

船田は、もしかすると未来の自分の職場になるかもしれない施設に興味があった。あの男だって、もしかするといずれ自分の部下になるかもしれない。

幸い職員専用出入り口はガラス張りで、なおかつ外は薄暗く、室内は照明がある。船田の位置からも男の動きは見えた。

男は船田には気がついていないらしい。彼は自分とそれ以外の職員の身分証を兼ねたＩＣカードを手に取ると、順番にそれを読み取り器にかざしていた。

「第一発見者は、結局、事件とは無関係ってことですか？」

西島に奢《おご》ってもらったコンビニの珈琲を運転席で飲みながら、三矢はピースマの画面を煽る。すでに時計は午前一時になろうとしている。

「まぁ、大葉さんも本気で第一発見者が犯人一味とは思ってなかったさ。だいたい七月八日以前に船田が姫田市に来ていないことは奴のスマホの利用歴からも確認済みだ」

「それでも調べた？」

「調べるさ。俺が大葉さんの立場なら、同じことをしていただろうな。

不自然は不自然なんだよ。非正規の経験しかない奴が、親戚も何もいない姫田市にやってきた。

そして何百と求人がある中で、なぜか市役所の行政代執行の作業員に応募して、採用されて、半日しか働いていないのに、バラバラ死体を発見するんだぞ。

同一犯による五人以上のバラバラ殺人事件の件数の方が、宝クジの一等の本数より少ないんだからな。どんな確率よ」

「大葉さんは何を考えていたんです？」

「ときどき思うんだけどな、三矢君は署のＳＮＳとか読んでないわけ？」

「読んでますよ。でも、あんなの結論だけ知っていればいいじゃないですか」

「お前、そんなこと外で漏らして弁護士にでも聞かれたら、公判維持できなくなるぞ。

結論を導いたプロセスこそ大事なんだよ。捜査手法がちゃんとしてないと、証拠能力にも影響するんだよ」

「すいません」

「うちの署で今世紀最大の事件なんだ。その辺はしっかり認識してくれ。で、大葉さんの考えというのは、船田が犯人グループにより、外部から犯罪を発見するために呼ばれた人間じゃないかということさ」

「なんのために？」

「より大きな犯罪が進行中で、それへの注意を逸《そ》らすため。そのためには船田のような人間が最適だった。姫田市との接点がまったくないからな。

しかし、どうもそれは杞憂に過ぎなかったようだ。二日間いつもの簡易宿泊所に泊まってもらったが、船田から外部に連絡しないし、外部から船田にも連絡がない。

飯を食わせてペットボトルから指紋やDNAを参照したが、前科は皆無。あいつは他人との接点が驚くほど希薄な人間だったそうだ」

「つまり、我々の方向が本命？」

「たぶんな」

西島らはいま寺森町《てらもりちょう》の「寺森第一団地」を監視できる空き地に車輌を止めていた。

七月八日に発覚したバラバラ殺人事件は、ある部分に関しては、その日の内に大きな進展と予想外の展開を見せた。

死体が発見された廃屋から市のゴミ焼却施設であるクリーンセンターまで血痕が続いていることが発見され、血痕と死体のＤＮＡが一致することは、その日の内に明らかになった。

これにより捜査範囲は廃屋からクリーンセンターにまで拡大する。最大の焦点は、犯人グループがクリーンセンターの職員かどうかにあった。

最初からゴミ焼却炉でバラバラ死体を焼却するつもりなら、あの廃屋で解体された死体が多数発見された理由も説明がつく。

じっさいクリーンセンターの裏口から死体を搬入し、分別後の焼却ゴミを溜めておく焼却ゴミプールに遺棄されたことも確認された。

じっさい焼却ゴミプールから、多数の人間のＤＮＡが検出された。これだけなら生ゴミからの混入で説明できたが、幾つかのバラバラ死体と一致したことで、死体処理の方法は確定した。

あとは裏口の監視カメラから持ち込んだ人物を特定すれば、事件は解決するか、少なくともクリーンセンターに勤務する犯人グループのメンバーは特定できるはずだった。

予想外のことは二つあった。一つは、死体を持ち込んだ人物どころか、死体が持ち込まれた画像データが存在しなかったこと。

裏口を利用する人物は多数いたが、バラバラ死体に相当するような荷物を外部から持ち込んだ人間は一人もいない。

強いて言えば、深夜にどこかの農場の軽トラが通過するビデオが記録されていた。このビデオの前後で、画面にノイズが載っていたのだ。不自然ではあるが事件と関係があるとは思えない。

仮想捜査本部のSNSの中には、「死体はクリーンセンターに持ち込まれ、ここで解体され、廃屋に運ばれたのではないか？」という突飛な意見もあったが、そういう解釈をしても該当するような画像はなかった。

この画像データの問題は、刑事課よりも姫田市警察署上層部により深刻に受け止められた。当然だろう。SCSの画像データ処理が不完全だとしたら、それは姫田市の治安維持のみならず、これを全国展開しようとしている警察庁や総務省などにとっても大問題となるのである。

科捜研からは、この問題の分析として、犯人グループが捜査を攪乱《かくらん》する意図で、バラバラ死体は裏口以外から搬入し、「血痕だけ」別に滴下したというシナリオを提出した。

だから滴下した職員が犯人ということなのだが、生憎とここは駐車場にも近く、クリーンセンターのセンター長や総務部長以外はほとんど全員が利用しており、この点では容疑者は絞り込めなかった。

二つ目の予想外は、監視カメラの映像を分析したところ、クリーンセンター職員の少なくとも二〇名強が、決められた以上の休憩時間をとって自宅に戻ったり、風俗店に通う、あるいは昼休み時間に外出してから副業先に向かい職場に戻らない光景が克明に記録されていたことだった。

市内にある多数の監視カメラ映像を連携させ、対象者を自動的に追跡するSCSの面目躍如といったところだ。ただし、肝心の犯罪については収穫はなかった。

それでもタイムカードは定時出勤・定時退社（時に残業）が記録されており、最も悪質な事例では、午前で帰宅し、午後からは別の会社に勤務しているような者さえいた。

ようするにバラバラ殺人事件の捜査の過程で、クリーンセンターの悪質な勤務違反や給与の不正受給が組織ぐるみで行われていたことが明らかになったのだ。

警察と検察は、SCSの画像データ問題もあったことから、意図的にクリーンセンターの不正問題をより重点的に扱って記者会見などを行った。SCSの画像データが、クリーンセンターの組織ぐるみの不正を暴いたと。

市役所の環境部はいち早くクリーンセンターの組織ぐるみの不正を糾弾し、センター長と総務部長の更迭を発表することで、問題が環境部にまで波及することを阻止しようとした。

更迭されたセンター長と総務部長はこれに反発し、独自に記者会見を開く騒ぎとなった。

この混乱の結果、クリーンセンター職員の何十人かが謹慎処分となり、それでもゴミ収集事業継続のため臨時職員が雇われることになる。

これらがこの三日ほどの間に起きたことだった。色々な思惑から、事件はセンセーショナルに報じられたが、捜査現場は静かであった。

画像データの問題はあるにせよ、犯人につながる人間がクリーンセンターの職員の中にいる。捜査関係者は、職員の行動を再度洗い出そうとした。

ただ「中抜け」に関わった人間に関しては、独立した捜査チームが当たることとなった。署長以下の思惑としては、クリーンセンターの不正とバラバラ殺人事件は別の案件としたいらしい。

このため西島らは「中抜けしていない」職員の行動を洗うこととなる。

もっとも西島個人は、本命はこの中にいると考えていた。理由は単純だ。「中抜け」していた職員は、遊興か副業が目的であり、その意味でアリバイは完璧だったからだ。

そうした中で西島がマークしているのが堺稔《さかいみのる》という人物だった。じつは西島も捜査を開始してはじめて知ったのだが、クリーンセンターの一〇〇人ほどの職員のうち、半数が契約社員だった。

そして中抜けした正社員たちの代わりにタイムカードを操作していたのも、彼ら契約社員たちであった。

そんな中に堺稔がいた。クリーンセンターにも夜勤はある。ゴミ焼却炉は発電も行っている関係で、一定の火力でゴミ焼却を続けねばならず、夜勤者が必要なのだ。

これは二人一組が原則なのだが、中抜け組は夜勤当番が当たると、堺稔と組むのが慣習となっていた。

そうすると自分達は夜勤をしなくても済むばかりか、堺がタイムカードの処理をしてくれるので夜勤手当も手に入る。堺稔の夜勤手当はこのため目立って多かった。

つまり堺稔が夜勤の時は、クリーンセンターに夜勤は一人しかいない。外部からバラバラ死体を持ち込むことも自由にできる。

そして何より重要なこと。事件前から堺稔は無断欠勤を続けていることだ。少なくとも七月六日から堺稔は消息を断っていた。

しかも、信じ難い事に堺稔の住所は虚偽であった。もっともこれは画像データが存在しないというような類の問題とは違って、容易に説明がつくものだった。

堺稔は二年近く前に姫田市に越してきてから、寺森町の低所得者向け県営住宅に入居した。ところが彼は家賃滞納で、そこを追い出されていた。

しかし、堺稔本人は二〇二三年一〇月より、勤務先のクリーンセンターに夜勤明けを除いて、毎日通っており、誰も県住から彼が追い出されたことを知らなかった。

堺も住所変更手続きをしていない。だから彼が今現在どこに住んでいるか、誰も知らなかった。じつに一年以上にわたって、堺稔は誰にも現住所を知られずに来たのだ。

だが、ここでもSCSが真価を発揮する。市内の監視カメラの画像記録を総動員し、堺稔の行動をクリーンセンターを起点に割り出したのだ。

警察関係者の堺稔に対する関心がさらに高まる事実がそこから割り出される。なんと、堺稔の姫田市内の行動に空白の時間と場所が幾つもあったのだ。

その直接的な理由はすぐに明らかになったが、そのことは署の上層部を憂慮させた。姫田市の監視カメラは富裕層の多い西側が安全のために、優先的に整備され、貧困層の多い東側はそれほどでもなかった。

そして東側の監視カメラは、故意に破壊される傾向が西側より強かった。原因は子供の悪戯から、反監視カメラ運動までさまざまだ。

ただSCSは管理こそ警察署だが、監視カメラの設置と維持は市役所の担当で、彼らは監視カメラのメンテナンスにそれほど積極的ではなかった。

特に寺沼町《てらぬまちょう》や寺森町の監視カメラに関しては、修理すると壊されるので、徒労感も強い。この辺は警察も了解しており、固定カメラが使えない分は、監視用ドローンで対応するようになっていた。

堺稔の行動に穴があるのは、この使えない監視カメラのせいだった。

問題は、堺稔が市内の壊された監視カメラの位置と撮影範囲を正確に把握しているらしいことだった。

さらにドローンのカメラが役に立たないことから、ドローンの運行についても堺稔は知悉《ちしつ》していると思われた。

「殺人事件に関係しようがしまいが、この男は危険だ。すぐに身柄を拘束し、背後関係を洗う必要がある」

クリーンセンターの件で、所轄の上層部に受けがいい西島は、SNS経由で、堺稔を拘束するように命令を受けていた。

確かに堺稔の行動を完全に把握はできていなかったにせよ、彼の現住所をSCSは割り出すことに成功していた。それは意外な場所だった。

寺森第一団地、それは堺稔が追い出された県住、寺森第五団地のすぐ近くだ。

「堺稔って、何を考えていたんでしょうね」

「何がだ、三矢？」

「契約社員か何か知りませんが、市役所の職員なんだから、給料はそこそこ出てるじゃないですか。そんな男がどうして家賃滞納で県住を追い出されるんです？

経歴だって、何か犯罪歴があるわけでもないじゃないですか」

「犯罪歴が確認されていないのと、犯罪歴がないのとでは意味が違うぞ。奴の個人情報は、いま照会中だ。じつはあれでとんでもない犯罪の天才かもしれんだろう」

「やっぱり、西島さんは奴が犯人だと」

「そうは言ってない。奴は怪しいが、犯人が堺稔だという物証はないんだ。お前が期待しているのが刑事の勘みたいなことなら、堺稔は殺人事件の犯人じゃない気がする。何等かの関わりはあるとしてもな」

「自分は犯人じゃないかなぁ、と思いますけど。怪しいじゃないですか、色々と」

「お前なぁ、犯人じゃないかなぁ、で捜査するなよ。冤罪事件を起こすつもりか？」

「すいません、そういうつもりじゃ……」

「この際だから言っておくけど、うちの所轄はSCS中心に動いているんだ。世間の反発も未だ少なくない。

それでも全国の警察が導入に向けて動いているのは、治安維持の効果を期待してのことだ。それなのにSCSの姫田市で冤罪事件などが起きたりしたら、刑事の馘首《クビ》程度で済むか！下手をすれば政権が交代するくらいの大事件になるんだ」

西島はそこまで一気に話してから、一息入れて話を変えた。

「で、堺稔だがな、こいつは間違いなく怪しい。怪しすぎる。

たとえば三矢が言っていた金の問題がある。堺は銀行口座の金の出入りが追跡できん。給与はそのまますべて現金化して、現金で決済している。口座に残しているのは、県住の家賃だけだ。

異常なまでに監視カメラを避けるというのは、ある種の精神障害で説明がつくとしても、金の流れを追跡されないように、ここまで現金にこだわるのには明確な意図が感じられる。奴の性格を一言でいえば慎重の二文字に尽きるだろう。

しかし、バラバラ死体を市のゴミ焼却炉で処理するというのは、慎重ではなく大胆と言うべきだ。この矛盾をどう考えるか」

「やはり何らかの精神病理ってことでしょうか？」

「その辺はわからんな。奴の行動に矛盾があるのは確かだ。ＳＣＳによれば、奴のヤサは県住の寺森第一団地だ、その前に住んでいたのが第五団地。

しかし、第一と第二は老朽化による解体予定で入居者募集はしていない。立ち退かない老夫婦が二世帯いるだけだ。

だから奴がやってるのは、不法占拠だ。なぜそんなことをする？」

「それを言えば、堺稔はどうやって県住に入居できたんですかね。県住って、入居条件が色々なかったですか？　所得とか市内に居住して何年とか」

「所得はなんとかなるんじゃないか。現金の出入りは追跡できないが、入金履歴は貧困水準だからな」

ＳＣＳは警察が管理しているので、すべての情報を警察が管理できると世間では思われていたが、じっさいは違っていた。

ＳＣＳを構築するに当たっては、総務省他幾つもの機関が関わっていた。このためＳＣＳ

のサーバーにはマイナンバーと紐づけされたすべての個人情報が蓄えられていたが、その全体像を知ることができる人間は、自治体や警察をはじめどこにもいなかった。一方で、情報の透明化についてはほとんど注意は払われていない。このため国民は誰が自分の情報にアクセスしたかを知る手段がないに等しかった。情報の透明性を確保しようとする所管官庁がなかったためだ。

ようするにSCSという箱物を導入したものの、多くの省庁が既得権益を守ろうとして開発に関わったために、個人情報は省庁の縦割りで管理されていたのである。姫田市市民の個人情報は個人の人権という文脈ではなく、官僚主義の縦割りにより守られていた。

だから良くも悪くも西島が握っている堺稔に関する情報には、明らかな凹凸がある。どうして県住への入居が認められたのか、そうした経緯についての情報は、西島にもわかっていなかった。それが重要と判断されたなら、所定の手続きを経て入手する必要があった。

県住の団地は昭和三〇年代に建築され、第一と第二はすでに築年数は半世紀を超えている。一階六世帯五階建ての計三〇世帯が住んでいた団地も、いまは立ち退きを拒否している老夫婦しかいない。

ガスはもともと都市ガスではなくプロパンであり、それは補充されていない。しかし、電気と水道はいまも通じていた。第一にも第二にも一世帯だけ居住者がいるので、解体は行われず、最低限度のインフラは供給されている。

やろうと思えば行政代執行は可能だが、市当局もそこまで強硬手段に訴える覚悟はないらしい。だから解体が決まって五年になるが、団地はいまも建っている。

夜になり、三〇世帯の空間がある二つの団地には、それぞれ灯りが一つだけ灯る。第一が四〇五号室、第二が三〇六号室に。

「帰ってこないんですかね？」

「しかし、他に行く場所はないだろう」

SCSは現在、堺稔を見失っていた。七月六日に監視カメラの破壊されたエリアに入ったところは確認されていたが、そこから先の消息がわからない。

もちろん監視カメラが設置されていなかったり破壊された領域に潜伏し続ける限り、SCSに発見されることはない。

しかし、監視カメラが設置されていないエリアとは、基本的に人間が活動していない空間でもある。道路もなければ店舗もない。

だからこのエリアに潜伏《せんぷく》し続けるとしたら、飲まず食わずの生活を覚悟する必要がある。

しかし、コンビニはもちろん、県道や鉄道にも堺稔は姿を現していない。夏だから、一日二日なら野宿もできようが、飲まず食わずでは堺稔も限界のはずだ。

「どこかに野営してるんですかね、テントでも張って？」

「ドローンだって飛んでるんだ。テントなんか張ったら一発で発見されるだろう。ホームレス発見のノウハウもあるんだからな」

「やはり殺された？」

「馬鹿なことを言うな。森田さんの報告を見ただろう。

回収されたバラバラ死体から、すでに死体を焼却されたらしい人物も含め、一二人のDNAが検出されたが、その中に堺稔はない。死体も発見されていないなら、生きていると考えるべきだろう」

「なら、誰かが匿《かくま》ってるんですかね。水と食料を提供するとかして」

「それが一番あってほしくないパターンだな」

それも西島が堺稔に不気味さを覚える理由の一つだ。SCSが把握する限り、堺稔に交友関係が認められないのだ。

ただ購入が確認できないTシャツを着用しているところを見ると、監視カメラの存在しないところで、何者かと接触しているのは確からしい。

SCSは監視カメラの映像から、人間と人間の接触を追跡・分析することが可能だ。だが監視カメラに映っていない場所と時間の行動を、前後の画像の違いから推測することまではやってくれない。SCSは予言者でも神でもなく、人間が作った機械に過ぎない。

西島にはバラバラ殺人事件と堺稔の関連については、まだ自分の中でもつかみきれていない。無関係ではないはずだが、主犯とも言い難い印象がある。

むしろ堺稔が本当にやりたいことは、ＳＣＳというシステムへの挑戦なのではないか。そのシステムが持つ、構造的な――そういう言い方が可能なら――欠陥を暴くことこそ、堺稔の不可解な行動の核なのかもしれない。

それでも西島は、いまはまだそれを口にする時期ではないと思っていた。ＳＣＳの無能ぶりを誇示するための連続バラバラ殺人事件、それが真相であったなら、あまりにもグロテスクすぎる。

「堺稔って何号室でしたっけ？」

「部屋番は不明だ。ドローンにも監視カメラにもわかり難い一階のどこかだ。部屋番がどうかしたか？

言っておくが、空き家でも令状なしで勝手に入ることは出来ないからな」

「やっぱり駄目ですか？」

「当たり前だ。そうでなくても四階の老夫婦と市当局が団地の管理で裁判になってるんだ。警察だろうと、手続き踏まずに勝手に入ったら裁判に影響するんだそうだ。読んだよな、三矢も書類？」

「ええ、まぁ、目は通しました」

「目を通す時間があるなら、ちゃんと読めよ。検察も弁護士も、目を通しましたじゃ、こっちの言い分なんか聞いてくれんぞ」

「例外ってないんですかね？」

「緊急事態でも起これば認められるがな」

「緊急事態……誰もいないはずの部屋から携帯の呼び出し音が聞こえるとかは？」

「まぁ、それなら認められなくもないだろう。どうした？」

「聞こえませんか、西島さん！　携帯の音！」

三矢はすぐに車から飛び出す。西島もそれを追う。

階段横の一〇三号室から音は聞こえていた。呼びかけても返事はなく、ドアには施錠されていない。

ドア開けると、何者かが窓を開ける音がする。

「三矢！　裏に回れ！」

そして西島は室内に飛び込む。スマホの音はすぐに止まった。そして今度は窓の閉まる音。何者かが窓から出ていった。堺稔のスマホを持って。

室内は暗かったが、四階の老夫婦のおかげで団地の電気は生きていた。壁のスイッチを入れると、室内に灯りが戻る。

「なんだこれは！」

そこには死体はなかったが、茶の間に一面の血痕が広がっていた。

その後、血痕は堺稔のものであることが、判明した。三矢は窓から逃げる黒っぽい服装の小柄な人影を目撃したものの、土地鑑があるのか、その侵入者はすぐに姿をくらませた。

三章　二〇二四年七月一二日

船田は深夜に起こされた。それがパトカーのサイレン音であり、隣の団地に向かっていることに気がつくまで、いささか時間がかかった。それくらい熟睡していたのだ。

船田がこの県住のことを知ったのは、嘘のような偶然のおかげだ。

ファミレスで夕飯を食いながら、そろそろ空き家のことを考えないとならないと思っていたとき、何気なくスマホの音声検索に尋ねたのだ。それこそ「近くのファミレスはどこにある？」程度の気持ちで。

「この近所の空き家はどこか？」

スマホはすぐに「五七軒の空き家がある」と画面に表示した。

昨日の三角公園では見つけられなかったのに、スマホは一瞬で五〇軒以上の空き家を見つけ出した！

だが詳細を見て納得した。ファミレスの窓からも県道54号を挟んで、古い団地が何棟か建っているのが見えた。その中の寺森第一と第二がほとんど空き家だという。

どうして「ほとんど」空き家なのか、それは船田には調べなくてもわかる。彼の実家の近所にもこんな団地（近所では文化住宅と呼ばれていた）があった。

老朽化が激しく、自治体が立て替えようとしていたのに、家賃が上がることを理由に退去に応じない世帯が幾つかあって、問題となっていたのだ。おそらくこの団地も似たようなものだろう。

ただ船田にとっては、理想の物件だ。なんかよくわからないが、居残りがいると電気や水道は止められないらしい。

だから団地の空き部屋に潜り込めば、電気や水道は手に入る。空き家でもいらぬ苦労はしなくて済む。

しかも、ファミレスの窓から場所がわかるくらいの近距離にある。そのうえ団地の近くにはコンビニまである。迷うべき理由は何もない。

船田はファミレスからの足で寺森第二団地に向かった。深い考えは無く、そっちの方がコンビニとファミレスに近かったからだ。

団地は六棟ばかりあり、四棟にはいまも住人がいる。ただ解体予定の第一と第二は、他の四棟よりもかなり古いらしく、緑地帯と駐車場を挟んで、両者は一〇〇メートルは離れていた。それもまた船田にとっては都合がいい。

立ち退きに応じない世帯があるため、団地に入るのは容易だった。設計が古いので、最新のセキュリティマンションのように部外者を侵入させないエントランスの類さえない。

団地中央の階段の踊り場には左右両側に木箱を並べた郵便箱が並んでいる。真新しいネームプレートは三〇六号だけで、外から見たとき、唯一団地で灯りが点いていた部屋だ。

なので船田は一階の一〇一号室を選んだ。なまじ階段を使って一世帯とは言え、住民に気取られたくない。

それに敷地を歩いてわかったが、第一と第二が他の四棟と違うのは、どうやら築年数だけではないらしい。

寺森第三から第六団地までは、県道54号とのアクセスを前提としているが、より古い第一と第二は、旧道側からのアクセスを前提としていた。

だから団地の敷地を突き抜ければ、旧道から県道54号までバイパスできる。じっさいそういう使われ方をしていたのかもしれない。

団地の境界に道を塞ぐように樹木が植えられ、緑地帯になっているのもそのためか。それが役に立つかどうかはわからないが、団地に侵入して住みつくなら、やや遠回りだが旧道経由の方が人目につかないのは確かだろう。

団地は半世紀以上前の建物にしては手入れされていた。行政がやっているのか、居残り世帯がやっているのか知らないが、団地周辺は落葉も清掃され、荒れた雰囲気はない。

さすがに個々の部屋の管理まではされていなかった。さらに一〇一号室は施錠されていた。

しかし、かなり旧式のシリンダー錠で、針金一本で解錠できる。船田が高校の頃に、そんな遊びが流行ったのだ。考えてみれば、高校時代に学んだことで、役に立った数少ない知識じゃないか？

懐中電灯に照らされた部屋は、六畳・三畳・台所に風呂トイレという、実家のアパートの間取りとほとんど同じだった。

家財道具は本当に何もない。サッシは鉄製で田の字型をしており、上は透明だが、下は磨りガラスになっていた。

しかし、カーテンなどなく、電気をつければ不法侵入がバレる。ところがよく見れば、家の中には電球のソケットが天井からぶら下がるだけで、電球さえなかった。

この辺は少し考えねばならない。とりあえず船田は窓のある六畳ではなく、窓のない三畳間にわずかばかりの荷物を置いて、懐中電灯で明かりをとる。

幸いブレーカーを上げるとコンセントから電気が流れたので、スマホの充電は問題なかった。

そうしてファミレスからガメてきた新聞紙を床に敷いて、バックパックを枕に寝る。

畳は古く、さすがに直に寝る気にはなれなかったが、それでも新聞紙越しに懐かしい畳の感触があった。

その感触を感じながら、全身を伸ばして眠る。ネットカフェの寝台席や個室のシートよりも、はるかに快適だった。

その至福の時を、パトカーのサイレンが奪ったのだ。

外に出るかどうか、船田は迷った。不法侵入している団地から、警察の前に出て行くというのは馬鹿だろう。

ただ隣で何が起きたのかを調べることも重要だ。船田としては、できればこの団地から動きたくない。

結局、船田は外に出た。好奇心に負けたわけじゃない。近所の団地の住民が次々と、外に出て警察の様子を見物しはじめたからだ。この雑踏に紛れ込めば、自分は目立たないという計算だ。

その計算は当たっていたらしい。警察が黄色いテープを展開している外側には、すでに三、四〇人の団地住民がいた。

寝間着姿の数は少なく、ほとんどが宵っぱりなのか、普段着らしいジャージ姿だ。親子連れの姿も少なくない。船田はスマホで時刻を確認すると、午前一時半となっている。

ただ警察がどうしてやって来たのかは、船田には今ひとつわからなかった。

船田が外に出たときは、四〇五号室の住民らしい老夫婦が、警官に向かって「弾圧だ！」と暴れ、夫婦共に公務執行妨害でパトカーに乗せられているところだった。

周囲からは「とっとと出て行け！」「もう二度と戻ってくるな！」と野次が飛ぶ。それを聞くと、船田は子供時代のあの土地に戻ってきたような錯覚に襲われた。

ただ、老夫婦の問題で警察がやって来たわけでもないようだ。老人二人を連行するにはパトカーが多すぎるし、何やら旧道を通って警察のマイクロバスまでやってきた。

そして中から出てきた警官たちは、なぜか四〇五号室ではなく、一〇三号室に入って行く。

それ以上のことは、外からは何もわからない。ただ一〇三号室の住人が何か事件を起こしたらしいことと、四〇五号室の老夫婦が付近住民から嫌われていることはわかった。

船田は人混みが多い間に、目立たぬように抜ける。途中でぶつかったか、身体が触れるかして、ジャージ姿の目の怖い若い女に睨《にら》まれた。女は船田を睨むだけで、どこかに消えた。

そして彼は、第二団地の一〇一号室に音も立てずに潜り込む。

この団地にも三〇六号室に居残り世帯がある。きっと周囲の住民からは、四〇五号室のあの老夫婦同様嫌われているに違いない。

ならば、あの三〇六号室の老夫婦を暴発させ、警察に逮捕させるように仕向けられるなら、船田は安心してこの団地を占拠できるのではないか。

環境公園の廃屋だって、無人になってから何年も放置されてきた。この団地だって、居残り世帯がいなくなっても、解体されるまでには一年二年はかかるだろう。

老夫婦を追い出す方法をあれこれ考えている間に、寝入ってしまい、スマホのアラームで目を覚ます。

目立たないように注意して、団地近くのコンビニで朝飯の安い弁当を買う。肉とご飯だけの焼き肉弁当だ。驚いたことに、レジの店員は、昨夜の騒動で船田を睨みつけた、ジャージ姿の目の怖い女だった。

考えてみればコンビニ店員なんて、近所から募集するだろうから、野次馬に来ていたあの女が店員をしていても不思議はない。

さすがにジャージなわけがなく、コンビニの制服には「川原《かわら》」という名札がある。身長は男性としては小柄な船田くらいはある。あるいは二、三センチは船田より高いかも知れない。女性としては大柄だろう。

年齢はたぶん船田と同世代で、ショートヘアは船田の好みではないが、それを差し引けばそこそこの美形だ。

「クリーンセンターにお勤めですか?」

川原が船田のエコバッグを見て尋ねる。彼女の表情には何かを期待しているような色がうかがえた。この辺では市役所職員というのは、そこそこのステータスがあるのだろう。

「はい、職場です」

船田はそう答える。嘘の自覚はない。自分はいずれこの町で自分の実力に相応しい地位を手に入れるはずだからだ。

「お仕事頑張ってください。ありがとうございました」

川原は船田に、彼女標準で笑顔を向けてレシートを返した。美人の店員がいるのは、船田にとっては、良いコンビニの条件だ。

仕事もあり、住居もあり、コンビニの店員は美人。なんとなく、風が自分に吹いてきた。そんな気がした。

旧道を通ってクリーンセンターに出勤すると、職場の空気は妙に張り詰めていた。警察の車がやってきて、古参の職員に色々と尋ねていた。

スマホでニュースを検索してみたが、特にめぼしい情報はなかった。例のバラバラ殺人にしても、捜査中だからか「廃屋で死体が見つかった」程度の報道しかされていない。よくわからないが姫田市では犯罪絡みの情報はネットにも乗らないらしい。

そういう意味では、やはり内藤主任の情報が一番役立った。

「堺稔という、契約社員が行方不明になっています。

空き家に不法侵入して事件に巻き込まれた疑いで、警察は捜査を開始しておりますが、皆さんは昨日から働いているわけですから、警察から何か尋ねられても、知らないと返答するようにして下さい。

あと契約で決まってますので、警察から任意同行を求められ、職場から移動するような場合には、契約はその時点で解除となりますので注意して下さい」

それは船田にとっては、ずしんとくる内容だ。ようするに警察には知らぬ存ぜぬを通せ。

警察に何か下手なことを漏らしたら、その場で解雇するから忘れるな。口調はソフトだが、内容は恫喝《どうかつ》だ。

ただ船田以外の人間は、内藤主任のミーティング内容にも何も感じないようだった。答えるもなにも、堺稔なんて名前は初めて耳にするのだろう。それは船田も同じだ。

しかし、船田はまさに堺稔のように空き家に不法侵入している。そして何があったのか、堺稔は事件に巻き込まれた。

もしかして自分も何かに巻き込まれる可能性があるのか？　考えてみれば、姫田市にやって来たその日の内にバラバラ死体を発見している。それは何かを暗示しているのだろうか？

そんな漠然としたことを考えながら、その日の仕事は終わった。

夕飯はコンビニ弁当に決めていた。あの美人の店員を期待してだ。だが店員は、滑舌の悪い高校生のバイトだった。

やはり彼女のシフトを調べる必要があるようだ。朝ならいいのか？　そうして薄暗い一〇一号室のドアを開けると、船田はいきなり腕をつかまれ狭い台所の床に叩きつけられた。

動こうとするが、背中を足で踏まれ、両腕を後ろに引っ張られ、動けない。

「お帰り、船《ふな》っち」

床に押さえつけられた船田の前に、川原の顔が現れる。やっぱりジャージ姿だった。

県住の一室で堺稔のものと思われる血痕を発見した翌一二日、西島は三矢と共に科捜研に向かっていた。

県警の科捜研は別にあったが、モデル都市という事もあり、姫田市警察署は姫田市内にも自前の科捜研を持っていた。

じっさい科捜研と姫田警察署は直線距離では三キロほどしか離れていない。警察署をそのまま南下すれば、科捜研の敷地に出る。

西島が科捜研に向かったのは、担当者と直接話をするためだった。

じっさいのところ、鑑識が採取した室内の血痕については、ピースマでアクセスすれば内容を知ることはできる。

しかし、西島は昔のような捜査本部で関係者全員が集まることもなくなったいまの体制には不満があった。いや、正確には不満ではなく、不安かもしれない。

捜査情報の中には、文書化されていない、会って初めてわかる「非言語的」な部分もあるのだ。そうしたものがいまはすっかり抜け落ちている。

もちろん「非言語的」な情報など刑事事件の証拠にはならない。しかし、捜査を行う人間である自分としては、それを切って捨てる立場には与《あずか》りたくないのが本心だ。

それだけでなく、西島は人と話したかった。三矢が駄目という話じゃない。捜査本部がバーチャルな機構となったために、同じ署内でも同僚や仲間と会う機会が極端に減少していた。

今回の事件に関しても、西島はいまだに捜査本部長と直接には会っていない。捜査本部長も忙しいから、時間は無駄にできない。面談には正当な理由が必要で、そこには「世間話」などが入り込む余地はない。

だからこそ、西島は会話を求めて科捜研に向かっていた。捜査関係者の専門家に詳しい説明を訊くというのは、理由として成立するからだ。少なくとも「世間話」ではない。

科捜研の沼田《ぬまた》主任は、小会議室で西島らを迎えてくれた。姫田市の科捜研に決まった応接室はなく、こういう場合は会議室が転用される。

「どうぞ」

主任自らカートリッジ式の珈琲サーバーから二人に珈琲を淹れてくれる。ラボでは結婚指輪を外す人間も多いと聞くが、沼田が指輪を外したところを西島は見たことがなかった。

そして今日は見慣れないカフスボタンをしていた。見てくれと言わんばかりの態度だから、嫌でも目につく。

仕方なく尋ねれば、父の日のプレゼントに妻子から送られたのだという。うっとうしくもあるし、羨ましくもある。

西島夫妻はジューンブライドということで、六月に結婚したが、どちらも結婚記念日を忘れている。先月は何ごともなく過ぎていた。

「主任は結婚記念日いつ？」

「一〇月一四日、今年で二〇年目かな」

「よく覚えてるね」

「自分が結婚した日だよ、忘れるわけないでしょう。西島さんはどうなの？」

「六月一九日だよ」

西島は適当な日付を口にした。そう忘れないように妻の多恵《たえ》の誕生日に式を挙げたのだ。が、肝心の誕生日を忘れていては意味もない。

「ほら、忘れないでしょ」

「まぁ、ね」

沼田はしばらく、そんな感じで家族の話をする。娘に彼氏がいるらしいが、父親としてどうすればいいか？　そんなたわいのない話だ。

他人と「世間話」したいのは、科捜研の職員も同じらしい。だが西島は暇つぶしに来たのではなかった。

「窓から逃げた人物については、めぼしい情報はないね。指紋もないし、足跡も不明瞭だし、毛髪も落ちてない。

スマホを持って逃げたんだって？」

「窓から逃げた奴は、まだ鳴っているスマホを持っていたんだ。たぶん堺を刺した犯人か、堺本人のスマホのどちらかだろう。スマホがないことに気がついて、呼び出して位置を確認して回収した。そんなところだろうな」

「たぶん、それは堺のスマホだろうね」と沼田は言う。

「科捜研で、そんなことまでわかるの？」

「いや、西島さん、そんなの現代人の常識。いまどきの連中は、四六時中スマホをいじってるから、どこかに忘れたら一〇分以内には気がつくよ。何日も放置して気がつかないというのは、そのスマホが被害者のものだからさ。犯人のものなら、とうの昔に回収されてますよ。玄関から入って」

「どういうこと？」

「SNSには、逃げた奴は土地鑑があるって書いてあったけど、だから西島さんらの車を見て、堺の家が見張られていると考えたんじゃないかな。別に西島さんの張り込みがどうのってことじゃなくて、犯人にとっては、あの部屋は犯行現場だから、神経過敏でも不思議はない。あれ、西島さん、なんか不満？」

「いや、不満じゃない。ひっかかり。我々に気がついて、窓から入ったのは良しとする。自分が玄関から入ったから、窓から逃げるのもわかる。だけどあの侵入者、なんで律儀に窓を閉めたんだ。逃げ遅れると考えるのが普通だ、犯罪者の心理として」

「いや、あれはあれで筋は通ってる。あのアパートの部屋、いまどき珍しい鉄製のサッシなんだよ、アルミじゃなくて。

鑑識の話だと、開け閉めできるけど、けっこう錆《さ》び付いていて、不用意に開けると物証が錆びた鉄粉で汚染されかねない有様だったんだと。

で、閉めるのはまだ簡単だけど、開けるのはかなり面倒だったらしい。追われて窓を閉めれば、それなりに時間稼ぎができるわけだよ」

「ってことは、犯人は、犯行現場にかなり精通していることになりますか？」

「鉄製サッシの開け方のコツを知ってる程度にはね。

わざわざ危険を冒して堺稔のスマホを回収したのは、そこから自分達につながるからだろうね」

「堺稔については、どうです？　何かわかりました？」

「まぁ、報告書には現時点では生死不明と書きましたけど、たぶん死んでるね、彼」

「主任、その死んでるという根拠は？　科学的な裏付けがあるの？」

「合理的な仮説があるということ。

床の血痕もさることながら、室内の壁から飛沫痕も検出されているんですよ」

沼田が会議室のリモコンを操作すると、小会議室の液晶モニターにＣＧで再現した県住の一〇三号室が浮かぶ。

「報告書にも書いたように、被害者はうつぶせに倒されて、刃物で刺されて大量の出血をした後、どこかに拉致された。

現時点で物証から言えるのは、ここまで。ここから先は自分の推測だけど、いい？」

「もちろん」

西島はわかってるだろうと視線で語り、沼田も了解したと笑みを浮かべる。

「血液の飛沫痕から推測すると、切創は頸動脈じゃないかと思う。飛沫が少ないので断定はできない。

たぶん切創をタオルか何かで押さえたのだと思う。だとすれば犯人は、衝動的に殺人に及んだのではなく、計画的かつそれなりに場数を踏んでいる。

そして頸動脈を切断されたら、普通は死亡する」

「出血量は致死量ではないと書いてなかったか？」

「部屋の血痕からの推定では致死量ではないというだけで、すぐにシートか何かに包まれたら推測値は全然違う。

ただ、さっきも言ったように、物証が乏しいから、いまの話も推測に過ぎない」

「そういう話こそ共有したいんだけどね」

「一応、個人的には、こういう話もまとめてるんだけどね」

「それって、ファイル共有できる？　プライベートに？」

「無理を言いなさんな。捜査ＳＮＳにアップする前の未整理の情報や憶測のメモなんだから非公開だよ。

あそこの情報は、裁判では証拠として扱われる。憶測なんかあげたら、捜査に予断があった、偏見があったと攻撃されかねない。

自分がまとめてるのは紙のノートだよ。アナログな道具」

「あぁ、一冊百円の」

「いや、いちおうＭＯＬＥＳＫＩＮＥのＡ４方眼を使ってる。高いけど自分にご褒美さ。それに、私物であることを明らかにしないとね」

「写真撮影も駄目？」

「だから私物だって。それに西島さんのピースマの写真もＳＣＳで管理されるんだから、なおさら駄目だよ」

言われてみればその通りだが、西島はそう聞かされて、胃の中を嫌なものが落ちていった感触がした。

「あのう、いいですか？」

「なんだい、三矢君？」

「いまの話だと、犯人はすごく殺害方法に慣れた人間ですよね。だったら殺人の前科があると思うんですけど……」

「どうしてSCSに容疑者がリストアップされないのかって言うのね。

いやぁ、三矢君さぁ、もの凄い嫌な角度から玉投げて来るね。

だけど、まぁ、いい質問だ。じつは捜査本部長からも照会がありましたよ。けっこう早い段階で」

「そんな話、捜査本部のSNSにはなかったぞ」

「西島さん、捜査本部長は警察署から一歩も外に出ないというわけ？」

「あぁ、なるほど。

で、主任はどんな説明を捜査本部長に？」

「自分はサイバー犯罪担当じゃないから説明はしませんよ。立場上、会議室にはいたけどさ。

要するにね、SCSの本質的な矛盾だね」

「SCSの矛盾？」

「三矢君が言ったように、殺人の前科があるような人間が市内に入ったら、SCSは顔分析で、その人物の動きを追跡する。

ご存じの通り、これはSCSが自動で行うことで、人間は感知しない。SCSも人間にはその事実を通知しない。だから警察も前科者が市内に入ったことはわからない。これはSCS関連法にも明記されている」

「あれですかね、治安維持と個人情報保護の妥協点って奴だ。ただし、要注意人物が犯罪を予想させる十分な根拠のある兆候を示した場合には、ＳＣＳはそのことを警察に通知できる。そうやって犯罪を抑止する。じじつ凶悪事件の再犯率は姫田市においてはゼロに近い」

西島の指摘に、沼田も同意するように頷く。

「そう、要注意人物が犯罪を予想させる行動を示して、はじめてＳＣＳはその人物の存在を我々に報告する。我々がアクションを起こせるのは、そこからだよ。

じっさいは強盗とか殺人事件の前科者は、ＳＣＳとは関係なく市内から追い出されるわけだけどね」

沼田は当たり前のように言う。

「追い出すって、そんなことできないだろ。警察にそんな権限はないよ」

「そうです。警察は前科があるからと言って、特定個人を市内から追い出したりしませんし、そんな権限も無い。

だけど、姫田市内の治安や安全に関心を持つ市民の考えはまた違う。

姫田市はＳＣＳがあるだけじゃなくて、市民の安全に対する意識も高いんですよ。そういう社会的にも地位のある人たちが、自分達の町の安全のためにＮＰＯを組織したりするわけです。

そういうグループが、転居者とか就職希望者がいたら、その人物が前科者かどうかを手弁当で確認するわけですよ」

「ネットで検索かけるとか？」

西島にはそれくらいしか思いつかない。

「それは基本ね。熱心な人なら有給取って、その人物の出身地に出かけたりするらしいね。刑事の西島さんには釈迦に説法だけど、ＳＣＳの時代でも口コミや人脈からの情報は馬鹿にならないじゃない。

そうやって調べて、重罪や性犯罪で前科ありとわかれば、部屋も借りられないし、職も見つからないから出ていくしかないわけね。どこにも暴力も強制もない」

「それ法的にまずくないの？」

「部屋を貸すかどうか、人を雇うかどうかは当人たちの問題だからね。不当な差別か、正当な理由か、それはまさに悪魔の証明そのものだね。

グレーゾーンと言えばそれまでだけど、人間社会には必要でしょ。西島さんだって、それが必要と思うから自分に会いにきているわけじゃないですか。

西島さん、お子さんは？」

「いないけど」

「家《うち》には中学と高校の娘がいるんだわ。思春期の娘は大変よ。洗濯物なんか、父親の自分と娘たちで別々に洗うんだから。これね、みんな笑うけど、じっさいにやられてごらん、ほんと凹《へこ》むから。

そんな生意気な娘だけど、近所に性犯罪の前歴があるような奴が越してこようとしたら、全力で阻止するね。親として当然でしょう。真っ当な家庭の親はみんなそうですよ」

沼田は冗談めかしているが、目は笑っていない。

「その辺のことは正直、わからんけどね、ただ特定個人の犯罪歴の有無は、まさに個人情報だから警察だって捜査以外では入手できないだろ」

西島はあくまでも法的な部分を指摘する。沼田の土俵に登るのは、明らかに危険な気がしたためだ。

「それに沼田さん。そういう予断はまずいんじゃないか。そのNPOの活動も法的にはグレーゾーンよりも黒に聞こえるがね。家族を守るという口実で、SCSからそこまで精度の高い個人情報を手に入れるのは、やはり不法行為じゃないのか？」

「確かに法的にはその通り。しかし、法律は全能でも無謬《むびゅう》でもない。それに合法的に情報は手に入れられるんですよ。合法的なSCSの公開情報でね。手間さえ惜しまなければ何とでもなる」

「嘘でしょ、そんなことできるの？　いや、できたら不味いんじゃないのか？」

西島が興味を示したことに、沼田は満足そうに膝を進める。

「そうでもない。要するに手間を惜しまなければってこと。

方法は二つある。一つは統計を駆使するのね。

例えば、わかりやすいモデルを言うとね、一般論として市内の前科者の総数は知ることはできる。

だからその総数を毎分ごとに集める。ある時刻にその数が増えたとする。だとするとその時間に市内に入った人物は前科ありとわかる。

これはすごく単純なモデルで、じっさいはこうは簡単にいかないけど、イメージはつかめるでしょ」

沼田主任は、身振りを交え、西島に同意を促すかのように、その手法について説明する。

西島は沼田がその手のNPOに参加し、精力的に活動している図が頭に浮かぶ。

彼がNPOに所属している証拠があるわけではないが、少なくとも沼田も、そう思われることに何の躊躇いもないのだろう。

「二つ目の方法は？　やはり何か数学的な処理が必要なのか？」

「いや、これねぇ、SCS開発時の仕様ミスか何かだと思うのだけどね。

でも、ミスは言いすぎかな。色々な省庁が関わっているから、個々の機能は担当部署にとっては正解で、省庁間の見解の相違が実装化されてしまったと言うべきですかね。

西島さんや三矢君には教えますけど、他言無用ね。そこはお願いしますよ。

ＳＣＳに特定の人物は前科を持つかどうか尋ねるとするじゃない。その人物が前科ありだと、ＳＣＳは『個人情報に関する質問には返答できません』と回答するのね」

「まぁ、そうだろうね」

「だけど、前科のない人間について同じ質問をすると『前科無し』と返答するんだよ。内部情報の処理系の違いだろうとは思うけどね。これもまぁ、グレーゾーンだよね」

ＳＣＳにそんな問題があるとは西島は初耳だった。正直、このことを自分の中でどう解釈すべきか、西島自身にもよくわからない。沼田は親切のつもりで教えてくれたのかもしれないが、西島にしてみれば、何も教えてくれない方がよほど親切だ。

が、それ以上に驚いたのは三矢の反応だった。

「主任、そんなことより、話を戻してください。ＳＣＳの矛盾ってなんですか？」

三矢は沼田が語ったＳＣＳの前科者排斥の問題を何とも思っていないらしい。沼田も三矢のこの反応に、急に熱が冷めたように、淡々と説明を再開した。

「ＳＣＳの矛盾というのは、ＳＣＳが正常に機能していれば、姫田市には殺人を犯した経歴のある人間がやってきても、ＳＣＳはそれを監視しても、警察つまりは人間にはその事実はわからない。

だが、だからこそＳＣＳはその人物が犯罪を実行しようとした時、それを我々に通報し、可能な限り犯罪の実行を阻止しようとする。

ところが現実には殺人は起きている。それも衝動殺人ではなく死体を冷静にバラバラにして投棄するという猟奇殺人だ。これは本来起こりえないことなんだよ。じっさい我々はこのことに関してこうして頭を抱えているわけだが、じつはこの矛盾を回避できる解答が一つだけある」

「姫田市内で、連続バラバラ殺人を実行した犯人が生まれ、育ち、犯行を重ねながらも、善良な市民として生活しているが故に、ＳＣＳにはマークされていない、そういうことですね」

三矢は沼田の話をそうまとめた。

「そういうことだ。監視カメラだって家庭内にはない。善良な市民が殺人を犯し、遺体を解体したとしても、善良な市民というカテゴリーの人物は、ＳＣＳも気にしないわけだ。ただね、堺稔の事件と連続バラバラ殺人事件は一連の犯罪と考えられる。前科がないにもかかわらず、ここまで手際が良い殺人犯とはどんな人間か？　条件に当てはまる人間は、いないではない」

「そんな人物がいるんですか、沼田さん？」

沼田は笑いながら言う。

「僕だよ、条件だけ言えばね。もちろん僕は犯人じゃないけどね」

それは沼田なりのジョークだったらしいが三矢には通じなかった。

「海外じゃ、そんな殺人者は何人もいませんでしたっけ？　一〇年、二〇年かけて、数十人の人間を殺しておきながら、地元の誰も気がつかなかったって事件」

「本当に君は嫌な指摘ばかりするな、三矢君。

その通りだ、ＳＣＳの監視機能に問題がなく、にもかかわらず連続バラバラ殺人事件が起きている。この矛盾を矛盾でなくするとすれば、警察の知らない猟奇的殺人者がいるという結論になる。いわゆる異常者だろう、おそらくな」

「そうかな」

「そうかなって、西島さんは他になにかあるというのか？」

西島は疑問を沼田にぶつける。

「堺稔の件はともかく、連続バラバラ殺人事件については、一人では不可能だろう。堺稔が焼却の手引きをしていたとしても、実行犯は別にいるはずだ。

海外には一人で何十人も殺した奴はいたかもしれない。しかし、そんな奴は何十億人もいる人間の中で数人だろう。

普通は大量殺人は複数犯だ。つまり組織で分業を適切に行えば、素人でもこのような犯罪は可能じゃないか」

「組織犯罪だというの？」

組織という言葉になぜか沼田は強く反応した。

「組織による犯罪という解釈じゃなくて、経験の無い犯罪者が手際よくことを進めようとすれば、組織というかチームで行う。そう考えるのが自然だという話だ。作業を分担すればミスも減る。

犯罪歴がない人間達なら、SCSはノーチェックだ。善良な市民とそうでない人間を判別するのがSCSの機能なら、善良と判断された犯人に対してはSCSは無力じゃないか。

前科者が刃物を購入すれば、SCSは注目するだろう。だけど、善良な市民なら刃物どころかチェーンソーを購入してもSCSは無視するはずだ」

沼田主任は、しばらく天井を見ながら西島の話を咀嚼《そしゃく》していた。

「いや、その仮説は非常に興味深いが、今回の事件には通用しない」

「通用しない？　どうして？」

「犯人チームが全員善良な市民であり、SCSの関心を惹かなかったとしても、被害者は違うんだよ。

報告書に上げたから西島さんも知ってると思うが、血痕のみの被害者も含め、今回の事件の被害者は堺稔も含めて一三名だ。

発見された遺体から確実に死亡していると判断されているのが八名。残り五名は堺のように血痕だけとか、片腕、片足のみの被害者だ。まぁ、彼らも死亡していると判断すべきなのだろうがな。

その一三人のうち、身元がわかっている範囲で六名に犯罪歴がある。万引きの常習から性犯罪、強盗傷害と犯歴の傾向はバラバラだ。

それでもSCSの監視カメラは、自動的に彼らを追跡していたはずだ」

沼田はそう断言したが、西島は、わずかな語尾の違いも見逃さない。刑事の性《さが》だろう。

「追跡していたはず、とは？」

「さっきも言ったが、個人情報の関係だよ。監視していても、犯罪歴のある人間が犯罪の徴候を示すまでは、SCSはそのことを報告しない。

そして犯罪を疑わせる行動をしはじめてからSCSは記録を残すが、そうでない限りは一週間から長くても三週間が過ぎれば画像は消去される。ストレージは有限だし、個人情報保護の問題もあるからね。

とりあえずこの六名は知られている範囲で、死体として発見されるまで犯罪は犯しておらず、その徴候もなかった。ただSCSは彼らが市内にいることは把握していた。

だから犯人がきれいな身体だったとしても、被害者と接触した時点で記録される」

「それにしたところで、監視カメラの前で被害者を殺したわけじゃなし、被害者との単なる接触ではSCSの関心を惹くことはないだろう」

西島はそう言いながら、どうして自分は沼田とこんな議論をしているかがわからなくなった。が、沼田はあくまでも西島を説得したいらしい。

「どうだろうね。

統計的に殺人事件の犯人は圧倒的に被害者の身近な人間だ。そりゃそうだ、殺してしまいたいと思うほどの関係性があるわけだからね。

犯人とそれだけ濃厚な人間関係があるならば、SCSは必ず何らかの反応をする。被害者の周辺を捜査するのは常道だろう。

つまりSCSが無視するような、善良な市民集団が前科者を殺しているという図式は成立しない。被害者と濃厚な接触を持つ時点で彼らもまた関係者となるんだ。

だとすれば、SCSはそれが犯人である確率は低いと判断したとしても、関係者リストは作成できるはずなんだ。

だがそんなリストはない、それが現実だ。犯人と被害者の人間関係は希薄だ。通り魔的犯行に近いね、この点で言えば」

「堺稔のように徹底してSCSの監視の目を逃れていたとしたら？　それなら濃厚な人間関係もわからない」

西島の仮説に沼田は執拗に反論する。

「それも難しいな。まず被害者全員が堺稔のようにSCSを避けて生活していたとは思えん。身元がわかっている人間は、すべて他所の土地からこの一年以内に姫田市にやって来た人間だが、そこまでSCSを避けるなら、来なきゃいいだけの話だ。

堺稔の詳細な経歴は公安が照会中だそうだが、彼は例外で、普通の犯罪者はそこまで監視カメラに対する意識は高くないよ。

よしんば接触した善良な市民の意識が高くても、双方が高くなければSCSから隠れ果《おお》せることはない」

「それならSCSは堺稔が行方をくらませた前後の状況をどう認識していたんだ？」

それに対して沼田はやや口ごもる。

「じつは途中から行方不明だ。旧道から寺森町に入ったのは確認されているが、その後の足取りがはっきりしない。

確認されている限り、何らかの理由で姫田市から移動しようとしていたらしい。ただ監視カメラが壊されたエリアから先は彼の行動は不明だ」

「善良な市民だからSCSが注視しなかったから犯罪が見逃されたのか？」

「犯罪者予備軍がカメラの死角で獲物を待ち伏せていたのかもしれん」

沼田は執拗に西島の「善良な市民説」に反駁《はんばく》する。

「あの、いいですか？」

「なんだ、三矢？」

「さっきからのお二人の話は、同じことだと思うんですけど。少なくともかなり重なるんじやないですか。

沼田さんの卓越した能力を持つ猟奇殺人鬼が前科もないまま姫田市内に生まれたという話は、西島さんの善良な市民グループの犯行であるという説と、矛盾しませんよ。

いや、その具体的な犯人像は随分と違うかもしれませんけど、SCSが犯罪者と認識しない人間という点では一致してます。

お二人の意見の相違は、異常者か普通の市民かという点ですけど、それだって異常者の多くは、普段は善良な市民として生活しているじゃないですか」

「三矢の話は、一理ある。ただ俺と主任の意見の相違は重要なんだ」

「そうですか、西島さん？」

「異常者が犯人なら、被害者と犯人との間に濃密な人間関係は期待できない。そうではなく善良な市民なら、犯人との関係性からたどりつくことが出来る。その点で捜査方針から、捜査手法までずいぶんと違って来る」

「SCSの機能がどこまで捜査に活用できるかも違って来るね」

沼田は、そう言って西島に同意した。議論の切れ目を潮に、二人は車に戻った。

「さっきの三矢の指摘、あれはなかなか鋭いな。いや、どうも俺も沼田さんも、議論に熱中すると、俯瞰《ふかん》した視点で見られなくていかんな」

そう西島が話しかけるも、三矢は別の方向を見ていた。

「どうした三矢？」

「ここだけの話なんですけど、西島さんの説が正しいとしたら……沼田さんも容疑者像に当てはまりますね」

「馬鹿なことを言うな、それより次の聞き込みだ」

三矢を叱りながら、西島は彼の指摘に動揺していた。

四章　二〇二四年七月一三日

　船田は両手を後ろ手に結束帯で縛られていた。そしてその状態で窓のない三畳間に正座させられている。

　船田は四人の人間に囲まれていた。コンビニ店員の川原だけはわかったが、他の三人は見覚えがない。川原の知り合いなら近所の人間なのだろうが、姫田市に来てまだ数日の船田がわかるはずもなかった。

　四人のうち三人は棒を持っていたが、川原だけは鋭利なサバイバルナイフを手にしている。それも妙に使い込んだ傷や汚れのあるものだった。他三人はともかく、この女は敵に回せない。

「船っちは、なんでここにいるのさ？」

「船っちって何だよ？」

「あんた船田信和なんだろ。だったら船っちでいいじゃん」

「なんで俺の名前を知ってるんだよ！」

「質問してるのは、あたし」

そういうと川原はナイフを船田の頬にあてる。金属の冷たい感触とこのナイフは切れるという確信が、皮膚からはっきりと感じられた。

船田がナイフのことを理解できたとみると、川原はナイフをハーネスのナイフポーチに収めた。

「で、どうして、この団地にいるわけ」

「空き家だからだよ！」

船田は後頭部を殴られ、前に倒れた。それを後ろから髪を引っ張られ起こされる。

「船っち、自分が何やったかわかってんの？　不法侵入なんだよ、不法侵入」

「不法侵入たって、ここは空き家じゃないか。誰も使っていない空き家に住んでどこが悪いんだ！」

船田は開き直って、そう叫ぶ。法律がどうという考えは無かった。それよりも船田には、自分が空き家を使えないことの方が不公正に思えたのだ。

だが川原の言葉は、船田の言い分を粉砕する。

「ここは空き家じゃないんだよ。空き家が電気を使えるかい？　水道が通ってるかい？　どうなのさ？」

船田はふて腐れて黙っていたが、川原が目配せすると、今度は棒で背中を殴られた。棒は勢い余って船田の頬をかすった。痛みと共に血が流れたような感触がする。だから降参の意味で「通ってない！」と声を絞り出す。

「だったら、ここに勝手に侵入できないくらいのことはわかるだろ」

「あんたたち、誰なんだ！」

船田もこの状況で、お前ら、と言うほど無分別ではなかった。

「船っちにわかるように言えば、自治会みたいなもんさ」

「自治会だってぇ……」

「わからない？　爺さん婆さんが一軒しか住んでいないのに、どうしてこの団地が荒れもせず綺麗だと思って？」

「それだって、誰も住んでいないなら空き家じゃないか」

「単に住人がいないのは空室、管理する人間もいないのが空き家だよ！　ここには管理する人間がちゃんといるんだ！」

後ろで動く気配がしたので、船田が身を屈《かが》めると、それはフェイントだった。船田を囲む自治会の人間達がそれを見て笑う。

「俺をどうするつもりだ」

船田は考える。自治会というものがこんなに手荒なものなのかはわからないが、連中は自分が団地に不法侵入したことを問題にしている。

そして川原はどういうわけか自分の名前を知っている。コンビニで弁当代をスマホで決済したのがいけなかったのか？　それはわからないが、もしもスマホ経由なら、名前以外にも船田の個人情報を川原が把握している可能性は高い。

この状況で警察に突き出されたとしたら、逮捕されてしまうのではないか。バラバラ殺人事件の第一発見者として警察の取り調べを受けていたのだ、昨夜の隣の団地での事件を考えれば、どうも船田には逆風だ。

船田はどの事件にも無関係だが、しかし、事件の近くに現れすぎる。それを警察は偶然と考えてくれるだろうか？

しかし、船田の怯《おび》えた表情に満足したのか、川原は船田の予想外の手札を切る。

「普通なら警察に突き出す。だけど、船っちの場合は、考えないでもないかな」

「どうすればいいんです」

情けないと思いつつも、船田は思わず川原に慣れない敬語を使う。警察に突き出されない道があるなら、何でもする、それがいまの船田の心境だ。

「部外者が団地の空室に勝手に入ったから問題となるのよ、わかる？

だったら、船っちが自治会ってか、あたしらの仲間になれば不法侵入にはならないわよね」

「なります、自治会に入ります」

「入ります、って簡単に言ってくれるわね。ただで自治会に入れると思ってるの？」

「金はないんです」

「船っちがオケラなくらい知ってるわよ。身なりでわかるし、金があれば、こんな所に来ないわよね」

「だったら、どうすれば……」

風俗店の雑用をしていたときのことが、甦る。その店では、金のありそうな客からは、クレジットカードをスキミングして、データを売却して金にしていた。

店が直接カードデータを悪用すれば足がつくから、それはやらない。売却もスキミングから一週間程度は時間を置く。店でデータを抜かれたことを気取られないようにだ。

それでもたまには金のない客がいる。そういう奴からは、大抵は飲み代をぼったくり、払えない差額は借用書を書かせる。借用書自体はまともなものだ。利息も合法的な額に抑えてある。

ただ本当に金が無いか身体検査をしているときに、客の個人情報も抜いている。名刺や社員証、個人情報に無防備な奴は多い。マイナンバーや銀行口座もわかれば、それ自体が売り物になる。時に本人が知らない間に、客は多額の借金を背負うことになる。

いま、あの時のことが甦る。警察に差し出されたくなければ、個人情報を吐き出し、多額の借金を背負うのだ。

よほど深刻な表情をしていたのか、川原はやや驚いた顔で船田に言う。

「何考えているか知らないけど、別に船っちを取って食うつもりはないよ。それよりクリーンセンターで働いているんだろ？」

「はい」

「明日辺り、夜勤者の募集があるはずなんだ。立候補しろよ、船っち」

「えっ、それはどういう？」

「そろそろそういう潮時だからさ。人は辞めても仕事は残る。今日は一三日で、明日は一四日だ。締日が一五日なら、明日しかないわけ。

だから、立候補しろよ。そうすれば自治会に入れてやるさ。どうする？」

「立候補します」

他に返答のしようがない。しかし、船田は途方に暮れる。クリーンセンターで夜勤者の募集があるかどうかわからない。

夜勤者の募集がなかったとしても、それは船田の責任ではない。しかし、それを川原らは理解してくれるのか？

「でも、夜勤者の募集がなかったら？」

「あるさ、ゴミ溜まってるもん。夜勤でピッチ上げないとパンクするんだよ。船っちだってわかるさ。

ともかく約束は守れよ。約束破れば自治会を敵に回すことになるんだからね」

「わかりました」

川原がそれを聞いて顎で合図すると、両腕の結束帯がカッターで切断される。

「アッキー、船っち、怪我してるから、直してやんな」

「うん」

川原と色違いで同じデザインのジャージを着た若い女が、船田の頬に顔を近づけると、その傷口を拭いて絆創膏を貼ってくれた。

アッキーは川原よりやや歳下に見えた。比較的小柄で童顔、そしてよく見ると割りと可愛い。そして胸が大きかった。

場違いなことは百も承知だが、船田はアッキーに性的な衝動を覚える。若い女性に数センチまで顔を近づけられ、触られたことなど、この数年間、船田の人生になかったことだ。

「ありがとう」

船田の口から、自然にそんな言葉が出た。思わぬ、ありがとうの言葉に、アッキーも驚いたのか、「いいの」と返す。その仕草に船田は、何年ぶりかで人を愛《いと》おしいと思った。

「船っち、アッキーに会いたかったら、仕事はちゃんとするんだよ」

「業務前ですが、皆さんにお知らせです。可能なら男性の方が向いていると思うのですが、夜勤者を募集します。とりあえず一名必要ですが、やってもいいという人はいませんか」

内藤主任が朝のミーティングでそう言い終わらないうちに船田は挙手していた。

「じゃあ、そこの君、お願い。

それでは、本日の予定です……」

この件はそれで終わった。時間にして一〇秒もかからなかっただろう。他の臨時雇いの男性職員は、事前の準備もなかったためか、まったく反応しなかった。

考えてみれば、夜勤と言っても勤務条件も何も説明されていないのだ。それなのに志願する方がおかしい。

それもあってか、周囲は船田の夜勤をうらやましがることもなく、総じて無反応だ。だが船田の胸中は穏やかではない。

すべては川原が言った通りになった。コンビニの店員に過ぎない川原がどうしてクリーンセンターで夜勤を募集することなど知っていたのか？

それで船田は自分がクリーンセンターの中枢に近い、大きな流れに乗っている可能性に気がついた。

川原の正体は分からないにせよ、自分は昨夜の話の通りに動いている。これは、もしかすると自分にやっと風が吹いてきたのではないか？

そう考えると、船田は夜勤の時間が待ち遠しかった。

臨時雇いの仕事は五時に終わり、夜勤は六時からだという。内藤班長は、契約の関係があるから一度、クリーンセンターから外に出て、六時前に戻ってこいと言う。

船田はコンビニで雑誌を立ち読みしたりしながら、時間を潰す。そうして六時五分前にはクリーンセンターに入った。

「あぁ、君か。斉藤《さいとう》だ、よろしく」

船田を迎えたのは、内藤主任ではなく、初日にロッカー室で会った二人の職員の若い方だった。

彼は斉藤と言うらしい。じっさい制服の名札には斉藤と書かれていた。先日見たときには、名前がわからなかったのは、名札が外されていたためか。

斉藤は、割りと親切に船田を四階の制御室に案内した。

「雇われ君は、飯、まだだろ？」

「はい、まだです」

船田の名前は通っているはずだが、斉藤は雇われ君と呼ぶ。それもいまさらな話だ。

「おい、派遣」とか「バイト君」というような呼ばれ方にも慣れている。

それからすれば、斉藤は船田がいままで出会った正職員の中では、かなり親切な方だ。いまも自分から晩飯の手配をしてくれている。

「夜勤者は夜食が出るんだ。店屋物だけど何食う？　と言っても、この三軒の中からしか選べないけどな。中華、ハンバーガー、蕎麦屋」

「どこがお勧めですか？」

「中華かな、チャーハンセットにはラーメンもついてくる。それでいいかい？」

「はい」

斉藤はすぐに制御室の電話から、中華料理屋に二人分の注文を出す。船田の希望と同じチャーハンセットを二つ。それだけのことなのに、船田はなぜかすごく嬉しかった。

斉藤は仕事熱心な男であった。分厚いマニュアルらしい冊子の横にある、薄いファイル。A4判の紙を数枚束ねただけのそれを取り出すと、船田の前に広げた。

「夜勤者の仕事は二つあって、一つは発電機の監視、もう一つは焼却炉の監視。まぁ、でも基本的に作業は全部自動で行われるから、僕らの仕事といえば緊急停止ボタンを押すくらいしかないんだよね。

だからまぁ、そう緊張しなくていいよ。仮眠だってとれるし。雇われ君も、明日も仕事あるんだろ？」

「はい、そのはずです」

内藤主任はその辺の説明はしてくれなかったが、斉藤がそう言うからには、そういうことになっているのだろう。確かに明日は休暇などという話は聞いていない。

「言っちゃなんだけど、夜勤なんて無駄だと思うんだよな。SCSの監視カメラがあるんだから、それでコンソール見ててくれればいいと思わん？」

「そうっすね」

船田は適当に相づちを打つが、ここの役割とか機構について何も知らないので、斉藤が言っている話の半分もわからない。

「もしも緊急停止ボタンを押したら、どうするんですか？」

「どうもしないよ。機械がヤバイから止まるだけで、俺らで修理できるような簡単な機械じゃないから。

緊急停止ボタンを押したら、焼却炉なり発電機は止まって、メーカーさんにも自動で信号が行くから。あとはメーカーさん任せ」

「止めたことって、あるんですか？」

「夜勤じゃないけど、何日か前に焼却炉を一つ止めた。そこのマニュアルに書いてあるけど、ここの焼却炉三つあるから。止めるときは、ヤバイ奴を一つだけね。全部止めると、あとが大変だから。

そこの制御卓にガムテープでがんがんに留めた箱があるだろ。あれが一斉停止ボタンだから。何かあってもあれは触らんでね」

確かに制御卓には、ガムテープで十文字に固定され、マジックで「触るな！」と書かれた箱があった。

「定期検査で止める分にはシフトも調整できるけど、緊急時に一個止めるだけでも大変なんだよ。

焼却炉なんてものは、本当は時間かけて正しい手順で止めないと、炉を傷めるからね。だから緊急停止ってのは良くないんだわ。

止めたのは二号炉なんだけど、二号炉のモニター消えてるだろ。

あれのせいで稼働率が三割落ちてさぁ、そのまま二週間だからね。これを挽回するのは大変なんだよ。ゴミが増える夏休み前に軌道に乗せないとね」

「なんで止まったんですか？」

「俺も担当じゃないからわからん。冷蔵庫を捨てた奴がいて、それが原因だって話だ。威力業務妨害で警察も入ったんだぜ」

「そうなんですか」

斉藤は、近くの廃屋で起きた殺人事件を知っているのだろうか？　船田はふとそんな疑問が浮かんだ。

ただ、いまここで、そのことについて話題にすべきではないことは、彼にもわかった。正職員が口にしないことを、非正規職員は尋ねるべきではない。それは船田がここまでの人生で学んだことだ。

船田はそうやって、夜勤業務について一通りの説明を受けた。そこで壁の電話機が鳴る。斉藤がそれを取ると、すぐに電話機のテレビ画面に相手の姿が映る。それは裏口らしい場所で岡持を持った若い男が映っていた。

「晩飯が来たよ」

電話機の横のボタンを押すと、中華料理屋の店員は入ってきた。船田の視線に気がついて、斉藤は出入り口の管理についても説明してくれた。そこまでは薄いマニュアルにもない。

「防犯は気にすることはないよ。ここは公共施設だから、SCSががっちり見てる。怪しい奴は入れないから、裏口まで来られたら、それは安心できる人間さ」

「はい」とは言ってみたが、船田も違和感は覚えた。威力業務妨害で冷蔵庫を捨てた人間は、いまの斉藤の説明だとクリーンセンターから見て、「安心できる人間」ということになる。

それが誰かはわからないが、船田はこのことは尋ねてはいけない危険な質問なのは、直感できた。

「仮眠室は、そこのドアの向こうにあるから。二段ベッドだけど、雇われ君は上を使ってくれるかな。まぁ、色々あるからね。

朝食は夕食と同じで、そこの電話で注文すればいい。短縮になってるから、一番を押せばハンバーガーショップにつながるんで、テイクアウトでモーニングセットを二つ注文してね。支払いとかはいいから。ショップからセンターへ月末に請求が来るんでね」

「出前してくれるんですか？」

「あぁ、普通はしてないけど、オーナーがうちのＯＢだからね。ただここまでは入れなくていいよ、裏口にボックスごと置かれるんで、回収は自分でね」

斉藤の話は、段々と船田一人で夜勤をするような内容になっていた。そして八時を過ぎると、斉藤はどこかにスマホで電話し、船田に言う。

「じゃあ、俺はこれで帰るから。まぁ、ないとは思うけど、緊急事態が生じたら、ここに電話して」

斉藤は薄いマニュアルの最終ページにある携帯電話の番号らしい数字を示す。赤外線で船田と電話番号交換をする積もりはないらしい。

「俺、一人で夜勤なんですか？」

「そういうこと。まぁ、さっきも言ったように全自動だし、何かあったらメーカーから人が来るし、冷蔵庫を捨てた奴がいた以外でトラブったことはないから安心して。ボタンやスイッチには一切触らないこと、そうすれば大丈夫だ」

確かに大丈夫なのかも知れないが、それでも船田にとっては藪から棒な話だ。しかし、斉藤はまったく気にしていない。

「大丈夫だよ、だいたいみんな夜勤は一人でこなしていたから。雇われ君の前にもさぁ、非正規で雇われた奴がいたけど、そいつなんか連日の夜勤で、相当ため込んだらしいよ。夜勤手当は高いからね」

そう言うと、斉藤は一枚のICカードを船田に手渡す。

「僕の社員証ね。夜勤が終わったら、これでタイムカードの機械をタッチしといてね。そうしたら僕も夜勤したことになるから。身分証は機械の隣にあるトレーに置いといてくれ。それから中華の食器は裏口の外に出してね。店の人が回収しやすいように。それと、朝のモーニングセットは二人前注文するのを忘れないでね。二つとも雇われ君が食べてもいいし、昼持ち帰ってもいいから。じゃぁ、頼んだね」

そう言うと、斉藤は制御室を出て行った。マニュアルを読み返しても、斉藤が言ったこと以上の事は書いていない。

全自動の施設でも、法的に人間の夜勤者を二名置かないとならないらしい。特区とか規制緩和とか書かれているが、現実は、今夜の夜勤は船田だけだ。

当たり前だが、制御室にはTVも何もなく、船田は早めに眠ることにした。

仮眠室は三畳間ほどの狭い部屋で、清潔だが殺風景な部屋だった。二段ベッドの上も下も、清潔な寝具が畳まれていた。雰囲気的にしばらく使われていなかったようだ。

目覚ましだけはセットして、船田はベッドで眠る。昨夜は川原らに押し入られ、眠ったという記憶さえない。

それからすれば、二段ベッドで手足を伸ばして眠れるというのは天国だ。この一年で、こんな風に眠れた夜はいままで何回あっただろう。

しかし、姫田市に来てからは、野宿することもなく屋根のある空間で手足を伸ばして眠っている。

色々と波瀾万丈のことが続いたが、姫田市で心機一転するというのは正解だったのではないか。

そして船田は、スマホのアラームで目覚めた。すでに朝だ。制御室に出てみるが、何も異常はない。全自動というのは嘘ではなかったようだ。

斉藤に言われた通りに、モーニングを電話で注文し、それが届いたら裏口から回収し、ついでに中華屋の食器を外に出す。

朝食を済ませ、時間になったら斉藤の分と自分のタイムカードを言われた通りに操作して外に出る。それからコンビニで時間を潰し、定時にまたクリーンセンターに出勤する。

いつものように集会があり、内藤主任が簡単に一日の予定を告げる。集会が終わったとき、船田は主任に呼ばれた。

「斉藤君から君の勤務ぶりは聞いたよ。また近いうちに頼むわ。仕事の秘密は他言無用にしてくれれば、正規雇用も考えるからね」

「ありがとうございます」

船田は素直に礼が言えた。自分の才能が評価されたのだ。遠からず市の職員となり、それからいままでの遅れを取り戻すのだ。

「自転車を買うのもいいかもな」

船田は、そんな未来を思って、眩《まぶ》しささえ感じていた。


「西島さん、西の一七の三五ですよね」

警察車輛から身を乗り出して、三矢は双眼鏡を防犯灯に向けていた。

「そう、西一七の三五だ」

「だったら、あの防犯灯には監視カメラはありません。固定具だけ残ってますけど、カメラ本体は消えてます」

西島は情報端末を兼用するナビの画面に、市役所からのデータを表示させる。

「いや、西一七の三五は活きてることになってるぞ」

それを聞くと三矢はピースマの地図を見ながら、双眼鏡を別の方角に向けた。

「あっ、西島さん。西一六の二九はどうです？」

「西一六の二九だと……いや、その防犯灯には監視カメラは設置されていない」

「なら、それです。西一六の二九の防犯灯には監視カメラが三つついてますよ」

「何だと、一つの防犯灯にカメラが三つだと！」

西島は三矢から双眼鏡を受け取ると、自分でも確認する。確かに姫田市が設置したその防犯灯には向きを変えた監視カメラが三つ取り付けられている。

「おかしいと思ってたんだ。市役所の監視カメラの設置データと実際の設置場所が異なるカメラが幾つもあるってことか」

西島はナビの地図画面を指でなぞって、問題の防犯灯をマークする。

「市役所も考えちゃいるんだな。カメラの監視エリアは市役所のデータとは違うが、それでも七割から八割は重なってる。ＳＣＳのＡＩは自動で画像補正するから、誰も気が付かなかったんだな」

「だったら西島さん、僕らの仮説はなりたたない？」

「いや、違う」

西島は三矢にナビの画面を見せる。

「本来の設計よりも、二割以上の死角がある。ＳＣＳに監視できない領域が思った以上にあるようだ」

どうしてバラバラ殺人事件の被害者の動きをＳＣＳは見逃したのか？　西島はその理由をＳＣＳのシステムトラブルのような大げさなものではなく、もっと単純なものではないかと考えた。それは以前にＳＣＳに反対して、監視カメラを壊すものがいるという話を思い出したからだ。

もしも姫田市のカメラが壊された場所が多ければ、SCSが把握できない領域があるのではないかと考えたのだ。堺稔は、そうした監視カメラに察知されない領域を移動したとして、そのエリアが大きければ、市内を自由に移動できたのではないか？

じっさい姫田市の東側は監視カメラが破壊され、放置されているものが多かった。厄介なのはSCSの設置と管理と維持で、担当機関が異なることだった。管理は警察の担当だが、設置と維持は市役所の管轄で、しかもそれぞれに市役所内で部署が異なる。

警察は、姫田市東半分の地域で、SCSのどの監視カメラが故障しているかは把握していた。

それを放置して、ドローンで対応していたのも、監視カメラの修理は市役所の担当であるためだった。

姫田市警察署も市役所に働きかけるのだが、監視カメラの関係予算が限られているため、修理にも限界があった。

現実問題として、姫田市の東側の監視カメラは修理してもすぐに壊されてしまう。

そして市内の安全管理で言えば、富裕層や公的機関が多い西側の監視カメラの維持管理が優先されるのである。西側なら監視カメラも壊されない。

さらに個々の監視カメラそのものは市役所の管轄であるため、故障した監視カメラが掌握していた領域が、具体的にどれほどの範囲なのか、その情報が警察にはなかった。警察が管理するのは監視カメラではなく、監視カメラの画像データであるからだ。

監視カメラの映像が、姫田市のどこのものであるのかにしても、ＳＣＳのＡＩが画像から割り出すため、警察が監視カメラの設置場所まで意識する必要は必ずしもなかったのである。

一方で、市役所は予算の範囲で監視カメラを設置し、維持しなければならない。壊されにくい防犯灯に監視カメラを複数設置することも仕方がなかった。

むろんこうした工事も予算が執行されるので、それらの個別の工事記録は残されているが、それらを一つにまとめたデータは市役所にもない。

姫田市内の全てを掌握していると言われるＳＣＳのＡＩも、公的機関の縦割り行政の壁には無力であった。

このため西島らは警察車輌に乗って、監視カメラの実際の位置関係をこうして確認しているのである。

西島も一時はドローンを使うことを考えたが、所轄の数少ないドローンは貸してもらえないし、そもそもドローンの構造上、こうした作業は向いていない。だから人間が手作業でやることになる。

結局、西島と三矢は故障した監視カメラだけでなく、稼働している監視カメラの位置も確認することとなった。思った以上の手間で、ほとんど一日仕事であった。

二人はそのまま警察署に戻る。収集したデータを署のＡＩにより分析しなければならないからだ。

捜査本部はバーチャルな存在になっているが、警察署に戻れば、捜査本部と看板が掲げられた部屋がある。六人がけのテーブルと椅子があり、テーブルには大型のモニターが二台置かれている。そんなテーブルが四つほど点在していた。

捜査会議そのものは専用ＳＮＳに置き換えられているため、複数の捜査本部がひとつの部屋を共同で使っている。

西島らが戻ったときは、すでに夜だったが、彼らとは別に二組ほどの刑事が、それぞれ机を占有していた。どのテーブルがどこの組とは決まっていない。必要な刑事は空いているテーブルを使えばいいのだ。

西島と三矢が他の組から離れたテーブルに就くと、ピースマと反応したパソコンが自動で起動する。西島が自分のピースマで操作すると、画面に監視カメラの位置と監視エリアが表示される。

「西島さん、これ、市役所にも送りますか？」

「そうだなぁ、いや、駄目だ。これは捜査資料だ。部外者には出せん。少なくとも事件が解決するまでは駄目だ。だいたい、こんなの市役所が自分らで解決することだろう」

西島がピースマを操作すると、捜査本部の隅にあるカラーレーザープリンターが、監視カメラの配置と監視エリアの地図を打ち出した。現場では個別の防犯灯の監視カメラの視界を確認できたが、姫田市全域でどうなるかは、ＡＩの助けなしには知ることは不可能だ。

西島は故障したまま放置された監視カメラの存在が、堺稔の足取りが追えない理由だと考えていた。だがＡＩの分析結果は意外なものだった。

「西島さん、これだと死角らしい死角がありませんね」

「こんなはずじゃなかったんだがな」

西島はＡＩへの指示を少し変えて再度分析させるが結果はかわらなかった。確かにＳＣＳの死角となる領域は、面積だけでいえば市役所のデータより二割ほど増えていた。だが、そうした死角となる領域は、道路や人家から離れており、しかも孤立していた。つまりそうした死角には人家もなければ道路もなく、人の営みなど期待できない場所なのだ。市役所が監視カメラの位置を変更しても問題にならなかったのはこのためだろう。

何よりも堺稔が潜伏していた寺森第一団地そのものは、確かにＳＣＳの死角ではあったが、その領域は寺森第一と第二団地の敷地内くらいしかない。

旧道にも県道54号にも監視カメラを備えた防犯灯があるので、団地に入ってしまえばＳＣＳには監視されないとしても、外部との出入りは確実に捕捉される。

じっさい堺稔が寺森第一団地に潜伏していたことは、ＳＣＳも割り出していた。だがＳＣ

Sが堺稔の行動を「見失った」領域の大半は監視カメラが活きていた。

西島は、堺稔の行動の空白地域を、プリントアウトに手で書き込む。

「この四カ所の監視カメラが動いている限り、堺稔が記録されていないなんてことはないはずなんだ」

「でも、この四カ所は活きてますよ。確認しましたよね？」

「確認した」

地図には島のように監視カメラで捕捉されない領域があった。だが、そうした孤立した土地は、農場の畑であったり、山林であるなど住宅街ではない土地が多かった。

姫田市は西側こそ都会だが、東側は面積で言えば大半が農場だ。規模拡大で農業の生産性を上げ、競争力を持たせるという国の政策と農業特区指定ということもあり、耕作地の面積は広いが、いわゆる農家も法人化され、その数は一〇かそこらだ。

そして監視カメラの死角の中に潜伏できる人家はなかった。さらに孤立した死角と死角の間をSCSに発見されずに移動する事も不可能なはずだった。

にもかかわらず、堺稔の行動にはSCSに記録されていない部分が多すぎた。

「この監視カメラが堺稔をシカトしてるんですかね」

「あのな三矢、なんでSCSが中学生のイジメみたいな真似をするんだ。もっと真面目にやれ。ちょっと、いま思いついたことがある」

　西島はそう言うと姫田市の航空写真を画面に表示させる。ドローンが撮影した画像をつなぎ合わせた航空写真だ。

「幹線道路は死角にはないが、死角となる農地には農道やあぜ道がある。堺のアジトはわからんままだが、そこが農道とアクセスできるなら、軽トラで移動できる。車輛に隠れられたら監視カメラでも発見は難しいし、軽トラが潜伏中の堺稔に食事でも運んでいるだけなら、なおさらSCSでも見つけられない」

　三矢は西島の指摘に素直に感心していた。

「やはり共犯者が？」

「共犯者なしであんな犯罪は実行不可能だ。この監視カメラの死角に出入りする軽トラなりトラクターを洗い出すか」

「でも西島さん、沼田さんの話じゃ、堺稔は死んでいる可能性が高いそうじゃないですか。だったら共犯者はもう何もしていないのでは？」

「そうだ、だからこそだよ。堺稔が行方不明になった前後で、該当地域に姿を見せなくなった自動車はあるか？　あったとしたら、それが共犯者の可能性が強い。そうは思わんか？」

五章　二〇二四年七月二〇日

船田が寺森第二団地の一〇一号室に戻ってきたのは、一四日の夕方だった。一三日に出勤し、夜勤を行い、翌朝も通常業務となったため、丸一日、帰宅できなかったのである。じつを言えば、船田は団地に戻るかどうか、若干迷ってもいた。川原の言った通りの展開になったとはいえ、不法占拠がバレていることに変わりはない。戻ってもあの団地から追い出される可能性は少なくない。とは言え、自治会に入れてくれると言われたのも事実である。

川原の本心はともかく、一度戻ってみなければ何もわからず、何もできない。コンビニには寄らなかった。住居が定まらないのに買物はできない。部屋から追い出されれば、夕食はファミレスになるだろう。

逆に部屋さえ確保されていれば、コンビニにはいつでも行ける。

一〇一号室のドアノブは解錠されたままだった。ノブを回すとドアは開く。

「お帰り」

六畳間に灯りが点《つ》いて、川原とアッキーと呼ばれていた女がいた。二人ともジャージ姿で、川原は膝を崩し、アッキーは体育座りだった。

そこに人がいるとは船田も思わなかった。なぜなら窓から灯りが見えなかったからだ。しかし、それも道理。窓にはカーテンが掛けられている。

けっこう厚手の布のカーテンだが、これがあるとないとでは大部違う。そして六畳の中央には小さな飯台があり、川原とアッキーはそこに座っている。

飯台の上には川原の働くコンビニ袋に入った弁当とペットボトルがあった。

「晩飯はまだだろ？　用意しといた」

川原がそう言うと、アッキーが袋からコンビニ弁当を取りだし、飯台に並べた。自分達と船田の分を含めて三つ。

「ええと、これは……」

「内祝いさ。船っちが自治会に入ったことのね。

まっ、本当に自治会に入るには、あと少し働いてもらうけど、いまんとこは順調ってこと」

船田を労うというか、祝うというのはまんざら嘘ではないらしい。なぜなら用意されていたコンビニ弁当は、川原と最初にコンビニで会ったときに船田が買った弁当だった。

安い焼き肉弁当だったが、川原はそれを船田の好物と考えたのだろう。確かに一番の好物ではないにせよ、間違いではない。

そして川原とアッキーの弁当も船田のものと同じだった。安いからではなく、それは船田に合わせてくれたのだと彼はそう解釈した。

歓迎会の類としては、かなり安上がりだったかもしれない。しかし、船田は素直に嬉しかった。

自分のために、こんな宴を催してくれた人など、彼の人生の中で今まで一人もいなかったからだ。実の両親でさえ、船田の誕生日を覚えていなかったほどだ。

そもそも家族がこうして食卓を囲むことさえ年に数回しかなかった。家族三人は、それぞれバラバラの時間に生活し、食事の時間はおろか寝る時間さえ決まっていなかった。

船田は学校があったので、比較的規則的な生活をしていたが、両親は食べたいときに食べて、眠たいときに寝ていた。もっとも船田の周囲はそんな大人ばかりだったが。

そんな船田だから、川原やアッキーがこうして自分を待って食事をしてくれたことに、思わず涙が出た。

「船っちって、何か食べられない物とかあるの？」

「いや、特にないけど」

「アレルギーとかないんですか？」

アッキーに声をかけられると、船田はなぜか顔に血がのぼるような感覚がした。

「アレルギーはなかったと思う」

船田も自分なりにアッキーには丁寧な口調になった。

初対面のときは目つきの怖い女だと思った川原だが、こうして食事をしてみると、目力のある美人なのだと気がつく。

そして怖そうに見えても、じつはなかなか親切だった。弁当の空き箱は片付けてくれるし、コンビニスイーツも三人分用意してくれていた。

「ちょっと持ってくるものがあるわ」

川原はそう言って立ち上がると、部屋を出る。そこに船田とアッキーだけが残される。アッキーはまた体育座りに戻っていたが、顔は船田に向けている。微笑《ほほえ》んではいなかったが、悪い雰囲気でもない。

「川原って、名前なんての？」

本当はアッキーの名前を尋ねたかったが、この状況でそれを言うのは、あまりにも露骨すぎるような気がしたからだ。

だがアッキーは、そんな思いなど関係なく素直に教えてくれた。

「川原朱美《あけみ》です。みんな朱美さんって呼んでる」

「朱美さんか、アッキーは？」

「船っちさんは？」

「船田信和」

　自分の名前を口にして、船田は使い慣れない筋肉を使ったような違和感があった。履歴書なんかで自分の名前は嫌になるほど書いたが、他人に自分の名前を告げるなど、どれほど久しぶりだろう。

「船田だから船っちなんだ。本条晶《ほんじようあきら》だよ」

アッキーはそう言って手を伸ばす。それが握手の誘いとは船田にはわからなかった。いや、こういうとき握手じゃないだろ。

それでも船田は慌ててアッキーの手を握る。腕を伸ばしたので、アッキーの手首に一本だけだが、薄くリストカットの跡が見えた。船田はとっさに目を逸らす。

「猫に引っ掻かれたの、子供の頃」

アッキーは袖で傷口を隠す。それでも船田との握手は解かなかった。

「そうなんだ」

アッキーの手は柔らかいかと思ったが、握手してみると、かなり肌が荒れていた。そして手の甲には煙草を押しつけられた跡が三つあった。

そんなことがわかるのは、高校時代に同級生に同じ跡の奴が何人かいたからだ。

船田はそれで思い出した。授業料を滞納するまで、自分の親をまともだと思っていた理由を。

あの何もせず、何ごとにも無気力無関心な親たちは、船田に暴力も振るわなかったからだ。だから虐待された連中からは、ましな親だと言われていたのだ。

アッキーのことは、やっと本名がわかっただけだが、船田は彼女に親近感を覚えていた。自分も親に恵まれなかったが、アッキーは自分以上に恵まれていない。そして彼女のような人間は、高校にもたくさんいた。そういう点で、アッキーは船田と同じ世界に属しているように感じたのだ。

船田は、自分でも不思議だったが、労るようにアッキーの手を強く握る。アッキーもまたそれに応え、握り返す。

「あんたたち、何してんの？」

川原がそのタイミングで戻って来た。船田とアッキーは一瞬で手をほどく。川原はそんな二人など気にすることもなく、テーブルの上に缶ビールと肴をならべる。どれも川原の働くコンビニのものだ。彼女の奢りらしい。

三人は缶ビールで乾杯する。船田はまたも涙ぐみそうになる。自分をここまで受け容れてくれる人がいる。そんなのは初めてのことだ。

「それでね、船っち、あんたにはこの部屋は出てもらう。あっ、追い出すんじゃないから。この団地、三〇六の連中が出ていけば解体されるだろ。いつ解体されるかわかったもんじゃない。

だから、いま新しい住み家を準備してる」

船田は川原が何を言っているか分からなかった。日本語としてはわかる。しかし、その言葉の意味を言葉通りに理解していいのか、それに自信がなかったのだ。

「新しい部屋を用意してくれるんですか？　つまり団地に？」

「いや、団地に空きはないよ。県住は安いからなかなか出ていく奴はいないんだ。その代わり、小さいけど戸建てがある。自治会が色々と準備してるんだ。大した家じゃないけど、ここよりは広いよ」

「家を……くれるんですか、どうして？」

「話せば長いけど、船っちも見ててわかるだろ。

ここの団地は八棟あるけど、二棟は解体予定で人が住んでいるのは六棟だけ。つまり人口が減ったんだよ。アッキー、幾らだ？」

「ええと、八棟のうち二棟が減ったから八分の二で、だから四分の一」

「正解だ、アッキー。

それでさ、人が減ると自治会も色々と困るのさ。団地の住民が減ったら、県道の向こうのファミレスもこっちのコンビニも客が減る。客が減ったら撤退になりかねない。

でもね、あのコンビニとファミレスは、この辺の住人にとっちゃ命綱なんだ。

あれらがなくなったら、いちばん近い若沼町《わかぬまちょう》のコンビニやファミレスまで四キロは歩かなきゃならないんだ。往復で八キロだよ」

自動車は？　と訊きかけて船田は気がついた。この周辺の団地で、駐車している自動車は数少ない。

電気自動車も充電設備もない。道具を満載した軽トラとか、古い乗用車とか、団地の棟にガソリン車が一〇台あるかないかだ。つまりほとんどの住人は徒歩かバスを使うよりないのだ。

「だから船っちがこの近所に住んでくれれば、助かる人間は多いってことさ。船っちだって、不法侵入で警察に逮捕されたくはないだろ？」

なるほど人は善意でなんか動かない。必ず何か裏がある。船田はだからこそ、川原の話が信用できた。

「あの、家賃とかは？」

船田は勝負に出た。川原たちは、自分に定住して欲しいのだ。ならば家賃については船田に主導権があるはずだ。

欲をかけば船田も警察沙汰になりかねないが、川原たちも船田に居着いて欲しいなら、破格の家賃でもＯＫするはず。それが船田の読みだ。そしてそれはある部分で当たっていた。

「船っちが自治会活動に協力してくれるなら、その働きによってはゼロ円でいいよ。働きが悪かったら、相場相応かな」

なるほどそう来たか。船田は川原との駆け引きが面白くなった。自治会の仕事がどういうものかはわからないが、せいぜい掃除当番かそんなところだろう。

多少面倒な作業でも自治会の仕事をすれば、家賃は免除される。クリーンセンターの仕事を続け、金を貯め、上に行こうと考えている船田にとって、家賃免除の魅力は小さくない。

家賃が五万としても免除されれば、一年で六〇万。それは船田にとって決して小さな金額ではない。掃除当番くらいで六〇万貯まるなら、毎日やってもいいくらいだ。船田はアルコールも手伝って、そんなことを口にする。

しかし、川原の反応は船田の予想とはやや違っていた。

「掃除はさ、いるんだわ、他にする人が。船っちには船っちにしかできない仕事をしてもらうから」

「俺にしかできない仕事？」

「とりあえずいまの仕事を一生懸命やってよ。生活を安定させるのが先でしょ、何よりもさ」

川原の言い方には引っかかる部分もないではなかったが、言っていることは確かに正論だった。自治会が家を用意したとしても、無職の人間では話にならないだろう。

家の準備に時間がかかるというのも、あるいは船田の仕事が続くかどうかを確認しているだけかもしれない。

「明日も仕事だよね。今夜はこれで帰るわ。またね」

「お休みなさい」

川原とアッキーは、そう言ってゴミと空き缶を持って船田の部屋を出る。

「アッキーのメアド訊くの忘れた」

船田はそれだけが心残りだった。


仕事に励むこと。それは船田の解釈では可能な限り、夜勤を入れることだった。夜勤手当は日勤の賃金とほぼ同じで、夜と朝の食事も出る。

もちろん夜勤は船田一人で行った。夜勤の時間になったら斉藤が現れて、社員証を渡されるのが数少ない他人との接点だ。社員証は写真付きのICカードだったが写真は斉藤とは違っていることが多かった。本来の夜勤者は交代制だからだろう。

タイムカードの名前は斉藤の名前だったのが一回で、他は毎回違う人物だった。

この辺のことは内藤主任にも話は通じているらしく、夜勤二回目以降は内藤主任は夜勤者の募集をすることなく、ただこっそりと船田に夜勤を打診するようになった。

内藤主任が仄《ほの》めかすことを信じるなら、船田のように「よく働く人間」には正職員として雇用することもあり得るらしい。

さすがに毎晩同じ人間が夜勤をすることは駄目らしい。だが船田は一日おきに夜勤を行った。奇数の日には夜勤で、偶数日の夜に団地に戻る日々が続く。

川原やアッキーに船田の「本気」を見せるのと、そうすれば団地のあの部屋にも長くいる必要がないからだ。

そして船田が夜勤を一日おきに続ける一番の理由は〝自宅〟に戻ったときに、待っていてくれている人がいるからだった。

船田が戻るとアッキーが二人分の食事を用意して待っていてくれる。食事と言ってもコンビニ弁当なわけだが、一人で食べるのと二人で食べるのとではやはり意味が違う。

とはいえ最初の頃は互いに手探りだった。新居の話が出た翌日も出勤した。そして夜勤を終えて戻った一六日の夜。船田もまさかアッキーが待っていてくれるとは予想もしていなかったので、彼はコンビニで弁当を買っていた。

だがアッキーも弁当を用意していたので、船田の弁当はそのまま二人でわけて食べた。

「どうして待ってたんだ?」

「朱美さんが、今日が夜勤明けだって言ってたから」

体育座りのまま、アッキーはそう言って膝に顔を埋《うず》める。船田もどうしていいかわからず、ただ「ありがとう」と言うだけだった。それに対してアッキーも言う、「ありがとう」と。

船田とて高校時代に童貞は卒業しているとはいえ、あれが恋愛だったとは思えない。強いて言えば成り行きと惰性だろう。

だから船田がアッキーに感じる気持ちこそ、恋愛感情なのだろうか。船田にはそれがよくわからない。

基本、船田にとって自分以外の人間は敵なのだ。そう考えて動く方が、結果的に正しく、そして生きやすかった。

でも、アッキーはどうなのだろう。船田は親にだって、こんな好ましい気持ちを抱いたことはない。

一六日の夜は、こんな感じで、二人とも相手に愛おしい気持ちで過ごし、そのままアッキーは時間になって帰る。船田はまたもメアドを尋ね忘れた。

次の夜勤明けである一八日の夜も似たようなものだった。ただし今夜は船田は缶ビールを二本買っていた。アッキーの分だ。

ここで船田はアッキーのメアドを尋ねると、彼女はスマホを忘れていた。どうやら船田の部屋に来るときには、スマホを家に置いて行くらしい。

「邪魔されたくないから」

アッキーは、そう言うと、いつものように体育座りのままの顔を膝に埋めた。

さらに夜勤が明けた二〇日の夜。船田はコンビニでアッキーの分のスイーツを買って部屋に戻った。そしてそこにはアッキーの他に川原もいた。

「あぁ、それウチの店の新製品だ。船っち、なかなか目が肥えてるね」

「何か用なのか」

船田としては、いままでの雰囲気から「今夜こそ！」と帰宅したのに、第三者がいては計画変更だ。

とは言え、自治会の偉い人らしい川原の不興を買うわけにもいかない。戸建てに住めるかどうかは、彼女次第なのだ。それでも船田の不機嫌さはどうしても顔に出る。

ただ川原は、船田の不機嫌さから、彼の意図を察したらしい。変に下卑た笑いを向けられ、それが無性に腹立たしい。逆らえる立場でないだけに、なおさらだ。

「そんな不機嫌な顔しないでよ。いい話もってきたんだから」

「いい話？」

「家の準備ができたってことさ」

「新居に住めるのか、いや住めるんですか？」

「無理に敬語なんか使うんじゃないよ、舌嚙むよ。住める準備は整った。あんたたちの家さ」

「あんたたち……」

「鈍いね、船っちとアッキーの家だよ。アッキーだって、いつまでも間借りってわけにはいかないだろ」

「ちょっと、俺とアッキーが同じ家に住むってのか？」

「嫌かい、船っち？」

「嫌じゃないけど……」

「ならいいじゃないか。生活のルールはあんたたちがお決め。あたしはそこまで面倒を見る義理はないからね。

ただね、新居の鍵の引き渡しには条件がある。まぁ、大したことじゃない」

「どんなことなんです？」

「明日、二一日は夜勤だろ、いままでのシフトで行けば」

「そのはずだけど」

「明日ね、夜にクリーンセンターに寄らしてもらうから、船っち、あたしらを中に入れてくれない？」

「中に入れて、どうするの？」

「ゴミを捨てるのよ。粗大ゴミ」

「市のゴミ回収はしてないのか？」

「してるけど、出せないゴミもあるじゃない。

まぁ、船っちには言っておくか。産廃よ、産業廃棄物。あれをゴミにすると金を取られるわけ、市役所に。

だからクリーンセンターのゴミの中に混ぜれば、金を取られる心配はない。それに産廃をあたしらが処理すると、業者から金が入るわけ」

「産廃処理のバイトか」

船田の家賃がいらないというからくりが、やっと船田には飲み込めた。

産廃処理のバイトは船田もやったことがある。深夜に山奥に産廃を捨てるバイトだ。最近は山奥でも産廃が捨てやすい場所には監視カメラが仕掛けられている。

だから県を越えるくらいの遠距離まで遠征することもしばしばだった。船田がやらされたのは、どこからか運んできた、何かの汚染土だったので、捨ててもバレることはなかった。

汚染されていても土は土だ。

ただ捨てるのと完璧に汚染土を処理するのとではかかるコストが桁違いなので実入りは良かった。

川原が言ってるのも、そういう産廃処理だろう。なるほど実入りを考えれば、船田の家賃ぐらいすぐに出る。

「鍵の解錠は俺でもできるけど、どこから運び込むんだ？　跡が残ると困るんだが」

「大丈夫。フェンスの裏口にドアがある。そこから入るから。船っちは裏口を開けてくれたら、あとはこっちで運び込む。あたしとコウジとケイイチの三人ね。現場までは軽トラで行くから」

「わかったよ」

「じゃぁ、飲もうか」

川原は缶ビールをとりだした。結局、時間まで三人で飲み会となった。

そして二一日の夜となる。予定通り船田は夜勤に入った。他に夜勤者はいない。いつものように船田一人だ。他は見知らぬ職員の社員証だけ。

制御室の時計が予定時間に近づく。船田は落ち着きなく、スマホを取り出す。そして予定時間の一分前にスマホが震える。

アッキーとのメアド交換はいまだできていないのだが、川原とはメアド交換は済ませていた。もちろん今夜のためだ。計画変更などがあれば連絡する必要がある。

時間と同時にメッセージアプリに川原からの通信が入る。あんな姐御肌でも、アバターは可愛いうさぎだった。

「裏口にいま着いた」

アバターが可愛い割りにはメッセージは素っ気ない。監視カメラのモニターを見ると誰もいない。一瞬、画面にノイズが入ったが、川原の姿はない。

「鍵開けた」

船田は制御室からフェンスのドアを解錠すると、そのことを川原にメッセージアプリで返信する。

アプリのインストールはしていたが、他人とこんなメッセージのやり取りなど船田はほとんどしたことがない。だから返信はデフォルトのままで、アバターの設定さえしていなかった。

川原からはメッセージが届いているが、相変わらずモニターに川原の姿はない。軽トラで移動すると聞いていたが、それも見当たらない。監視カメラの視野の外にいるのか。ともかくクリーンセンター周辺にいるのは間違いないはずだ。

スマホが鳴る。メッセージアプリではなく、船田に電話だ。画面には川原と表示されている。

「船っち、悪いけど、内側の鍵開けてくれない。なんか知らないけどチェーンと南京錠があるんだわ」

「朱美さん、いるのか？」

「いるよ、ともかく開けて。たぶんその辺に鍵があるはずだから」

「ちょっと待って」

やはり姿は見えないが、あるいは川原朱美は人一倍用心深く、監視カメラの死角から動かないのか？　あの女ならあり得る。

夜勤室でもある制御室には、確かに幾つも鍵が壁に掛けられていた。その中に、マジックで書かれた「プール」という鍵があった。おそらくこれだ。

船田は制御室から急いで下に降りる。そして制服のまま、燃焼ゴミプールに降りていった。

なかなか臭いがきついので、船田としても長居はしたくない。

ドアは確かにチェーンと南京錠で施錠されていた。自動ロックできるのに、どうしてこんな真似をするのか、その辺のことはわからない。

しかし、それ以上に驚いたのは、本当にそこに川原がいたことだ。ここにいるなら監視カメラに映っていなければおかしい。

しかも、そこにいるのは川原だけではない。そこにはジャージではなく、クリーンセンターの職員の制服に似た作業着を着た男が二人いた。

船田はその二人を知っていた。前に川原の命令で船田を縛り上げた二人の男だ。あれがコウジとケイイチだったのか。二人は大きなダッフルバッグのようなものを両腕に下げていた。

産廃と言うから、もっと嵩張るものかと思っていたが、そうでもないらしい。まぁ、産廃もピンキリだ。川原たちが請け負えるくらいの産廃なら、ヤバイが嵩張らない類のものなのだろう。

三人は場馴れしているのか、焼却施設の構造はすべてわかっているようだった。

「どうやって……監視カメラは？」

「あの裏口のフェンスの監視カメラは後付なの。工事も杜撰《ずさん》でさ。カメラ本体のケーブルをダミー映像のビデオに繋ぎかえれば、ＳＣＳにはこちらの姿は映らないのさ。いまは手のひらに収まるくらいの機械でそれくらいできるんだ」

「そうなのか……」

筋は通るが、船田はすべて納得したわけでもなかった。モニターで見たノイズがダミー映像とカメラを切り替えた時のものなのだろう。ただし、切り替え作業のためには、カメラの下まで移動しなければならないが、広角の監視カメラには、そんな人物の姿は映っていなかった。何かまだ船田に隠している技があるのだろう。

とは言え、考えている暇はない。「プール」とタグのついた鍵は確かに南京錠の鍵で、すぐに解錠できた。人気のない施設内で、船田がチェーンを解く音だけが響く。ドアが開くと三人がダッフルバッグをもって入ってくる。川原もバッグを提げていた。三人の動きは、かなり手慣れた仕草に思えた。何度もこんな作業をこなしているのだろう。

「何か手伝おうか？」

普段の船田なら、他人を手伝うという発想はない。しかし、この時は、三人の雰囲気が尋常でなかった。真剣というのも違う、何か張り詰めたような、凶悪なものが感じられた。船田はそういう空気が嫌いだった。だからそれは手伝いたいからではなく、そういう空気を和らげたいから言ったに過ぎない。

しかし、川原たちは、そういう解釈をしなかった。

「朱美さん……」

コウジなのかケイイチなのか知らないが、背の高い方の男が不安そうな表情を川原に向ける。

川原は一息ついて、何かを決心したらしい。その様子に船田は不安なものを感じた。

「警察が入ったから、アリバイづくりに南京錠で施錠したんだろ。セキュリティをちゃんとやってるというポーズのためにさ。

おかげで船っちも決断を迫られる、と。

どうする船っち、あたしらを本気で手伝うかい？　それとも上に戻るかい。あたしらが帰ったら、ここは元通りに施錠してもらうけど」

「手伝えば俺らの仲間だ」

さっきとは違う方の男が言う。

「コウジの言う通りだ。手伝えばあたしらの仲間だね、確実に」

「自治会に正式に入れるってこと？」

コウジとケイイチが失笑するが、川原はやや哀れんだ表情を浮かべた。

「自治会に入れるどころか幹部の一員だ。家賃とか働きとか、そんなもんは関係なくなるのさ幹部だから。やるかい？」

「アッキーは幹部じゃないのか？」

船田自身、そんな質問をするとは思わなかった。だから、川原や他の二人も、その質問には面食らったらしい。だが意味がわかると、川原は手を叩いて大笑いした。

「おやおやアッキーが気になるのかい。傑作だわ。いや、ほんと。あたし、船っちが大好きだよ。

あんたはアッキーが幹部かどうかより、家族になれるかどうか、そっちが気になるんじゃないのかい？　船っちがアッキーの家族になれるかどうか、それこそあんた次第さ」

「やるよ、何をすればいい」

ケイイチもコウジも、朱美さんとか言って止めようとするも、川原が一瞥《いちべつ》すると、何も言わなくなった。

「船っちがゴミの中に入られると、後が面倒だ。ここでケイイチとコウジに産廃を手渡してくれればいいわ」

川原のダッフルバッグの中には漁船の船員が穿くような、下半身を被うゴム長のような着衣が入っていた。

コウジとケイイチはそれを作業着の上から穿くと、燃焼ゴミプールの中に入って行く。背の低い方がコウジで、それがプールの縁に、背の高いケイイチがプールの中に踏み込む。

「バッグの中身をコウジに手渡すんだ。落とすんじゃないよ、汁が漏れると船っちが困るんだからね」

手伝う気などなかったのに、成り行きで手伝う羽目になった。船田はダッフルバッグをプールの縁に並べてから、ゴム手袋をして、バッグを開ける。

開けたとたん、吐きそうになった。そこにあったのはビニール袋に包まれた肉の塊だった。しかも腐敗が進んでいる。

それが何か、船田にはすぐにわかった。あの集合住宅解体の時に見つけた、あのバラバラにされた死体だ。

あまりのことに、船田はへたり込んだが悲鳴さえ上げられない。

「やっぱり、いきなりじゃ無理か。

もう戻っていいよ、船っち、手伝いなんか無理だろ。作業はあたしらがするから、あんたは上に戻ってな。こっちの仕事が済んだら、呼ぶから、その時はちゃんと施錠して」

「あっ、あんたたちが……」

「その質問には答えられないね。船っちはまだ家族じゃないんだから。

でも、一つ教えてあげる。この産廃は生きていた頃は堺稔って名前だった。色々省くと、船っちの前任者だ。あんたの前にクリーンセンターの出入りを手引きしてくれた男。

船っちがこれから何をするかは勝手だけど、この死体のことは忘れない方が利口だね。アッキーだって悲しむし」

船田はそれでも燃焼ゴミプールに胃の中のものを吐いてから、這うようにして、制御室に戻る。

何が起きているのか、何に自分が巻き込まれたのか、船田は考えるのが怖かった。いつの間にか一時間ほどが経過し、川原から終わったというメッセージがスマホに入る。

そこから船田が動けるようになるまでに二時間かかり、川原たちが入ってきたドアにロックしていないことを思いだし、急いでロックをかける。

燃焼ゴミプールまで降りて行く決心ができる頃には、外は薄明るくなっていた。川原らは燃焼ゴミプールに、なんの痕跡も残していなかった。

床が濡れているのは、掃除もしたからか。あれは悪い夢じゃなかったか。船田はそう思いかけたが、あれは現実だったことは、開いたままの南京錠が示していた。

チェーンをおぼつかない手つきでドアに巻いて南京錠を掛けたとき、再び吐き気がしたが、何とか押さえ込む。

少しでも日常生活を取り戻すように、モーニングを注文し、タイムカードを押し、日勤を勤め上げる。

このまま団地に戻るべきなのか？　さっさと姫田市から逃げ出すべきではないのか？　その考えは終始、船田の頭の中にあった。

だが、船田は日勤を勤め上げると、足取りは重かったものの、やはり団地に向かう。逃げることは簡単だ。駅に行って電車に乗ればいいだけのことだ。

しかし、こうも船田は思う。逃げてどうするのか？　いま船田は日勤の仕事もあり、夜勤も順調にこなしている。

いまのところ支払いは日当だが、夜勤も合わせてこの一〇日ほどの間に船田の口座残高は、彼にとっては馬鹿にならない額を示していた。

さらに内藤主任からは、船田の働き次第ではクリーンセンターの正職員もあり得るとも仄めかされた。

姫田市にいれば、おそらく船田の人生で最初で最後の市役所職員への道が開かれるのだ。そうなれば公務員だ。ネットカフェで寝泊まりする日々とはお別れだ。

しかし、姫田市から逃げるなら、そんな可能性をも捨てねばならない。そして相変わらずネットカフェで寝泊まりする日々が死ぬまで続くのだ。

「川原なんて知らないさ」

船田はそう自分に言い聞かせる。自分は川原とは自治会が一緒なだけで仲間でもなんでもない。

川原たちが逮捕されたとしても、船田は何も知らないのだから逮捕される筈がない。警察だって、最初に彼に任意同行を求めたが、結局は釈放したではないか。

そう、川原たちと関わりを持たないようにさえすれば、自分は逃げる必要はない。姫田市で安定した職を手に入れられる。

船田は、そう考えることで、やっと気持ちが少し楽になった。だから団地に戻る。今日はハードすぎた。新しいねぐらを探すとか何とか、そんな面倒なことは明日でいいじゃないか。

明日、七月二三日は、クリーンセンターの創設記念日で休みだという。そんなこと仕事が終わってから突然言うなよとも思うが、考える時間ができたということかもしれない。何を考えるべきかは、ともかくとして。

そして気がつけば団地だ。遠くから見てもコンビニに川原の姿はない。それに少し安心する。

ふと船田は気がつく。考えれば、川原だって船田とは顔を合わせたくないのではないか。それどころか自分は川原たちの弱みを握っているとも言える。

お互いに昨夜のことを忘れてしまえば、どちらにとっても悪い話じゃない。だが、船田は忘れていた。

「お帰り」

一〇一号室のドアを開けたとき、そう言ってアッキーは船田に抱きついてきた。着衣を通して、女性の身体が自分の腕の中にあるという圧倒的な存在感が、船田の五感に殺到する。

自分はすでに折り返し地点を越えてしまっていたことを、船田はいま理解した。

「とりあえず堺稔を含めてわかっている事件被害者の総数は一三名、その身元は全部わかったわけか」

西島は同期の大葉が広げたA4の紙を見る。そこには科捜研が分析した被害者の肉片やDNAにより、分類された被害者の一覧があった。

頭に通し番号、次に遺体等の所見。そこまではワープロ書きだが、それらの下に赤ペンで名前が一三人分記載されている。筆跡も数種類あった。

それらの名前は、捜査に当たる刑事たちが集めてきたものだ。ただし、現時点でのオフレコ情報も多いため、捜査SNSにはあげられていない。

「堺稔は血痕のみだが、やはり仏さんか」

大葉は堺稔という名前をペンでつつく。

「沼田さんの意見ではそうだ。市立病院には受診歴はない。そして駅も道路も、堺は通過していない。コンビニにもファミレスにも姿を見せず。どうやって生きてく？」

「あの、農道を使えば、共犯者がSCSに発見されずに堺を支援できるって話はどうなったん？」

「いまのところ成果なしだ。監視カメラのない農地だから、最初から限界があるんだ。聞き込みもしたが、堺稔なんて知らないって言う奴ばかりさ」

「寺森とか若沼のあたりは、土地の八割が山畑農場の所有って話だろ。地主は山畑家の他にも何軒かあるが、住民の大半は小作みたいなもんだ。この二一世紀にな」

「小作は言いすぎだろう、大葉よ。一応、農場は農業法人で農場の人間は社員なんだからさあ」

「に、しても、閉鎖的で警察に非協力的なのは昔のままよ。西島だって、若い頃はあの界隈で苦労しただろ」

「昔はな」

「いまもさ」

城下町だった歴史と地形の関係で、鉄道の通る西側は、それこそ昭和の時代から都会的な価値観の土地だったが、東側は対照的に農村共同体的な価値観が今も強かった。

西島や大葉が警察官になった時期は、農村が経済的に一番疲弊していた時期でもあり、この地域も荒れていた。

ただ犯罪自体は多くない。良くも悪くも閉鎖的な村社会は殺人に至るまで問題は放置しない。

反面、暴力沙汰は多く、さらに命に関わるようなものを除けば、それらが表沙汰に出ることはなかった。

正義感の強かった大葉は、そうした隠された傷害事件を「被害者のために」掘り起こし、結果として、被害者はいつも住み慣れた土地に住めなくなった。

それはすでに昔のことだが、大葉の寺森町や若沼町への視線には、常にその体験が影響していた。

「まぁ、連中が警察に協力的でないとしても、堺稔を匿う理由はないだろう。もともとよそ者だしな。

それに山畑農場が法人化されてから、あの界隈の住人構成も随分変わった。半分以上は他の府県からの移住者だろ。だから昔みたいな閉鎖的な村社会はないぞ。

むしろ堺稔の知り合いが、あの界隈に流れてきた可能性があるんじゃないかと俺は思ってる、どうだ、そっちは？」

大葉はピースマを一瞥すると、それをテーブルの上に置いた。

中身は暗記しているのだろうが、西島が記憶よりも文書化に煩《うるさ》いから、儀式としてデータを確認していることを示しているのだ。

「どうも、上の人たちは堺稔を、買い被っているとしか思えんな。

監視カメラやドローンの位置やスケジュールを完璧に把握し、その死角を移動して痕跡を消す男。それが上の人らが恐れる危険人物堺稔だが、どう考えてもできる男とは思えんのだ」

「確かに履歴では高校中退で、非正規でずっと働いてきたとはあったが、それだけで奴を侮《あなど》るのは早計じゃないか？」

「そう思って、奴の郷里まで行ってきたさ。中学や高校の教師にあったし、同級生だった人間の話も聞いたよ」

「へぇ……」

大葉が堺稔の郷里にまで捜査に赴いたことは捜査用SNSで西島も知っていたが、同級生に会えたとは初耳だった。

「先に同級生に会ったんだ。五人ほどな」

「一日の出張でよくできたな」

「なに、N刑務所に行っただけよ。あそこに奴の高校の同級生が服役してる。空き巣とか強盗でな。

いわゆる犯罪者というより、職がなくて食うに困っての犯行だ。つまり堺稔も一歩間違えればって話さ。幸運にも奴は前科はないから、刑務所で変な知恵をつけられてもいない。

堺稔は家庭環境に問題があって、頭も悪く、県内で最低レベルの高校に送り込むのが精一杯だったそうだ。

一五〇人入学して卒業生は五〇人って高校だそうだ。高校にも行ったが、本当だった。いわゆる底辺校な」

そうして大葉が語る堺稔像は、既知の堺稔像の半分と合致した。つまり定住所もなく、非正規労働で糊口を凌ぐ労働者というようなものだ。犯罪歴もなく、強いて犯罪との関わりをいうならば、高校時代に美人局《つつもたせ》に引っ掛かったくらいだ。それとて被害者であって、加害者ではない。

一方で、SCSを出し抜いて、その行動を追跡させない危険分子という仮説とはまったく相容れなかった。

「堺稔がSCSの存在を知っているかどうかさえ、自分には疑問だな」

大葉はそう、断じた。

「だとすると、SCSに奴の行動がほとんど記録されていないことをどう説明する？」

「危険なテロリストなどではなく、ごく単純な話かもしれん。

西島が教えてくれた監視カメラの死角の話。監視カメラが機能していないのは、人も住んでいないような土地ばかりだよな。

堺稔は、ある種のコミュ障だったらしい。だから夜勤を一人でこなしても平気だった。誰かと一緒に夜勤するより、ずっと気楽だったんじゃないかな。

だから奴はSCSを避けていたわけじゃない。人を避けていたのさ。人がいないところを移動してきた。そんなところには監視カメラはない。それだけのことじゃないか」

テーブルの四人は大葉自身も含め、その仮説に押し黙る。

「大葉説が正しいとしたら、自分らはとんでもない遠回りをしてしまったことになるぞ。遠回りどころじゃない。時間の浪費だ。

いつからそんなこと考えていたんだ？」

「正確には覚えていないが、少なくとも一〇日は前だ。

ただ、堺稔の詳しい経歴もわかっていなかったからな、SNSにはあげないでおいた。いまだって物証となると乏しいだろう」

「捜査会議があったら、言ってたか?」

「そのための捜査会議だろ」

「だよな」西島も力なく頷く。

『姫田市連続バラバラ殺人事件』の捜査本部はSCS導入後の他の事件同様に、バーチャルな捜査本部として捜査が続けられていた。

しかし、もともと殺人事件など起きたことのない姫田市では、ほとんどが軽犯罪か経済犯罪であり、バーチャルな捜査本部で支障を来すことはなかった。

だが今回のような大事件に遭遇したとき、現場の刑事たちの混乱は決して少なくなかった。捜査会議など開かなくても捜査用のSNSで情報共有できる。そのためのSCSであり、ピースマである。

SCSの直接主管は地方警察である姫田市警察署であり姫田市役所であるにせよ、それは将来の日本の治安維持モデルであり、このため警察庁や総務省の意向が強く働いているのも事実であった。

このことは、SCS関連の法整備や予算請求の面では有利だったが、現場の刑事たちにとっては良いことばかりではなかった。

一つは「SCSで警察業務の効率化」を政府筋などが売りにしている関係で、姫田市警察署はこれほどの事件なのにもかかわらず、県内の他の所轄からの応援がまったく期待できなかったことだ。

警察庁や総務省などの思惑として「これほどの事件にもかかわらず、SCSがあれば地方警察だけで解決できる」という実績を作りたいらしく、増員は期待できないことは県警本部により早々に宣言されていた。

さらに、これに関連して、捜査担当の刑事たちを集めての捜査会議が一度も開かれていないことだった。これもまた「SCSで警察業務の効率化」を実証するためだ。

だから事件発覚から二週間になろうかというのに、西島にはいまだに捜査に従事している刑事が何人いるかさえわかっていない。

なるほど捜査用SNSには情報は蓄積されているが、関係者全員が書き込んでいるわけでもなく、それどころか、捜査情報を書き込んでいるのは全体の二割程度と思われた。

西島はまだ書き込む側だから良かったが、事件の重大さと上層部からの注目度のために、捜査用SNSの雰囲気は、必ずしも理想的とは言えなかった。

つまりSNSを見れば、「結果を出す刑事」と「結果を出さない刑事」の差が一目瞭然であり、関係する刑事の数が多いだけに、捜査本部の一体感は日毎に失われつつあるのを西島も感じていた。

さらに、野心的な若い奴の中には、抜け駆けをしようとする奴もいるため、捜査用SNSには開示されずに個々の刑事が抱え込んでいる重要情報もあるらしかった。

厄介なことにSCSの導入が、本来は無関係であるはずの「取り調べの可視化」に寄与すると宣伝されたことも捜査用SNSの効率を下げていた。

捜査用SNSのログは裁判所が証拠と判定した場合には、証拠として提出される。それは物証の存在を重視し、自白のみに頼った捜査を抑止すると説明された。

このためかつての捜査会議でなら開陳できた仮説も、SNSでは慎重に提議することが求められた。「刑事の主観で予断を持った捜査が行われた」と言われかねないからだ。このことも捜査用SNSの情報量を減らす大きな要因となった。

こういう状況で、心ある刑事たちは自衛策を講じなければならなかった。つまり捜査用SNSとは別に、刑事たちがスケジュールを調整し、所轄の捜査本部の中でテーブルを囲んで対面で情報交換をするのである。

大人数で集まると問題となるので、一度に接触できるのは二組四人である。この四人が六人掛けのテーブル一つを囲む。そうやって組ごとに情報交換する相手を変え、口コミで捜査用SNSより漏れている情報を共有するのである。

大葉組と西島組がこうして署内のテーブルを囲んでいるのもそのためだ。

いまも大葉と西島が対面に、大葉の相棒の八木《やぎ》と、西島の相棒の三矢が、それぞれの右隣の席に就いていた。

「この被害者一三人って、みんな姫田市に他所からやって来た人間ばかりですね。年齢は概ね三〇歳以下」

三矢が他の三人に同意を求めるように言う。

「それはそうだが、それで何がわかるんだ、三矢？」

「状況から一三人は全員殺されている可能性が高いですよね。

そして死体は冷凍されていた可能性はあるにせよ、被害者は全員、この一年以内に姫田市に入っている。つまり犯行も、長く見積もってもこの一年以内に行われた。

それが僕には、最初からおかしく感じられていたんですよ」

「何が？」

「一三人という数字です」

「不吉な数字だからか？」

「そんなこと言ってませんよ、西島さん。

一三人ですよ、一三人。

一三人も市内で殺されながら、誰からも気がつかれないなんて、おかしいじゃないですか」

「死体をバラバラにするのは、証拠隠滅と身元を明らかにしないためだろ。じっさい犯人らはクリーンセンターで死体を焼却していた。事件の発覚が遅れたのは避けられないだろう」

大葉の意見は概ね西島と同じだった。しかし、三矢は納得しない。

「だからそれがおかしいんです。バラバラ死体が焼却されたから、殺人事件の発覚が遅れるというのは、確かにそうでしょう。

しかし、姫田市内で一三人もの人間が、いなくなったんですよ。失踪届のひとつも出ていて然るべきじゃないですか。

いままで犯罪らしい犯罪が起こらなかった姫田市で、一三人もの人間が失踪していたら、殺人事件と結びつかなかったとしても、問題になっていなければおかしいでしょう」

「しかしなぁ、三矢君、被害者はみんな他府県からこの一年以内に姫田市にやって来た人間ばかりだ。地元の人間との接点は薄いだろう」

「大葉さん、それは違うと思います」

西島は三矢が大葉に反論したことより、大葉が反論されたことに愉快がっていることが意外だった。

「市内での人間関係が希薄だったとしても、郷里の親兄弟あるいは友人らが、音信不通の被害者に気がつくはずじゃないですか。にもかかわらず、姫田市からも他都府県からも捜索願は出ていない」

「被害者は突然姿を消しても、誰も気がつかないような人間だった、三矢はそれが被害者の共通点だというのか？」

「そうです、西島さん。

SCSがありながら、事件が空き家の解体という偶然がなければ発覚しなかったのも、被害者たちの人間関係が郷里でも市内でも希薄であったためではないですか？」

「犯人の目的はともかくとして、犯人はそういう人間関係の希薄な人間を探し出して殺してきた……。

いや、それはおかしいな」

「何がです、大葉さん？」

「被害者が極端に人間関係が希薄だとして、だったら犯人と彼らはどんな接点を持つんだ。殺人事件の犯人は、大半が被害者周辺の人間だ。深い人間関係がなければ殺人には至らない。だがそれは被害者像と矛盾する」

「殺人そのものが目的かもしれんな」

西島は科捜研での沼田主任との議論を思い出していた。彼は異常者による連続殺人の可能性を口にしていた。むろんSNSにはそんな仮説は開陳されてはいないが。

西島はあの時はそれに異論を感じていたが、被害者全員の身元が明らかになってからは、その可能性も否定できないと思うようになっていた。

「殺人を目的とする複数の犯人が、他人との接点を持たない人間を探し出し、殺害し、焼却炉で処分する。そういう犯罪なのかもしれん」

だが三矢はそれにも疑問を呈した。なぜかそれを相変わらず大葉は面白そうに眺めている。

「異常者がここまで見事なチームワークをとれるとは思えないんですが。

我々はバラバラ殺人を前にすると殺人事件と考えてしまいます」

「考えてしまいますって、じっさい殺人事件以外にどう解釈する？」

「広い意味でサイバー犯罪かも……」

「何言ってんだ、三矢？」

だが大葉には三矢の言わんとするところが分かったらしい。

「殺人は目的ではなくて手段で、本当の目的は警察への、いやＳＣＳへの挑戦だと言いたいのか？　なんで三矢君はそんなことを考える？」

「この事件だけ、ＳＣＳがあまりに無力だからです。堺稔の居場所はおろか、行動さえ完全には把握できていない。

そもそも一三人の被害者にしても、わかっている範囲で一三人です。本当はもっと多いのかもしれません。

それだけの犯罪が行われていたのに、ＳＣＳは抑止どころか発見もできていない。犯人たちはSCSが自分達の犯罪に対して無力であることを示そうとしている、そんな気がするんです」

「だったら、あの廃屋のバラバラ死体が発見されたのも、血痕がクリーンセンターに伸びていたのも、冷蔵庫が捨てられていたのも、偶然ではなく犯人が意図していたというのか？」

西島は自分の言葉に気分が悪くなった。この犯人たちは異常者でないとしても、正気じゃない。頭が良いとしても、人としての何かが欠けている。

「誰も気がついてくれないなら、つまらない。犯人はそう考えたんじゃないでしょうか。堺稔が捜査線上に浮かんできたのも、犯人が我々に投げた餌かもしれません」

「三矢君は、小説家にでもなった方がいいよ。現状でそこまでは飛躍だ」

大葉のその言葉で、この日の情報交換はお開きとなった。

三矢は先に車に戻り、西島はその前にトイレに寄った。西島に少し遅れて大葉が来る。

「面白い奴と組んでるな。三矢って、あんなキャラだったっけ？」

「最近、刑事の仕事がなんかわかってきたとか何とか、生意気なことを言ってるよ」

「三〇前で生意気なら普通だろう。なぁ、うちの八木どう思う？」

「そうさなぁ……なんで彼は一言も話さないんだ？」

「だよな。そう思うよな」

「何か大葉とトラブルでも？」

「俺とかい？　そうじゃない。あいつは利口者だってだけさ。他人から情報を仕入れるだけ仕入れて、自分の情報はギリギリまで出さない。そして他人に決して言質を与えない。対人関係は無難にこなしてる。如才ないよ。俺と二人だとちゃんと話もする」

「でも、本音はわからないか」

「思うんだ、最近。ＳＣＳの時代には、八木みたいのが良い警官なんじゃないかってな。結果を出すより、失敗しないことの方が評価される時代にはさ」

西島がそれにどう返答するか迷っている間に、大葉はトイレから出て行った。

六章　二〇二四年七月二三日

七月二三日は、クリーンセンターの創設記念日で休みだった。だから船田はスマホの目覚ましは止めている。

カーテンは閉め切られ、しかも窓のない三畳間で寝ていたので、目覚めたのは九時過ぎだった。普段なら働いている時間だ。

それでも昨夜は何年かぶりでビールを何缶も空けた。いつもなら半日は潰れているはずの船田が九時過ぎに目覚めたのは、起こされたからだ。

「おはよう」

目が覚めたら、段ボールと毛布だけの寝具の中で、自分の隣にアッキーがいた。それで船田は昨夜は誰とビールを飲み、酔っ払ったか、そしてその後のことを思い出す。

「起こしちゃった？」

「いや、いつもこの時間に起きるんだ」

それが嘘なのはアッキーにもわかったはずだが、彼女はそれを船田の優しさと思ったらしい。

「あっ、こんな時間。朱美さんが来る前に支度しなくちゃ」

アッキーは全裸のまま立ち上がる。ネットで見るような女の裸ではなく、生で目にする肉体のリアルさに船田はまず圧倒される。

アッキーは、船田の視線などまるで気にならないようで、その辺に脱ぎ捨てた下着やジャージを集めると、身に着けはじめた。

さすがに船田の方を向いてはしなかったが、何を隠そうという素振りもない。

なんとなく、暗い中でアッキーを抱き寄せて、綺麗だとか何とか言った記憶が甦る。ただ暗いから覚えているのは情景ではなく、指先の感触だ。

一瞬、後ろから抱きすくめようかと思った船田だが、薄明かりのなかでアッキーの裸を見て気が変わった。

アッキーの背中には、幾つも煙草を押しつけられたような火傷の跡と、古い殴られたような傷跡があった。だから抱きしめるという気持ちも萎えた。

「船っちも準備しなよ」

船田も全裸だったが、アッキーのようにあっけらかんと身に着けることはできず、外に出ろとも言えず、仕方なく腕を伸ばして下着を捕まえ、毛布の中で穿く。

アッキーは船田が脱ぎ捨てたままのジャージに袖を通しはじめると、そのままどこかに行った。

する事もないので、カーテンを開け、外を見る。今日は晴天らしい。六畳間は散らかったままだ。

コンビニ弁当のゴミ、缶ビールの六本入りパックの残骸、それの空き缶六個。割り箸もコンビニ袋も飛び散っている。

そんな中に封を切ったペットボトルの水があったので、半分ほど飲み干す。全部、アッキーが買ってきたものだ。

アッキーは自分の事を彼氏のように思っているのか？　船田には、そこに確信が持てない。

船田に彼女と呼べるような存在がいなかったこともある。

だがそれ以上に、他人が自分のために何かしてくれるというのが、彼にはそうそう簡単には受け入れられない、飲み込めない。

とはいえ、現実は、アッキーが自分に好意を持っていることを示している。それが船田を混乱させる。

「ただいま」

アッキーが戻って来た。

「おかえり」

そう言ってから気がついた。どうしてアッキーは「ただいま」なんて言うんだ？　ここはアッキーの家じゃあるまい。それとも、そうなのか？

「焼き肉弁当好きだったよね？」

「あぁ、好きだよ」ここでアッキーもな、と言ったらどうなるだろう。そんな可能性を船田は心の中で転がしてみる。

確かに焼き肉弁当は嫌いではない。ただ川原のコンビニで安いからと最初に買ったのが焼き肉弁当だっただけなのに、川原やアッキーには、それが船田の好物と思われているらしい。

アッキーは飯台に弁当とペットボトルを置き、そして食べ始めた。

「船っちも食べなよ」

「あぁ」

船田も弁当に箸をつける。川原がいると、「いただきます」と言わないと食べさせてもらえないのだが、その点はアッキーの方が船田には気楽だ。

「今日、なんかあんの？」

「何言ってるのよ、船っちの引っ越しだよ。朱美さんが言ってた。知らないの？」

「会ってないからな」

考えたら、こんな風にまったりと弁当を食べているような時じゃない。川原たちから逃げるかどうするかを決めねばならないではないか。

ただ逃げるかどうかとは思いつつも、船田の腰は重い。クリーンセンターでの出来事が現実だったのか、船田はだんだんわからなくなっていた。

何というか、あれは夢でしたで流してしまえば、諸々楽ではないか。そんな考えが強くなっていたのだ。

「あぁ、起きてたのか。おはよう」

「朱美さん、おはようございます」

アッキーにとって朱美は特別らしく、弁当を食べながらだが、姿勢は整えて川原に向かう。船田は仕事以外で「おはようございます」と言うのが苦手で、いまも口の中で、「ようす」みたいな音を唱える。

朱美はいつものジャージではなく、ジーパンにTシャツといういでたちだった。

Tシャツは、コンビニで展開しているスイーツとロボットアニメとのコラボ商品の景品らしい。

ロボットが拳を突き出すような図柄も、朱美が着ていると、それなりに様になった。

「ゴミは置いときな、あとでケイイチとコウジが片付けるから。船っちの荷物は鞄ひとつだろ」

「うん」

川原はクリーンセンターのことについては何一つ触れなかった。あれは夢だったのか、それともやはり川原も触れたくないのか。

おそらく後者だろう。ならば、船田は日常生活を続けていいはずだ。他人の厄介ごとに口を挟んでいいことなんかないんだ。

船田たちが団地を後にするのと入れ替わるようにジャージ姿のケイイチとコウジがゴミ袋を片手に入っていく。

二人は船田を一瞥するが、それ以上の反応はない。バラバラ死体の焼却は大事件ではないか。しかし、二人の態度は、そんなことなどなかったかのようだ。

川原もケイイチやコウジも、やはりあの夜のことはなかったことにしたいのか。それならそれで船田は構わない。

寺森第二団地を出てから、三人は県道54号ではなく、旧道に向かった。そして旧道を歩く。旧道の周囲には何もなかった。両側には畑や田圃が延々と続いている。旧道からは高台にある鉄道路線がすべて見渡せた。それくらい視界を遮るものがない。

自動車も県道54号と比べれば、通過量は少なく、農業用の軽トラが多いのが目立った。船田も旧道は使っていたが、若沼町方面に北上したことはなく、この広大な農地には正直圧倒された。まるで旅行会社のパンフレットにある北海道のようだ。

農地にはトラクターか何か知らないが、農業機械が何台も動いていた。そのせいか県道76号で見かけたようなジョギング姿の若者とか高価な自転車を走らせている奴は見かけることがなかった。

時間からすれば移動距離は二キロか三キロというところなのだろうが、単調な景色ばかりが続き、船田も現在位置がよくわからない。

途中から旧道の両脇には高さ四、五メートルほどの街路樹が植えられていた。

街路樹を通してしか、農場の様子はわからない。道路沿いに民家でもあればまだわかるのだろうが、生憎と農地しか見えない。

街路樹越しに、数百メートル離れた所に農場の建物らしい背の低い細長い建物が見えたが、大きさの実感がつかめないから同じことだ。

「こっちよ、船っち」

川原に言われるまで、そこに旧道につながる枝道があることにも気がつかなかった。なるほど街路樹が切れているところがある。そこは歩道が凹んでいて脇の道路とつながっていることを示している。

ただその枝道は、今どき珍しい無舗装の道路だった。粘土質の土が剝き出しで、砂利が敷かれている。砂利には轍《わだち》らしい跡があるので、自動車は通っているのだろう。

街路樹を通して見えるのは農地と、その後ろに幾つかの家、そして納屋か倉庫か、大きな建物が二棟。

そのさらに数百メートルほど先には、駐車場なのか、軽トラやバスのような車が置かれている場所がある。

そこには電灯のない鉄柱が一本、不自然に立っているが、おそらく自動車が盗まれないためのの監視カメラの類だろう。プライバシーとかの関係でか、監視カメラは住居などは映らないように配置しているようだ。

どうやら船田に用意された新居とは、あの建物のどれからしい。砂利道を進み畑を抜ける。畑は街路樹越しに見たより大きなもので、小さなサッカーグラウンドほどあった。そこに何種類もの野菜が栽培され、働いている人間の姿も見えた。

砂利道はそんな畑を囲むようにL字型をしており、その道路の両脇に小さな家が並んでいた。

家はどれも平屋で、何かの規格品なのか、どの家も同じ形状だ。

それらの家々はどこも屋根の上には太陽電池パネルが載せられている。

築年数は新しいようで、船田が住んでいた解体待ちの県住団地よりはずっと小綺麗に見えた。

住宅は道に沿って等間隔に並んでいたが、表札がなく、その代わり建物には番号が打たれている。

「珍しい住宅街だな」

「法律が変わって、この辺の農家の土地は近隣の農業組合の管理になったの。船っちは知らないと思うけど、この辺の農場は農家じゃなくて会社だから。

で、あたしたちも、まぁ、会社なのよ。農業法人で組合の一員。あれ見える？」

川原が指さすのは、先ほどの駐車場のような場所だ。改めて見ると、五〇〇メートル近く離れているようだ。

軽トラに見えたのは、普通のトラックで、それより離れた場所に軽トラがある。トラクターや他の農業機械も見える。

それに交じって、場違いな感じで、キャンピングカーのようなバスが見えた。

「あそこは車輛置き場。土地は自治会の土地だけど、農業組合全体で利用できる。だから色んな車があるわけ。車輛置き場の賃料も貴重な自治会の現金収入よ」

「ただで収入があるんだ」

「何言ってんのよ。車輛置き場の管理も、それなりに大変なのよ。市役所から監視カメラの設置と維持が義務付けられてるし、そのくせ、税金もかかる。一応、このスマホで映像は確認できるけど、本当はＳＣＳの監視カメラを市民に作らせたいだけよ」

ＳＣＳの監視カメラがどんなものかは船田にはよくわからなかったが、市役所と言うからには、色々と厄介そうなのはわかった。

「掃除もしなければならないし、自動車の整備にも責任がある。その上、要望があれば現場まで運転しなきゃならないんだから」

「運転って、誰が？」

「主に私よ。自治会で運転免許持ってる人間は少ないから。船っち持ってる？」

「持ってねぇよ。それより自治会の自動車は無いのかよ？」

「軽トラと普通乗用車が一台。それで困らないし、車増やして、賃料減らすのも馬鹿らしいじゃない」

「あのキャンピングカーは自治会のじゃないのか」

「そんな子供じゃないんだから、悲しそうな顔をしないの。車が必要だったら、組合の自動車は使え……ないか、無免だと。まぁ、必要なら連絡して。時間があれば運転してあげるから。

それと、あれはキャンピングカーじゃないから。スタッフカーっての。姫田市で一番大きい山畑農場の社用車よ」

「なに、スタッフカーって？」

「移動会議室のこと。山畑の社長は、あちこちあれで移動するから」

「金持ちなんだな、山畑って」

「大地主だからね。だけど、山畑は自治会の味方さ。少なくとも敵じゃない。

つまりね、山畑の作った組合に入っていると、行政とのあれこれが楽なのよ。お金持ちは役所に顔が利くからね。

この家の幾つかは、確かにあたしらが建設した。県が用意した資材を使ってさ。山畑が間に入ると、面倒な手続きなしで、御上の資材が手に入る。

で、いま自治会は、この山畑農場と契約してる。ここの農地の収穫を山畑の組合に納めるから、その収入で家賃の心配はない」

「もしかして俺に農家させるのか？」

そんな話はまったく聞いていない。クリーンセンターの職員になれるかもしれないのに、どうして農家なんか！

「まさか、船っちに農作業なんかさせないわよ。だいたい、船っちって、農作業の経験あるの？」

「ないよ、そんなの」

「だろ、船っちはいままで通り、クリーンセンターに通ってよ」

「農家、しなくていいのか？」

「ここにいま住んでるのは一八世帯四六人、そのうち大人は三六人、船っちも含めてね。農家の収入なんてのはさ、農地の大きさで決まるんだよ。一反の土地からは一反分の収穫しか取れない」

「あのさ、一反って何？」

「土地の大きさ、テニスコートの五倍くらいだよ。いんだよ、そんなことは。

ようするにね、五人で耕している土地を一〇人で耕しても収入は増えないんだ。

仕事は楽かもしれないけど、一人当たりの取り分は減る。

それより新しい家族は外に働きに出てくれた方が、自治会としては現金収入が増える分ありがたいのさ」

そして川原は「14」と番号が振られた家の前で止まると、持っていた鍵を船田に手渡す。

「ようこそ、自治会に。これで正式に自治会の一員だ」

「これが俺の家……」

「船っちとアッキーの家だよ」

「アッキーも……住むのか？」

「嫌だってのかい」

川原の声のトーンが低くなったが、それよりもアッキーの悲しそうな表情が船田にはたまらなかった。

家じゃ飼えないからと、母親が橋から川に投げ込んだときの子犬がこんな顔していた。あれは子供ながら後味が悪かった。

「嫌なわけがないじゃないか。驚いただけだよ。二人で生活するって」

「あれ、言ってなかったっけ？　でも、わかれよそれくらい。なんのためにアッキーが日参してたと思うんだい」

確かに船田もおかしいとは感じていた。家を世話してくるだけでも驚きなのに、彼女の世話までされるとは……。

「自治会もさぁ、船っちとアッキーが同居してくれるとありがたいんだよね。家一軒で二人だから」

「俺だってアッキーがいればありがたいさ」

そう言うとアッキーから船田の手を握り、船田も握り返す。

「その調子なら、自治会の人口もまた一人増えそうだね。本気で保育所でも作ろうかね。じゃっ、あとのことはアッキーにお訊き」

川原は歩きかけて、思い出したように立ち止まる。

「そうそう、あたしの家はあそこの『2』って家。緑の屋根の家だからわかるだろ。アッキーでも解決できないことがあれば家に来な」

「本当に家賃はいらないのか？」

「自治会費として月一万円徴収するけど、家賃はない。あとは自治会の仕事をしてくれればいい」

「自治会の仕事……」

「変な気を回さないでくれる。うちの自治会は、色々と自給自足してるんだ。そのための作業があるんだよ。だから自治会費一万円で一軒家に住めるのさ。まっ、詳しくはアッキーからお訊き」

川原がいなくなるとアッキーが船田に早く入ろうと催促する。船田もドアの鍵を開ける。

「なかなかじゃん！」

平屋の小さな家で、外からはよくわからなかったが、中は思っていた以上に綺麗だった。何より広い。

いわゆる2DKの建物で、ダイニングキッチンが五畳、七畳半ほどの洋間があり、和室が六畳ある。

これに洗面所、風呂場、トイレが独立してついている。

船田は素直に感動した。彼の人生で、こんな広い家に住んだことなどなかった。

ダイニングキッチンの収納には、太陽電池とつながっているらしい配電盤とバッテリーが並んでいた。

蛇口をひねると水が出て、二口のガスコンロを捻るとちゃんと火が着く。コンロ下の食器台には、鍋やフライパンや食器も最低限度は揃っている。賞味期限ぎりぎりだが、カップ麺まで二人分用意されていた。

船田が感心しているのが嬉しいのか、アッキーは上機嫌で説明する。

「あのね、ここの水道もガスも自給自足なのよ。自治会で作ってるの」

「自治会で水道やガスを作ってる？」

「うん、水道は井戸水があるし、ガスは残飯からメタンが取れるって朱美さんが言ってたよ」

「川原が作ったのか？」

「ううん、むかし自治会にいた人。よく知らないけど」

そう言うとアッキーはそのまま船田に後ろから抱きつく。どうすればいいんだろう、船田にもわからない。

夜なら押し倒すところだが、昼間っからというのは、船田も抵抗がある。だいたい新居に入って一〇分も経っていない。

しかし、押し倒したりしなかったのは、良かったらしい。アッキーは気が済んだのか、しばらくすると、ありがとうと言って腕をほどく。

「船っちって、優しい」

「でも、ないさ」

「急にいなくなったりしないでね」

「しねぇよ、そんなこと。仕事もあるんだし」

「よかった」

船田はアッキーと新居の中を色々と見て回る。布団や石鹸の類など、生活に必要なものはほぼ揃っていた。

船田の人生で一番綺麗な家。だからあちこち見て回った。

川原は「自分達で建てた」ようなことを言っていたが、そういう組み立て式の建物らしいのは、内部を詳細に見るとわかった。骨組みをボルトで結合して、壁のパネルを組み込むような構造だ。

ダイニングキッチンには床下収納の蓋まであった。まさかと思って緊張して開けてみたが、バラバラ死体など当たり前だが入ってはいなかった。

どうやら床下で作業するための出入り口の名残らしい。だから蓋を開ければ地面と住宅を支えているらしいブロックしかなかった。骨組みを作っている柱材には意味不明のアルファベットの記号が刻印されていた。唯一意味が読み取れたのは製造元が中堅の段ボールメーカーであることと「仮設住宅」の部分だが、船田には両者のつながりがよくわからない。

何のかんの言って、プレハブか何か安普請なのだろうが、船田にとっては初めての、本当の意味での自分の家だ。

それほど広い家ではないし、船田の荷物などないに等しかったが、それでもアッキーとの生活のためにはやることは色々とあった。

「いままでどこに住んでいたんだ?」

「昨日までは、朱美さんのところ」

アッキーはそのことにはあまり触れられたくないらしい。船田も、それ以上は尋ねない。こうしていま、この家を与えられはしたが、クリーンセンターのあの出来事のことは忘れられない。たった二日前の出来事なのだ。

アッキーが川原の死体処理のことを知っているのかいないのか、それがわからない。知っているものと考えるのが自然だろう。

しかし、船田は最初こそ川原たちの作業に驚いたものの、いまこうして自分の家にアッキーといると、あの時とは考えも変わってきた。

結局のところ、川原たちが何をしているとしても、船田には何の関係もないではないか。あの時の死体の堺なんとかなんて知らない。まったくの赤の他人だ。そんな赤の他人のためになぜ悩む？

川原たちが船田を殺そうとしているなら話は別だが、そんなことはなく、むしろこうして家まで提供してくれている。それが口止め料だったとしても、船田にとって悪い話ではない。川原たちがどういうことをしているにせよ、船田の生活は上向きになっている。安定した仕事が手に入り、自分の家があり、女がいる。

つまらないことをほじくり返して、いまのこの生活を失うのは馬鹿じゃないか。だいたいいままでの船田の人生で、自分を助けてくれるような他人はいなかった。

社会とはそういう場所だ。生きるとは、すべて自己責任だ。なら助けてもくれない赤の他人が死のうが生きようがどうでもいいではないか。ようするに、そいつは自己の責任で死んだ、それだけだ。

「なに、難しい顔してるの、船っち？」

「好きだぜ」

船田はアッキーを抱きしめる。自分の女がこの世に実在することを、全身で感じながら。アッキーも船田に、好き、と応える。しかし、船田は聞いちゃいなかった。

昼過ぎになって、アッキーは自治会の仕事で出ていったが、入れ替わりに川原が船田にコンビニ弁当を届けに来た。焼き肉弁当ではなく、鮭弁だった。値段は焼き肉弁当と大差ない。船田は玄関先でそれを受け取ったが、川原に家に上がるようには言わなかった。自分の家を持ったばかりで、まだそういう気が回らない。川原も特に何も言わない。

「自治会の仕事って、アッキーって、何やってんですか？」

「農場かな、今日は。住宅街の裏手に農地があるんだよ。山畑農場から請け負ってる。人参とかキャベツとか、近郊作物さね、作るのは」

「家の前のあの畑は？」

「あれは自治会の住民のための畑さ。野菜作ってるのに、他所から野菜買うなんて馬鹿だろ」

「バカだ」

「農場は手が足りてるけど、船っちにも、当番でそっちの作業を頼むことがあると思うから、そんときはよろしく」

「朝も言ったけど、農家なんかやったことないけど」

「大丈夫だよ。こっちのは単純作業だから。やり方はアッキーから訊きな。シフトは調整しとくから」

「どうも」ありがとうと言うべき、と気がつく前に口が先に動いていた。

「それとね、船っち、今日の七時、集会場に来てよ。集会場はこの家の真裏にあるあの建物だ」

言われると、確かに裏手に一〇メートル四方ほどの平屋がある。

「集会って、なんかあるの？」

「馬鹿、あんたの歓迎会だよ。まぁ、あんたともう一人南原《なんばら》ってのがいる。二人が自治会に入った歓迎会だよ」

「南原って、どの家に？」

「あれは『18』だ。アッキーに感謝しなよ、南原は一人暮らしなんだからさ」

「一人暮らしなんだ」

「アッキーにだってね、選ぶ権利はあるんだよ。あっ、だけどいまのこと南原にばらすんじゃないよ。自治会で揉め事は御法度だからね」

「わかった」

どうも自治会に男を迎えるに当たって、アッキーが同居するのは、船田か南原かを決めていたらしい。そしてアッキーは船田を選んでくれた。

自分が他人より優位に立つ。船田は自然に頬が緩んだ。

そうして開かれた歓迎会は船田が予想していたものよりも、はるかに盛大なものだった。

自治会のほぼ全員なのだろう、子供を含めた五〇人近い人間がいた。テーブルには、コンビニ弁当や総菜が並べられ、缶ビールとペットボトルのウーロン茶が用意された。

そして自分達の畑で獲れたとかいう野菜の天ぷらも並ぶ。子供は最年長でも二歳くらいで、ほとんどが一歳未満と思われた。

船田は子供が嫌いだが、年齢も年齢なので、歩き回って煩い子供はいない。子供たちは五人ほどの女性が面倒を見ていた。必ずしも母親だけでもないようだが、さほど興味もなかった。

上座に船田と南原が座らされる。南原はちょっと見、三〇過ぎくらいの背の低いデブで、なるほどこれならアッキーでもＮＧだろうと思った。

船田が真ん中で、南原は右隣だが、アッキーは左隣に座っていた。

歓迎会の司会は川原だった。自治会長が誰なのか、船田は正式な紹介は受けていなかったし、この時も紹介はなかった。

ただ場の仕切りは、完全に川原が掌握しており、自治会長が別にいたとしても、この自治会の実質的なリーダーは川原だと思わせる采配だ。

歓迎会とは言っていたが、船田や南原に話しに来た人間は少ない。話と言うなら、船田はアッキーと話している方が多いくらいだった。

歓迎会に参加しているのは、男も女も二〇代から三〇代前半に思えた。同世代の人間が多い。じっさいどこかから聞こえてくる話は、船田が知っているTVドラマの話だったりした。

それでも川原の仕切りのためか、少しずつだが船田や南原に話しかけてくる参加者はそれなりに続いてはいた。

ただ会話は長続きせず、何号棟に住んでいる何々であるくらいしか共通の話題はない。そのくせ誰もが、船田を探るような仄めかしを口にした。

「ごめんね」

「何が？」

「みんなの態度」

「新参者には、こんなもんじゃないか。工場なんかもこんな感じだ」

「優しいんだ、船っちは」

「かもな」他に返しが思いつかなかった。でも、アッキーは気にしない。

「みんな、朱美さんから言われてるの。自治会の会員は、互いに昔のことを訊いちゃいけないって」

「訊いちゃだめなのか？」

「だめなの」

「なんで？」

「みんな、やり直すために自治会に入ったんだよ。だから昔のことは訊いちゃだめなの。そういう決まりなの」

「俺の昔のこととか気にならないのか？」

「いまの船っちでいい。あたしの昔のことが知りたいの？」

「いや、別にいい」

それは本当だった。アッキーには興味があるが、彼女の過去を蒸し返せば、いまのアッキーを失ってしまう、そんな漠然とした予感が船田にはあった。

それに船田はここ数日、アッキーと過ごしてみて、自分達の境遇がそれほど違わないのではないかと思っていた。

なぜなら、二人の生活パターンやリズムに大きな違いがないからだ。食べたいときに食べ、眠たいときに寝る。それが船田の生活パターンだが、それはアッキーも同様だった。

だから船田はアッキーと生活していても、窮屈さは感じない。アッキーもそのようだ。

それでも世間では、そういうのは躾《しつけ》ができていないなどと言うらしい。それは親の責任だろう。

つまり船田もアッキーも、人は違えど似たような親に育てられたのだ。船田が子供時代を思い出したくないのと同じく、アッキーも子供時代は黒歴史。

とてもじゃないが二人で語り合いたい話じゃない。過去なんかどうでもいい、それより明日からのことだ。

「みんな、ありがとう！」

宴もたけなわの頃、いきなり南原が立ち上がる。立ち上がって、なぜか号泣している。

「僕なんかのために、こんなに……こんなに、盛大な歓迎会を開いてくれて……初めてです、こんなこと！　ありがとう！」

南原は感極まったのか、そのまま号泣する。何人かがかけより、南原の肩を叩き、涙を流す。

一人、南原の肩を抱いてる奴がいる。「小学校以来の再会だ」とか言ってるようだ。確かに年齢も体形も似ている。同じような環境に育ち、同じような人生を歩み、そしていまここにいるのか。

船田もその感動の輪に巻き込まれ、心にもなく涙を流すが、心は醒めていた。と言うより、醒めさせられた。

彼とて、歓迎会にそれなりに感動はしていたのだ。だが南原の号泣ぶりと、それに巻き込まれる周囲の人間達に、にわかにこの光景が嘘くさく見えたのだ。

それは、この光景を醒めた目で見ているアッキーの表情によって確信になる。そしてアッキーと視線を交わした彼は、自分も醒めていることを彼女に伝えた。そして南原たちから離れ、アッキーの傍らに戻る。だが、それより先に川原に彼は捕まった。

「あんた、ただ者じゃないね、船っち」

缶ビール片手の川原は、酔った顔色ながら、目だけは素面《しらふ》だ。

「えっ」

「並の奴らは、南原みたいに号泣して、感動して、お友達。だけどあんたは、お義理で涙を流しても、どこまでも心は醒めている」

「そんなことは……」

「ないと言いたいんだろ。でも、見りゃわかる。あたしも、アッキーも、船っちの同類さ。いや、悪いことじゃない。

一ついいことを教えてあげるよ。自治会はね、平等じゃない」

「どういうこと？　上下があるってのか？」

「あるわよ、組織なんだから。上下関係のない組織なんか機能するもんか。

だいたい世の中で自分で物を考えられる人間が、どれだけいるってのさ。それにそもそも物を考えるのもしんどい奴もいるのよ。そんな奴に自分で考えろなんていうのはさぁ、イジメよイジメ。イジメは良くないじゃない。

だから物を考えられない奴のために、上に立って物を考えてやる人間が必要なの」

船田は川原の言うことが、なんとなく納得できた。自分がいたあの底辺高校も、周囲の連中は何も考えていない奴ばかりだった。教師からしてそうだった。

社会に出てからも、自分の周囲にはそんな奴しかいない。そういう苛立ちを抱えていた船田にとって、川原の話は同意できるものだ。

「トップは朱美さんなのか？」

「答えはノーだね。本当にトップでないなら、ノーと言うしかない。本当はトップでも、トップは自分がトップであるなんて口にしない。どっちにしても返事はノーだ。

あたしより、船っちだよ。あんたも南原も自治会に入ったとは言え、試用期間みたいものさ。駄目な奴は出ていってもらう。自治会維持するのは楽じゃないんだ。

だけどね、自治会のために結果出せば、自治会の幹部になれる。あんたは知らないだろうけど、自治会の人間はここにいる連中だけじゃない、もっといるんだ。

幹部になれば、船っちもそいつらに命令する立場になれる」

「俺が、幹部になって命令するって？」

「自治会も大きくなってきた。あたしも信頼できる部下が必要なのさ。仕事を任せられる人間がね」

「ケイイチとかコウジは？」

そう言えば、あの二人の姿がない。ここには住んでいないということか？

「あの二人は肉体労働専門。あたしが欲しいのはもっとペテンのキレる人間さ。アッキーは秘書としては合格だけど、参謀《さんぼう》には向かない」

「それが俺？」

「船っちの働き次第さ、そこはね」

「それって、ヤバいこと？」

川原は船田に笑いかける。その表情は「合格」と語っている。

「ヤバイ仕事は肉体労働専門にさせればいい。あたしはね、参謀がいないからあれこれ現場に出なければならなかったわけ。ちゃんと下の連中を教育して、ちゃんと仕事ができるようにすれば、わざわざトップが現場に出る必要はない。おわかり？」

「コンビニの店長みたいもの？」

「船っちだと、話、早いわ、ほんと」

これが人生の分かれ道なのか？　船田は直感する。川原の仲間になるのか、ならないのか？

「なって、俺に見返りは、あるのか？」

駆け引きをするつもりはなかった。ただこの場の空気で拒否もできない。それに拒否するには勿体ない。いまはともかく時間を稼ぎたい。そのための言葉だ。

しかし、川原はそうは解釈しなかった。文字通り駆け引きと思ったのだろう、彼女はアッキーには見えないように船田の手首をつかむと、自分の内ももを触らせ、耳元で囁く。

「その気なら、抱かせてやるよ」

「な、なにを……」

船田が動転したことに満足したのか、川原は彼の手を解放した。

「魅力的な話だとは思わないかい？」

「思うけど……」

「なら、決まりだね」

歓迎会がいつ終わったのか、そこから先の記憶はない。船田は裸のアッキーに起こされ、そして身支度を調え、コンビニ弁当の食事を済ませてクリーンセンターに向かう。

「気をつけてね」

玄関先で自分を見送るアッキーに、船田は意味もなく罪悪感を覚えた。


姫田市役所は警察署の道を挟んで斜め反対側にある。それでも西島らはSCSが導入されてからは、市役所の頭脳とも言える場所に足を踏み入れるのは初めてだった。

受付に指示され、市役所の上部階までエレベーターで上り、降りた廊下の先に目的の部屋を示す表示がある。

だがその前にゲートを通過する必要がある。ピースマをかざすと、ゲートは開く。

「電算機室なんですね」

それが目的の場所だ。電算機という表現が三矢には新鮮に感じられるらしい。

「昭和の香りだな」

「僕、昭和には生まれてませんよ」

「いいね、若い人は」

電算機室にもゲートがあったが、これもピースマをかざせば開いた。

電算機室に入れば、山のようなサーバー列が待ち構えているかと思えばそんなことはなかった。

ドアが開くと、殺風景な応接室が待っている。周囲は壁で囲まれ窓もない。

ただ広報用なのか、大きな模造紙に「市政とSCS」と描かれたパンフレットがテープでポスターのように張ってある。

市役所なので、治安面の話はほとんどない。その代わり、SCS導入により市役所の待ち時間が減ったり生産性が向上したりしたというようなことが強調されている。

それによると市役所に向かっている市民をSCSが察知し、その人が市役所にやってくる用件を推測し、それに基づき必要書類などをＡＩが事前に用意することで、事務効率が向上したということらしい。

これが個人情報問題にならないのは、例の『人がアクセスできない情報は、情報が存在しないものとして扱う』という原則によるものだという。

つまりＳＣＳは市役所に誰が来るかわかっているが、職員はそれを知らないし、知る手段もないので、個人情報の漏洩にはならないという解釈だ。

他にも、ＳＣＳ導入と姫田市内の出生数のグラフがあり、「住環境の改善により出生数も増加！」と強調しているものもある。

さすがに出生率上昇の理由までＳＣＳにするというのは牽強付会に過ぎると思うのだが、西島が口を挟むようなことではない。

西島らが入ってきたドアとは別のドアが正面にあり、そこがおそらく市役所のサーバー群に通じるドアなのだろう。市役所のサーバー群はＳＣＳそのものではないが、姫田市内の多くの情報をＳＣＳと共有していた。

もちろんこの共有はサーバーレベルの情報処理に関してで、警察なり市役所なりが、管轄外の情報にアクセスするためには、然るべき法的手続きが必要だった。

市役所の電算機室の配置に、西島は修学旅行で見た、城郭の虎口を思い出す。それは外部からの敵より、本丸を守る構造だ。警察も市役所から見れば、敵でないとしても身内ではない。

応接室にはすでに担当者が、資料とノートパソコンを用意して待っていた。そこまで準備しているのは、これ以上先には進めさせないという決意の表明に西島には見えた。

捜査本部長がＳＮＳで西島に市役所に向かえと命じた理由も、この辺にあるらしい。

西島が意図しなかったとは言え、クリーンセンターの中抜けなどの不正を曝露したことで、姫田市役所は事態の収拾に躍起になっていた。

なんとかスキャンダルをクリーンセンターだけに、少なくとも環境部の問題に止めたいというのが市役所の本音だ。

じっさい西島も、風の便りに姫田市役所には職員の慣習的な遅刻早退やらタクシーチケットの不正使用などの告発が殺到しているとの話は耳にしていた。

だからいまは報道機関もクリーンセンターよりも姫田市役所や市長の親族などにスポットを当てていた。

そういう状況で、そもそもの発端を作った男、市役所から見れば疫病神でしかない西島を送り込んだというのも、警察からの揺さぶりということだ。

それは西島もわかっているが、正直、命令には気乗りしなかった。なぜならそれが捜査の本筋のためと言うより、ＳＣＳにはっきりしないが何か問題があるらしいことを隠すためとしか思えないからだ。

市役所のスキャンダルが大きければ大きいほど、ＳＣＳの不調というような地味な問題は影に隠れる。

じっさい「ＳＣＳがあるのに、どうして連続バラバラ殺人事件が起きたのか？」という至極真っ当な疑問すら、マスコミの報道には乗っていなかった。警察や市役所は情報公開に消極的だったし、市民の多くも血なまぐさい犯罪など知りたくない。そうしたニーズを察知すれば、地元メディアも数字を稼げる別のニュースを流すのだ。

「お手柔らかにお願いいたします」

そう言って、頭頂部の薄い中年男は名刺を差し出す。それが奥村《おくむら》課長代理だった。偉い人では話が大きくなり、下っ端では話にならない。

相手の心象を悪くしない程度に偉くて、ごたごたを大きくしないで済む程度には偉くない、そのバランスが課長代理なのだろう。

市役所の奥村課長代理は、西島らに対して隠そうとはしているものの、迷惑に感じているのは明らかだった。

虎口で敵を迎え撃つのは、城でも武勇の誉れ高い男だろうが、当人にしてみれば、敵が来ないに越したことはないのだ。

「そちら様より受け取りましたリストを照合いたしましたところ、確かに全員が該当者でございました」

奥村は書類に目を向けるだけで、西島らとは視線を合わせようとしない。ただ虎口にいる以上、侵入者と一度は矛《ほこ》を交わさねばならぬ。

「しかしながら、このリストは、さほど意味がないと思いますが」

「意味がないとは?」

「正確な数値は言いかねますが、姫田市内のスマホの約九五パーセントに、件の求人求職アプリがインストールされています。

ですから、スマホを持っているなら、当然このアプリが入っていて不思議はない」

「九五パーセントも、本当に?」

「警察に嘘言ってもはじまりませんよ。少なく見積もって九五パーセント。

まぁ、市と致しましても社会保障費の削減のために、スマホ内の個人情報を活用したいわけです。だからアプリをインストールしてもらえば、個人情報を参考に、その人に最適な市内の仕事を斡旋するわけです」

「いまさらな話ですが、個人情報はどうなってるんですか? いまのお話では、法的に微妙だと思うんですがね」

「もちろん合法的です。市役所のコンピュータには求人情報だけが記録される。

それとスマホの情報をマッチングさせて、最適な求人情報をスマホに送り返す。その時点で個人情報はコンピュータから消去されます。市役所としては、一連の作業に関して、一切の個人情報にアクセスできません。

警察の方ならご存じと思いますが、『人がアクセスできない情報は、情報が存在しないものとして扱う』それがSCSの基盤となる現在の法解釈ですし、おかげでSCSにより、各種の行政サービスが可能となった。

コンピュータが利用するのは、作業のための限られた狭い用途ですし、それすらも外部の人間は閲覧はできない。作業は自動化されるため、恣意的運用とも無縁です」

「つまり、市役所のサーバーには被害者の参照履歴は残っていないと？」

「まぁ、セキュリティ面もあるので、アクセス時間と媒体だけはわかりますが、それ以上のことはわかりません。その、彼らが不正アクセスでも仕掛けてこない限りは」

「それはないわけですね？」

「市役所でもそうした事実は確認されておりませんし、管理会社のKOS社からも、そうした事実を確認したという報告はありません。

まぁ、個人的な意見ですが、受け取ったリストの面々ではネット犯罪を仕掛けるような技量はないでしょう」

奥村課長代理には、それは軽い一言だったのだろう。しかし、西島にはそうではなかった。

「個人情報が閲覧できないはずなのに、なぜあの被害者リストでそこまでわかるんですか？名前と年齢と本籍地しか情報はなかったはずですが」

奥村課長代理は、明らかに自分のいまの一言が失言だと理解したのだろう。彼の呼吸が一度止まった。

が、立ち直りも早かった。虎口に送り出されるには、それだけの腕があるのだ。

「ここからの話はオフレコに願いますが、そちら様からいただきました情報からだけでも色々とわかるんですよ、個人情報に触らなくてもですね」

「統計処理ですか？」

三矢の言葉に、奥村は嬉しそうに頷く。本質は語りたがりなのだろう、と西島は思う。

「まぁ、より精査しようとすれば、統計処理でかなり絞れますが、このリストの面々ですよ、一般常識でわかりますよ」

「市役所の常識ですか？」

西島の挑発に、奥村は乗らなかった。

「いえ、一般常識と言えば、世間一般の常識ですよ」

「世間一般ねぇ……」

「だって、刑事さん。古くから姫田市に住んでいる人間なんか、いまの姫田市には半分もいないんです。

特区やら何やらで市の景気が良くなって、真鬼山町《まさきやまちょう》や姫田町の人口が急増した。それにともない、東京、大阪などの大都市圏からも多くの人間がやって来ている。ご存じですよね」

「それが世間一般の常識ですか？」

「いや、だからですね、そういう新参者は二種類にわけられるんですよ。大学や企業の研究機関に招かれた有為の人材と、景気が良さそうだと職を求めてやって来た流れ者と。刑事さん、お住まいは？　真鬼山？」

「城跡の方ですけど、それが？」

「刑事さんも高台組でいらっしゃる。だったら実感できないと思いますけどね、姫田市ですね、法人税や市民税なんかの税収も増えてますけど、生活保護申請も増えてるんですよ。寺森とか若沼とか、低地の方は」

「彼らは住所不定ですよ」

西島は危うく「住所不明」と口にするところだった。それではＳＣＳの性能に問題があることを明かすようなものではないか。

「定まった住所はないんです」

相変わらず行方不明の堺稔を含め、バラバラ殺人事件の被害者一三人の詳細なデータを捜査本部が公式に入手するのは予想外の手間と時間を要していた。

名前と略歴はわかっていた。これとＳＣＳ内部に蓄積されたデータを参照すれば、被害者の行動は追跡できる。そう誰もが思っていた。

SCSには高性能の顔認識機能があり、顔面検索で絞り込めるからだ。いままでもほとんどの捜査は、それで解決できていた。

だが、今回は違った。人間関係が極端に希薄な被害者であるため、まず生前の顔写真などが入手できなかったのである。

わかっているのはクリーンセンター勤務の堺稔一人だけであり、他の一二人については最新の顔写真がない。

過去の犯罪歴・非行歴から本人確認ができた被害者なども、顔写真といえば一〇年以上も昔の不鮮明なものだった。しかも当時未成年の人間については顔も変われば身長も伸びる。

このためSCSで顔面検索をしても、ヒット率が低いため、似たような人間が一〇〇人近くリストアップされた。

多くは市内に入り、市外に戻ったが、市内に居住しているらしい人物はそれでも一人の検索に対して候補者が一〇人ほどあり、生存確認ができている人間などを除いても、SCSでも追跡しきれない人間が数人残った。

これは被害者を追跡できないだけではなく、警察関係者にとっては深刻な問題であった。いかに写真の精度が悪いとしても、行動を追跡しきれない人間が想像以上に多いことは、SCSの信頼性そのものに関わる。

問題の一端は被害者の側にもあった。わかっている範囲の被害者一三名は、あまりにも情報が無さ過ぎた。

姫田市内のどこに住み、何を職業としていたのかはもちろん、知人も知り合いもわからなければ、最新の顔データも手に入らない。最新の顔データが無いからSCSでの追跡ができず、それ故に被害者の個人情報が集まらないという悪循環。

そして姫田市警察署長は決断した。警察が入手した被害者のマイナンバーとSCSが収集したマイナンバー情報、つまり監視カメラが撮影し、コンピュータ内に蓄えられたマイナンバー情報との「紐付け」である。

大変面倒な手続きが必要であり、この手続きを警察署長が行うのは、今回が初めてだった。警察に限らず、官僚というものは、他人の前例は利用しても、自分が前例を作ることを極度に嫌う。

その前例を作ったことでも、姫田市警察署長の決心あるいは危機感の程が知れる。

それでも署長の決心はある程度は報われた。堺稔を除く一二名の顔と名前が完全に一致し、SCSは彼らの行動を分析した。

おかげで彼らの住居や仕事先については、寺森町から若沼町のどこかという点までは絞り込めたが、それ以上はわからなかった。

しかし、スマホを所有し、市役所が提供している求人求職アプリを利用していたことがわかった。

考えてみれば、理に適った話だ。住む所も仕事もないまま姫田市に来たならば、生きて行くために仕事を探さねばなるまい。

SCSの画像解析によれば、じっさい彼らはスマホのアプリで求人を探し、応募していた。そして彼らの反応からすると、働き先も見つかったらしい。

堺稔だけは、クリーンセンターに職を得たことが確認できていたが、他の一二人がわからない。スマホの位置情報は被害者たちが殺害され、料金未納で契約解除となった時点で消去されている。せめて現物があればよいのだが、被害者のスマホは一つとして発見されていない。堺稔のスマホにしても、破壊されたのか団地から先の位置情報は摑めていなかった。

ただ彼らが職を得たならば、そこから犯人につながる足取りがつかめるかも知れない。西島と三矢が市役所を訪れたのはこのためである。


「そう、定まった住所はありませんよね」

奥村課長代理は、まだわからないのかという目を西島に向ける。

「いいですか、ちゃんとした教育を受けて、高い技能を持ち、市内の大学や企業に招かれるような人材なら、定住所があるんですよ。

逆に言えばですね、定住所がないってことは、碌な教育も受けてなくて、金になる技能もないってことじゃないですか。

ってかね、本当に定まった住所がない奴なんかいませんよ。住む所もなしに、何ヶ月も市内にいられますか？

定住所がない、の本当の意味は住民票を持っていないってことですよ」

「そうは言いますが、ホームレスの可能性だってあるでしょう」

「まさか。社会保障費抑制のために、警察や市役所がドローンを飛ばしているんですよ。姫田市にホームレスなんかいないんです。

にもかかわらず住所がわからないのは、住民票を移していないからなんですよ。単純な話です」

「どうして住民票を移さないんですか？」

「私に訊かれましてもねぇ。ただまぁ、一般論で言えばですね、行政機関を利用できない人間ってのが一定数いるんですよ、世間には。

それこそ行政の仕組みも知らなければ、書類の書き方もわからない。

警察の方は信じないかもしれませんけど、住民票の申請書類ひとつまともに書けない人間がいる」

「住民票なんか個人番号カードで請求できるでしょう、書類なんか書かなくても。だいたい市役所に行く必要もないのでは？」

「普通はそうですよ。でも、スマホに入った自分のマイナンバーもわからず、住民票や戸籍について考えたこともない。そういう基礎的な行政手続きについてさえできない人間がいるんです。

そういう人間がいるおかげで、マイナンバーによる行政の効率化がどれだけ阻害されていることか。

ようするに住民票の移動さえできない人間が、行政の側から見れば、市内に定住所のない人間となるわけですよ。

一般常識で考えて、そんな手続き一つ満足にできない連中にコンピュータ犯罪なんかできっこないでしょう」

奥村課長代理の言っていることは西島にもわかったが、その言い方は妙に神経に障《さわ》った。

「市役所のサーバーに利用者の履歴がないことはわかりましたが、求職求人アプリなら、市役所に求人票を出すことになりますね。そのリストはどうなんですか？」

三矢の質問に、奥村はやや表情を曇らせてみせる。

「いや、それもねぇ。市役所じゃないんですよ。アプリの提供と管理は他の業務もあるので市で行ってますけどね、基本、職安ってか、ハロワの主管なんですわ、そっちは。一応、職安と協力事業ってことでね。

求人をまとめるノウハウとかまでは我々もないですからね。法律の問題もありますしね、

「やはり」

　市役所にできることは何もない。奥村課長代理は、それを強調したいらしい。だが西島もこのまま帰るつもりはなかった。

　しかし、どう攻めたものか。ピースマで調べると、姫田市内にはそもそもハローワークはなかった。

　確かに以前は見かけた記憶はあったのだが、SCS導入からほどなく隣の市のハロワに統合されていた。そちらのハロワに行くのが筋だろうが、所轄が違えばそれなりに話を通す手間がいる。

　だが、そこは三矢が解決してくれた。

「求人求職アプリの管理は市役所でなさっているんですね。なら、個人情報を抜いたダミーのスマホか何かがあるはずですよね。システムが正常に動くかどうか確認するためには、そういう機材が必要じゃありませんか？」

　奥村課長代理は三矢の指摘に、明らかに渋い表情を見せた。つまり、そういう機材があるのだ。

　そして数分後に奥村課長代理はアタッシェケースを持って戻って来た。ケースを開くと、ノートパソコンになる。ただ入出力端子が二〇近くあるのが特徴的だ。

「検索条件を変えて、正しく求人情報などが表示されるかを確認する装置です。まぁ、基本はノートパソコンと同じですよ」

「随分使い込んでる感じですよ？」

「検索結果の苦情はハローワークじゃなくて市役所に来るんですよ。まぁ、仕方ないですけどね。

市役所に乗り込んでくる人もいるので、目の前で再現して差し上げる必要があるんです。スマホでもいいんですけどね、そういうクレーマーはスマホの小さな画面じゃ納得してくれないんですよ。

だからこういう大画面で見てもらう。こういうもっともらしい無骨な機械だと、あちらさんも納得してくれるみたいでしてね」

どうも西島が思っていたほど、電算機室も楽な職場ではなさそうだ。虎口に出された勇者は、かなりのストレスを溜めている。

「そんなに苦情なんかあるんですか？」

「クレーマーの絶対数はそんなにいません。ただクレーマーはリピーターなんでね。ほんと、往生してますよ、あぁいう輩には。

このアプリを使うってことは、人脈も仕事も無い連中です。必然的にアプリが紹介する仕事は肉体労働とか単純労働が中心です。そういう仕事が紹介される。

なのにそれが気に入らないって苦情です。本人のときもあれば、保護者が本人よりも先にクレームを言ってくることもある」

「まぁ、親としたら子供が変なバイトに行ったりしないかとか、学校と両立できるか気になるんじゃないですか？」

「いやぁ、刑事さん、世の中そんなわかりやすい話だけじゃないですよ。それに未成年者にはアプリのフィルター機能で、問題のあるバイトは紹介しないようにしてるんです。ただ成人だと、フィルターも効かないんでね」

「保護者の話じゃ？」

「あれですよ、引き籠もり。四〇越えた息子が社会復帰するためにアプリで仕事を探したが、碌な仕事がない。息子の社会復帰を邪魔する気か！　ってな具合ですよ。

高校とか、酷いのになると中学から引き籠もりですよ。中卒で、職歴も資格もない人間にどんな仕事があるって言うんです。行政はそこまで面倒見切れませんって」

警察に対する煙幕で世間話を始めたつもりが、溜まったものが噴出して止まらなくなった。奥村課長代理という人物に、あまり良い印象を受けなかった西島だが、彼の境遇には同情した。

「それでは、順番にこの一三人の条件で再検索していただけますか？」

西島とは対照的に、三矢は奥村へのそうした感情はないらしい。と言うより、他人の仕事の愚痴に無関心なのだ。

口には出さないが、三矢は、自分の問題は自分で解決しろというタイプの人間だ。それは人として立派とは思う。ただ三矢は西島に対してでさえ、仕事の相談をしてこない。そこには若干の淋しさもある。

それでも作業は進む。問題の一三名の履歴データを入れ、アプリが紹介する企業をプリントアウトする。

すでに一年程度の時間が過ぎており、これで彼らの就職先がわかるという保証はない。ただ、一年程度で求人状況が激変するとも思えない。

提示された求人票を見れば、どういう職種を重点的に調べればいいか、それがわかるだけでも大きな進歩だ。

堺稔の検索結果では、クリーンセンターの名前はなかった。例の中抜きスキャンダルで、それどころではないのだろう。

そこに表示されたのは、山畑農場での仕事であった。三件ほどの求人が表示されていたが、具体的な職種は異なるものの、問い合わせ先の住所も電話番号も同じだ。

ただメールアドレスやメッセージアプリのアカウントは表示されていない。

驚いたことに、他の一二名について求人票を求めても、出てくるのはほとんどが堺稔と同じ山畑農場関連だった。

運転免許がある人間はその分求人も増えていたが、仕事先は農場での運転手だ。

　もちろん全てが農場ではなく、水商売や建築業の求人もあった。時間単価はそっちの方が農場より高い。それでも全員に共通するとなると山畑農場だけだった。

「機械の故障ということはありませんよね？」

「ないですよ。山畑農場は姫田市内でも数少ない肉体労働でも雇用のある職場なんで、こういう結果になるでしょうな」

「珍しくない？」

「農作業を紹介したってクレームはありますけどね。家の跡取りをなんだと思ってる！　とかね」

「この、山畑農場って寺森町や若沼町の、あの畑の持ち主ですね」

「そうですよ。市内の農地の八割は山畑を中心とした農業法人の所有です。国策ですよ、大規模経営で農業の国際競争力を勝ち取るって。

　偉いものですよ、あそこは。特区指定の恩恵もあるとしても、補助金なしで、黒字経営だから」

「それにしては、従業員の定着率は悪そうですね、求人の常連なら」

　三矢の質問に奥村課長代理は何も答えない。それよりも、西島は求人票のある部分に目を止めた。

「寮完備」

　ＳＣＳが人を見失うのは農場周辺。そして農場には求人があり、寮がある。

「これだな」西島はすべてがつながったと思った。バラバラ殺人事件ではなく、ＳＣＳの性能低下の原因についての謎が。

　西島と三矢は、車に戻り次の作戦を考える。

「山畑農場の寮が怪しいな」

「そこなんですけど、西島さん」

「なんだ？」

「堺稔も求人票の中に農場とクリーンセンターを見つけたと思うんですよ。そしてクリーンセンターを選んだ。理由はおそらく時間単価が高いから。

一三人中、七人は水商売とか建築とか、もっと割りのいい仕事が提示されてます。ならこの七人は、そっちに行ったのでは？」

「実入りのいい仕事か……」

「被害者全員、実家が農家でもなければ、農業の経験もないんです。そんな人間が、農場を選ぶとは思えません。現に堺稔はクリーンセンターに行ってます」

「農場以外で、ここからいちばん近いのは？」

「中里《なかざと》建設です」

「よし、まずその辺から攻めるか」

西島らの車は、そのまま市役所から中里建設に向かった。

七章　二〇二四年七月三〇日

自治会に家を与えられてから一週間。船田は安定した日常を送っていた。クリーンセンターでの夜勤は一日おきのペースで続いていた。

つまり本来なら二人勤務のところを、船田一人でこなし、本来の夜勤者の社員証で退出時に手続きする夜勤である。

「君の働きぶりには、上の人たちも注目しているよ」

内藤主任から、そんな風に声をかけられたときには、それは正職員への道が一歩近づいたのだと解釈した。

じじつ内藤主任もその可能性は否定しない。「いまはちょっと時期が悪いけれども、いずれはね」という内藤主任の言葉を、船田は好意的に解釈していた。

もっともこの一週間に限れば、夜勤に辛さを覚えなくはない。それは仕事の問題ではなく、アッキーの存在のためだ。

日勤で帰れば、家があって、自分の女がいる。そんな生活が船田の日常となったのだ。だったら独り寝より二人寝の方がいいに決まっている。

もっともアッキーとのいまの生活がなんなのか、船田にもはっきりとはわからない。自分とアッキーの間には、何かしら心のつながりはあると思う。

ただ結婚式もしてないし、夫婦とも呼べないだろう。なら同棲とか内縁関係かと言われれば、確かに形の上ではそうだろうが、船田の気持ちとしては、それもしっくりこない。

ようするにアッキーとは好き合って、一つ屋根の下に暮らしているのではない。そうではなくて船田の空き家への不法占拠をきっかけに、先にアッキーとの生活があって、彼女に好意を抱くようになったのは、それからだ。

言ってしまえば、なし崩し的な関係である。クリーンセンターの正職員の可能性が具体化しているいま、さらには川原から自治会幹部の話を打診されたいま、船田は自分が上に行くべき人間なのだという、昔からの信念を再確認していた。

そんな自分が、この船田信和が、アッキーとのなし崩し的な共同生活を続けて良いのか？

そういう迷いが彼にはあった。

自分にはもっと相応しい女が現れるのではないか？　姫田市に来てからの一連の出来事は、船田に運命を感じさせていた。

そう思わせるのは、他でもない川原朱美の存在だ。川原は歓迎会の時に言った、

「その気なら、抱かせてやるよ」

あの一言が、船田の脳味噌に刺さっていまも抜けない。昨夜も、アッキーを抱いているにもかかわらず、一瞬、川原を抱いているような妄想におそわれた。船田自身、自分の気持ちに驚いた。

だったら川原に積極的にアプローチするかと言えば、それはない。確かにアッキーよりも、川原の方が船田の好みではある。

しかし、問題はやはり、自分がこれから人の上に立つ人間だということだ。姫田市に来て、やっと世間が船田の才能を評価しはじめた。自分はもっと上に行ける人間だ。なら、アッキーはもちろん、川原よりも自分に相応しい女が現れるのではないか？だが、これからの話はこれからの話として、いまの生活ではアッキーの存在は誰よりも大きい。

こうして制御室で一人夜勤をしていると、「自分に相応しい女」なんて考えるものの、帰宅すればやはり船田は自分にはアッキーしかいないと思うのだ。

じっさい船田の生活の中で、アッキーの存在は小さくない。決まった時間に帰宅すると、掃除された家があって、二人だけとは言え、家族で食卓——それがコンビニ弁当でも——を囲む。

そんな生活は船田の生活の中になかった。定職らしい定職に就かない父親と、家事をまったくしない母親、家族が一緒の時などなく、食事さえ一家が揃うことがない、それが船田の知る家庭というものだ。

しかし、それはいまアッキーのおかげでかわった。過去の詮索をしないのが自治会の掟だが、それでも船田もアッキーも寝物語に子供の頃のことを語る。

それによれば、アッキーは三人兄妹で、一歳下の弟と四歳下の妹がいた。三人とも父親が違い、弟とは母親も違ったらしい。

そして子供たちの世話も、家事も、長姉であるアッキーがやってきた。だから家のことができるのだろう。

他の妹弟や親たちがどうしているか、それはアッキーも語らず、船田も尋ねない。それが尋ねるべき話ではないのは、いかな船田でもわかる。

自分だって、親の話はしたくない。そもそも語れるほど親のことなど知らぬ。

自分にはもっと相応しい女が現れるのかもしれないと思いつつも、アッキーといる時の安心感は特別だった。

それは相手が川原朱美でも得られまい。あの女には、自分がアッキーに感じる身内感とでも言うべきものが感じられない。

川原と自分とは、何か本質的な部分で壁がある。そんな気がするのだ。あるいは、だからこそ自治会を仕切っていけるのかもしれないが。

そんなことを考えていたときに、スマホが鳴った。相手がアッキーではなく、川原朱美だったことに、船田は動揺した。

船田の考えを川原が読んだりはしないだろうが、このタイミングはできすぎている。

「なに？」

「船っち、フェンスのドア、開けてくれる？」

船田はすぐにモニターをフェンスのドアに向ける。また川原たちが死体を燃やすのか。だとしたら、自分は鍵を開けて、何も関わるまいと決めていた。

例の南京錠もホームセンターで誰かが買ってきた市販品だから、同じものを買って取り替えて、合い鍵を川原に渡そうと思っていた矢先だ。明日の日勤が終わったら、すぐに買ってこよう。

だが、フェンスの監視カメラには何も映っていない。

「船っち、聞いてる？」

「あぁ、聞いてる。いま開ける」

船田はフェンスのドアを解錠する。モニターを凝視していたが、川原の姿はない。ドアも開かない。

川原の姿が見えないのは、例のダミー映像のためだろう。しかし、どうやって仕掛けているのかはやはり謎のままだ。

そう思っていると、チャイムが鳴った。それは裏口のチャイムだった。

「船っち、裏口お願い」

「カメラどうしたんだ？」

「監視カメラかい、ちょっとしたコツがあるのさ」

「コツ？」

「あんたもそのうちわかるさ」

裏口の監視カメラにも川原の姿は映らない。ダミー映像の装置は一つだけのはずだが違うのか？　ただスマホからは、裏口のドアが開閉する音が聞こえた。

つまり川原はクリーンセンターの中に入ってきたのだ。そしてエレベーターが動く音が、ほぼ無人の建物の中に響く。

「お勤めご苦労さん」

川原朱美はジーパンと黒のタンクトップという、いかにも夏という恰好で制御室に現れた。手にはテイクアウトのハンバーガーがある。

「差し入れよ。夜食が欲しい頃かと思ってさ」

川原は、船田の前のテーブルに紙袋を置くと、自分はコーラだけ取りだして、船田とテーブルを挟んだ反対側に座る。

「ビールも考えたけど、さすがに飲酒バレたらまずいわよね。センターも、いまはこういう状況だしさ」

何が「こういう状況」なのかは、わからないが、わからないことが知られるのも癪なので、船田も曖昧に頷く。

「死体、無いよね？」

「死体、なんのことさ？　産廃処理だと言っただろ。それとも違うのかい？」

「いや、そうだけどさ」

船田は川原の態度に、安堵した。当人たちが無かったことにしているのだ。なら無関係な船田が気に病むことはない。

「で、何しに来たん？」

「いや、船っちと二人っきりになれる場所って言うと、ここしかないだろ」

船田の脳裏に「その気なら、抱かせてやるよ」という言葉が甦る。が、この場の空気は、そういう浮いた用件ではなさそうだ。

本当にその気なら、テーブル挟んで反対席に座るまい。八人掛けのテーブルは、反対側まで優に二メートルは離れている。

「あのね、ちょっと自治会で問題が発生したんだよ」

「自治会の問題のために、ここに来たのか？」

「あんた自治会の幹部だろ。あたしの参謀なんだから、相談するのは当たり前じゃないのさ。あっちじゃどうしても人目につくし、アッキーはね、あれでけっこう焼き餅焼きなんだよ。

あたしと船っちの間を疑ったりはしないだろうけど、李下に冠を正さずって言うじゃない」

「まぁ、そうかな」

李下に冠を正さずとは何かわからないが、適当に相づちはうっておく。こんなところに船田は川原との壁を感じてしまうのだ。

「で、問題って何？」

「自治会の人間はさ、前にも言ったけど、現金収入のために船っちみたいに農場の外で働いてる人間がけっこういるのよ。

そんなかでさ、警察に自治会の秘密をチクった奴がいるみたいなんだ」

「警察ぅ！」

川原は割りと落ち着いているが、落ち着いている場合ではないのではないか。警察沙汰となれば、やはり例の産廃という名前の死体じゃないのか？

「死体のことがバレたのか！」

「だから、あれは産廃だって。

そうじゃない。別の問題。自治会の掟にあるだろ。他人の過去を詮索するなってのが。

それを破った奴がいる。そいつを何とかしないとね」

「誰が何をやったんだよ？」

「自治会の人間で県住に住んでいる中山《なかやま》ってのがいるんだ。

そいつは中里建設に勤めてるんだけど、前に、自治会にいたメンバーについて警察に尋ねられた。

本当なら、それについて話さないのが自治会の掟だ。だけど中山は訊かれたことを話しただけじゃない、訊かれてもいないことまで話したんだよね。

これって、まずくない？」

「訊かれていないことって？」

「産廃の話さ」

船田はそれでこの不自然な状況を理解した。川原の言う「産廃」があの死体のことなのは言うまでもない。

要するにその中山という奴が、警察に川原たちが焼却炉で処分しようとした堺とかいう男について何か漏らしたのだ。

いまのところ自治会に警察が何かをしたという様子はない。警察が動いていたならば、川原が自由に動けるはずがない。

しかし、中山が自治会について何か漏らし、そこから川原たちの犯行が特定されたら、大変な事になる。

船田は川原にもアッキーにも、自分が廃屋の解体作業でバラバラ死体を発見した、第一発見者であることをまだ明かしていない。明かすつもりもない。

仮に川原が犯人で、船田が第一発見者であることを知ったとしたら、口封じに殺されるか、殺されないとしても、かなりまずい状況におかれてしまうのではないか？

よしんば川原がバラバラ殺人の犯人でないとしても堺稔の殺害の重要な関係者なのは間違いない。

いままではこうして互いに、あの一件を「産廃」として忘れることで、危うい均衡を保てると思っていた。だが、どうやらその均衡は、船田が思っている以上に危ういものであったらしい。

「中山のところに警察が来たというのは、自治会について警察が何かをつかんでいるってことか？」

船田は彼なりに、一歩踏み込んでみた。

「警察は自治会の活動について、何もつかんでいないみたい。

中山もそこまでは話していないし、あたしのところに警察も来てないし。ドローンさえ飛んでこないんだから、何もつかんでいないはずよ」

「でも、中山から自治会の情報が漏れるのは時間の問題ということか。確かに警察はしつこいからな」

「さすが話が早いわ、船っちは。

それで自治会の独立を守る必要が生じたわけよ。警察に入られたくないじゃない、ちが

た。
船田はさらに一歩踏み込む。落ち着いた声を出したつもりだが、妙に甲高い声になってい
う？」
「警察に入られると、何か困るか？」
「自治会は解散というか、消滅ね。警察が入ってきたら。
自治会の人間は全員、住む家を失う。家を失えば家族も失うし、職も失う。そうでしょ、
日本は定住所の無い人間に仕事は無いのよ。船っちなら、わかるわよね、そういうこと」
川原はバラバラ殺人については一言も口にしなかったが、それよりも彼女のあげた自治会
の消滅の方が衝撃だった。
確かにそうだ。川原が殺人容疑で逮捕されれば、組織としての自治会を維持することは無
理だ。それはいまの家で生活していて、つくづく感じる。
船田は川原をコンビニの店員と思っていたが、アッキーによれば、じつはコンビニの店長
だった。
どういう契約かは知らないが、寺森町のあの店と若沼町にあるいちばん近い同じ系列のコ
ンビニの店長を兼務していた。
そして自治会の住民の多くが、川原の恩恵に浴していた。アッキーが食事と言えばコンビ
ニ弁当なのも、川原経由で安く入手しているためらしい。弁当だけでなく、石鹸とか下着と

か、日常生活に必要な色々な物を自治会の人間は川原のおかげでタダ同然で手に入れている。毎日の弁当が、いつも賞味期限ギリギリなのが船田には気になっていたのだが、どうやらそういうことらしい。

だから川原が逮捕されれば、自治会はリーダーを失うだけでなく、生活の糧の少なくない部分をも失う事になる。

船田を始め、あの農場の住宅地に住んでいる人間は、自治会に与えられた家に住んでいるだけで、家の持ち主でもないのはもちろん、賃貸契約さえ結んでいない。自治会があるからこそ住むことができるが、それがなくなれば、単なる不法占拠として追い出されてしまうのだ。

他人の話ではない。船田だって定住所を失えば、クリーンセンターの正職員の可能性は絶たれてしまうだろう。

いまは市役所のアプリの紹介であるので、住所については職場でも何も言われていない。団地に不法占拠して住み始めたときに、書類の住所欄に後から団地の住所を書いたが、別に何も言われなかった。

クリーンセンターとしては、臨時の非正規職員など、どこに住んでいようと毎日定時に働きに来てくれればそれでいいのだ。連絡が必要なら、スマホを使えばいい。

だがそれがクリーンセンターに雇用され、正式な市の職員となれば話は違う。各種の書類を作成するにも、定住所は不可欠だ。

だからこそ、いま船田にとって自治会の危機は、自分の将来に対する危機である。ようやくつかみかけた市役所正職員の可能性。このチャンスを失えば、定まった仕事もなく、再びネットカフェで寝泊まりする、あの屈辱の日々が戻ってくる。

「何とかしないとならないな」

川原がここにやってきたときの警戒感は、すでに船田にはない。いままでずっと、船田は川原の犯罪に巻き込まれないまま、現状維持を望んでいた。

しかし、物事そんなに上手く行くはずはなかったのだ。正直、船田もここ三週間ほどの物事の流れは順調すぎるとは思っていた。

いままでの人生を振り返ってみて、物事が上手く行くように見えても、かならずどこかで頓挫した。三週間持っただけでも大した記録だ。

ただ、船田にとって、いまの状況は青天の霹靂《へきれき》というわけではない。

自分が川原と関わりを持っている限り、遅かれ早かれヤバイ状況に巻き込まれるだろうという予感はあった。

巻き込まれたくないというのは願望、巻き込まれるだろうというのは予感だ。

そしていまはっきりした。ここで川原を拒否することは可能だ。しかし、そうなれば全てを失うのも間違いない。

自分が現状を維持し、さらに上に向かうためには、川原の話に乗るしかない。彼女が来るまで、自分には選択肢があると船田は思っていた。しかし、そんなものはとうの昔になくなっていたのだ。

「殺すのか、中山を？」

「船っち、あんた凄《すご》いよ」

川原はそう言って、船田の言葉を肯定した。

「ここだから言えるんだけど、船っちを自治会の幹部にすることに反対してる奴もいるんだ。何しろ赤ん坊も含めて一〇〇人近い人間がいるからね」

「反対って、なんで？」

「やっかみだよ。自治会ができて二年ほどになるんだけど、古株でも幹部になれない奴もいる。なのに船っちは、自治会に入ったばかりで幹部になるわけじゃない。面白くない奴には面白くないわけよ」

「へぇ」

それは最近聞いた話の中で、一番信じられない話だった。自分に嫉妬する人間がいる、それも自治会という近い人間関係の中に。

他人を嫉妬したことは船田も腐るほどあるが、自分が嫉妬されるという感覚はどうもよくわからない。

「誰なんだ、そんなことを言うのは？」

「そんなことはどうでもいいの。あんたも聞いたからって何かするわけでもないんだろ。それより、連中を黙らせるだけの働きをすればいいのさ。そうすれば、陰口を言う奴もいなくなる。船っちが幹部だって認めるさ。自治会がなくなって困るのは連中も同じなんだからさ」

「俺に中山を殺せって言うのか？」

話の流れ的に、そうなるのは船田にもわかった。それでも尋ねたのは、最後の可能性として川原からNOという返事を聞きたかったからだ。むろんNOという返事はない。

「船っちだけにとは言わない。南原も加わる。新人二人の仕事さ。まぁ、南原は何の役にも立たないさ。だけど、それだけ船っちが引き立つだろ」

「俺、人なんか殺したことないよ」

「なんだって最初はあるよ。セックスだって殺人だって、怖いのは最初の一回だけさ。人間って凄いのよ、どんなことでも二回目以降は慣れるのよ。それに殺人は最初でも、死体は何度か見てるだろ、バラバラなのを」

「あれは産廃じゃなかったのか？」

「だから死体も産廃だろ。不法投棄したら怒られる。

それに船っちが見たのは奴の死体だけじゃないだろ」

「えっ」

「だから、行政代執行で解体された集合住宅からバラバラ死体が発見されたあれさ。第一発見者は船っちなんだろ？」

椅子に座っているから良かったようなものの、船田はその一言に完全に腰が抜けた。あの死体発見のことは川原には黙っておこうと思っていたのに、彼女はすでにそれを知っていた。だったらなんだ、まるで自分は馬鹿じゃないか。

が、川原の話はそこで終わらなかった。

「あたしは運命なんてものは信じないけど、船っちに関しては、運命ってのを感じたわ。だってそうじゃない。

あたしたちが作り上げた産廃を、人もあろうに船っちが発見したっていうんだからさ」

「あれは……あんたたちが……」

「そうだよ。言わなかったかい、自治会を束ねるのは難しいんだって。秩序を乱す奴、自治会を危険に晒す奴は排除しないとならないのさ」

「殺す必要があるのか？」

「自治会の掟は、日本の法律と相容れない部分がある。それは自治会委員の秘密だけど、それを漏らそうとする奴もいる。漏らされたら自治会は解散ってことになる。

最初の頃は、大変だった。裏切り者を、みんなで刃物で刺したりした。そうやって自治会の結束を固めたりもした」

「いまも？」

「まさか。昔の一時期だけさ、そんなことしたのは。いまはそんなことはしないよ。歓迎会は普通の宴会だっただろ。

結果論を言えばさ、裏切り者をみんなで始末するってのは、失敗だった。秘密の共有ってのは、秘密の拡散になったからね。

裏切り者を始末したことを警察にチクるって、自治会を脅そうとした奴もいた。そこから幹部とそれ以外にわけたのさ。自治会の言うことに従う連中と、難問を解決する我々とにね」

「何人始末したんだ？」

「こないだの産廃込みで二三人。自治会立ち上げの時の面子でいまも健在なのは五人くらいさ。知りたいだろうから教えてあげるけど、アッキーは含まれていない。あの娘が自治会に入ったのは一年くらい前だよ」

「みんな焼却炉で焼いたのか？」

「いや。全員で始末するのが失敗だった理由の一つはそれさ。死体をどうするか。下手に処分すれば監視カメラに発見される。

だからバラバラにした。ただやはりバラバラにしても迂闊《うかつ》には捨てられない。最初の頃は冷蔵庫に入れていた。農場で古くなったんで捨てるって食肉貯蔵用のでかいのをもらってさ、それを使ってた。

でもね、それも対症療法で数ヶ月で満杯になった。

だけど捨てる神あればなんとやら。クリーンセンターに仲間ができた」

「そいつに手引きさせて、死体いや産廃を処理していたってのか？」

自分のように。しかし、船田は怖くてそれは口にできなかった。

「そんなところ。あの廃屋もさぁ、一時は自治会が管理して、人も住んでいたのさ。そこに冷蔵庫置いてバラバラ死体を移動して、焼却できるときに少しずつ焼却する。それでずっと上手く行っていた」

「それが廃屋の解体で駄目になったのか」

「それもある。でもケチのつき始めは、冷蔵庫が壊れたことさ。もともと古かったからね。とりあえず床下の穴にバラバラ死体を入れて、ドライアイスで持たせた。冷蔵庫は修理するつもりだった。それなのに急な廃屋の解体だろ。

修理している暇はない。あそこで冷蔵庫を残したら、そこから足がつく。なので冷蔵庫をまず焼却した。

死体も順次焼却するつもりだったし、バラバラ死体なら身元もわからないからね」

「でも、俺が発見した」

「クリーンセンターで手引きしていた奴が、怖くなったんで逃げたのさ。おかげで焼却はできなくなった。あとはご存じの通りさ」

「もしかして、堺稔ってのが、その手引きしていた仲間？　ちょっと、それって……」

「だから船っちに会ったときは運命だと思ったのさ。

だってそうだろ。自治会にまたクリーンセンターに勤務している人間が入ってきたんだからね。

しかも、船っちは奴なんかより、よっぽど腹が据わってる。アッキーも喜ぶだろうさ、今度こそ」

「今度こそ？」

「あら、聞いてないのかい。自治会でアッキーみたいないい女が一人でいるわけないだろ。自治会の女性は子供を産まないとならないの。それが自治会の利益になる。

だから船っちの前にもアッキーには男がいたのさ。ミノルがね」

「ミノルって堺稔？」

「そうだよ、こないだの産廃さ」

「なんだって！」

船田がそのとき感じたのは、騙されたという思いだった。

むろん誰に騙されたわけでもない。アッキーに元カレがいてもおかしくはないし、それを船田がどうこういう筋ではないのもわかる。

それでもやはり、彼の気持ちの上では、騙された、だった。だいたいどうして、よりによって堺稔なんだ？　うまく言えないが、何か大きなものに騙されている思いは拭えない。

「船っちにはいまさらかもしれないけど、自治会はさ、フリーの男女をカップルにすることもやってるの。

そうやって子供も生まれれば、自治会も賑やかになる。

誤解しないで欲しいけど、別にあたしたちはカップルを強制はしてないんだよ。合わない人間はどうしても合わないからね。

アッキーもミノルとは合わなかったみたいだね。まぁ、自治会を裏切るような奴とは合うわけはないけどね」

「あんたが仕組んだ話じゃないのか？」

船田は自分が混乱している理由がいまわかった。自分はアッキーの好意を信じていたが、それが川原に仕組まれたものだったのではないか、それが船田を混乱させた。

「船っちがクリーンセンターに仕事を見つけて、県住の空き部屋を不法侵入することに、あたしが何を仕組むってのさ？

言っただろ、これは運命なんだって。運命的な出会い。

確かに県住から先は、あたしは船っちにアッキーを世話したよ。でもそれは自治会のルーチンだよ。

フリーの女とフリーの男がいる、ならカップルにする、それはルーチン作業で、ミノルがどうこうって話じゃない。

色々と仕組まれたように見えるのは、それが運命だからだよ」

「そんなもんなのか、運命って。ならアッキーも運命なのか?」

「あんたね、まさかアッキーが股のゆるい女だから、船っちに近づいたとでも思ってるんじゃないだろうね。

だとしたら、とんでもない見当違いだよ。

アッキーがかいがいしく男の世話をするところなんか、あたしもはじめてみたよ」

「産廃とは違ったのか?」

「船っちが、こうして連日のように夜勤を突っ込んでるのは、アッキーとの生活のためだろ。だけどミノルの産廃野郎はちがった。あいつはアッキーの待つ家に戻りたくないから、夜勤ばかりやってたのさ。

帰れば喧嘩さ。あたしも何度か仲裁にはいった。アッキーの身体、傷だらけだろ。古傷は親だけど、新しいのはミノルにやられたんだ」

「アッキーがか」

船田は自身も驚いたほど、そのミノルに対して怒りが湧いた。確かに奴は産廃として処理されて当然だ。そうとさえ思った。

「あんたが帰宅したら、ちゃんと食事も用意されてるんだろ。あの娘がそこまでやるのははじめてだよ。あれは本気だね、だったらあんたも本気を見せなきゃ」

話はそこに戻ってくる。いきなり人を殺せと言われて、はいそうですか、と受けられるほど船田も壊れてはいない。

だが、川原の話を断固拒否するほどまともでもなかった。

船田がその中山とかいう奴を殺すことに躊躇いがあるのは、倫理観のためではない。だいたい名前しか知らない中山に対して、どんな感情も船田には浮かばない。ただ船田は警察に捕まりたくはなかった。

せっかく人生が上向いているのに、どこの馬の骨ともわからない奴を殺したくらいで刑務所に送られたくはないではないか。

だが、警察に捕まらないのであれば、人を殺したことなどないし、それを自分が実行するのも怖いが、拒否する理由はない。

自治会にいればこそ、船田は定住所を持ち、将来が開ける。逆に自治会が無くなれば、自分は全てを失う。それどころか、川原たちに逆らえば、自分が殺される。

確かに川原はそれについては微塵も口にしていない。しかし、いまの自分同様にクリーンセンターに勤めていた堺稔が「産廃」にされたことを思えば、幻想は抱けない。

つまり船田に川原の話を断る理由はない。

「警察に見つからずにできるのか？」

「見つかってたら今日まで二三人も処分できないだろ。

話は単純さ。農場近くは監視カメラが少ないんだ。しかも何個かは故障している。つまり監視カメラには映らない場所がある。

農場にはね、暗渠《あんきょ》ってのがある。農地の水はけを良くするための下水みたいなものさ。大小様々だけど、大きい奴だと、直径一メートルほどになるんだ。監視カメラに映らない場所に、その暗渠を利用して移動すれば、警察にはわかりっこない」

「そんな都合のいいものがあるのか？」

「この辺は昔から農地だからね。古くて放置された本暗渠なんかが、けっこう今も残ってるのさ。

だから自治会は警察に捕まらないんじゃないか」

農業などまったく知らない船田には、暗渠と言われてもピンと来なかった。ただ農場の下に、何かトンネルのようなものがあることだけはわかった。

「それで、どうするんだ？」

「中山の帰宅時間はわかってる。監視カメラのない場所で仕留めるのさ。死体は暗渠で運ぶ。何があったのか誰にもわからない。完璧だろ？」

船田は頷くしかなかった。同時に彼は川原にふと浮かんだ疑問をぶつけた。

「あんたはコンビニの店長もやってて、自治会がなくても生きていける。なのにどうして、そんなに自治会のために働くんだ？」

それは船田から見て、川原が他人のために殺人まで起こすような人間には思えなかったからだ。

川原はそれだけで人を殺せそうな冷たい視線を一瞬だけだが船田に向けた。が、すぐにいつもの彼女に戻った。

「まぁ、復讐ね。社会ってか、あれとかこれにね。ともかく私の人生は壊された。だから、いや、それは個人的なこと。

そうさね、世間への復讐。自治会が存在すること、それそのものが復讐さ。船っちだってそうだろ、あんたはいままで世間から蔑《ないがし》ろにされていた。だからこそ、自治会で、できる奴だってことを証明する。それがお高く止まってる連中への復讐になる」

船田は川原を心底凄いと思った。自分が漠然と感じていたことを、きっちりと言葉にしてくれたからだ。そう、これは世間への復讐だ。

「じゃ、産廃の件、お願いね」

それだけ言い残して、川原は帰っていった。

中山殺害は試験なのではないか？　船田はここまでの準備を整えながら、そんなことを思った。

そこには六人の人間がいた。実行部隊の船田と南原、そして監視役だろう川原と手下のケイイチにコウジ、そしてなぜかアッキーが。

六人は全員、揃いの黒いジャージを着ていた。そして川原以外はお面をしていた。パーティグッズで使うようなプラスチックの面だ。

ケイイチはトラの面、コウジはクマの面、そしてアッキーはホラー映画の殺人鬼のようなホッケーの面。

南原と船田にも面が渡された。どちらもパンダの面だった。

顔を隠すための面だろうが、川原だけは面をつけようとしない。理由はわからない。

深夜に近いとは言え、明日は八月、真夏である。

面なんかしていると顔の周囲が汗っぽい。

しかもジャージは暑苦しかったが、待ち伏せのためには仕方がない。

「我々は魂の家族だ！」

突然、川原がそう叫び、どこにあったのかウイスキーを空き缶で作ったコップにあけ、まず自分が口を付け、それをアッキーに渡した。彼女も「我々は魂の家族だ！」と叫び、コップを掲げた。同じことをケイイチとコウジも繰り返す。

船田はテレビかなにかで見た、どこかの民族の狩りの儀式を思い出した。確かにこれからの自分たちがやろうとしているのは狩りと言えば狩りだろう。

酒が欲しかったのか南原がコップを受け取ろうとしたが、コウジは中のウイスキーを地面にぶちまけた。

「お前らがこれを飲みたかったら、成功することだ」

コウジは船田たちにそう言い放った。

現場への移動には暗渠を利用した。自治会の管理している農場の端に、小屋のような納屋があり、そこの床を引き上げれば、暗渠に通じていた。

なんとなくコンクリート製の土管のようなものを船田はイメージしていたが、じっさいのそれは、映画で見た炭鉱のように板と角材で支えられた低い天井の地下道だった。

ただどこからか風は流れていて、内部は思ったよりも乾燥していた。

暗渠はかなり古いものらしいが、川原たちが手入れしているのか、色々と補修の跡も見え、何より中は薄暗いがＬＥＤライトが等間隔で点灯していた。

この地下道がどの程度整備されているかは知らないが、確かに監視カメラに映らずに移動はできるだろう。

じっさい分岐点が何カ所かあり、色違いの矢印があった。複数の出入り口がありそうだが、川原はそれには答えなかった。

「ここだ」

ケイイチに言われて梯子を登ると小さな小屋の中に出る。六人全員が集まると、一杯になる狭さだ。

そんな中で、アッキーは船田に身体を寄せてくる。船田もそんなアッキーを引き寄せるが、思いは複雑だ。

川原が二年前から殺人に関わっていることは、船田も知っていた。しかし、川原はアッキーが自治会に入ったのは一年前と言っていた。

それを船田は、アッキーは川原の腹心だが殺人には無関係と解釈していた。だが、現実はアッキーが川原の殺人計画に関わったのが一年前からであることを示している。

それは船田にとって、何より重要な問題だ。アッキーは堺稔の殺害に関わったのか？短期間でも自分の男だった相手に。それとも暴力を振るわれてきたことで、それはアッキーには復讐でしかなかったのか。

だがそんな船田の疑問に川原もアッキーも説明しようとはしない。そして船田自身、それを確かめていない。訊くのが怖かったからだ。

何のかんの言っても、船田にとって、アッキーは守ってやるべき女だった。だが、その女はすでに何人か殺しているのだ。少なくとも殺人に関わっている。

自分よりもはるかに修羅場を潜っている女を、守ってやると思っていたとは、とんだお笑いぐさだ。

船田がそれを川原やアッキーに尋ねることができなかったのは、怖かったのともう一つ、南原が煩かったからだ。

川原が南原に対して、ほとんど期待していないことは船田もわかっていた。昨夜もそんなことを船田に語っていた。

ただ実際のところ、南原がどんな奴なのか、船田は知らない。歓迎会で同席しただけで、よく考えれば、隣にいたのに声もかけていない。もっともそれは船田だけの問題でもなく、南原の方も船田を無視していたからだ。第一印象は互いに良くない。

それでもトラブルがあるわけでもなく、船田は気にもしていない。

とりあえず初対面には壁を作っておく。その辺は非正規で働き続けて会得した処世術だ。だから南原が自治会で何をしているのか船田も知らなかった。

そんな南原と会ったのは、久々だったが、奴は最初から厄介者だった。暗渠に入るのを嫌がり、暗渠のなかを進むのを嫌がり、暗渠から外に出るのを嫌がった。

だから移動中はコウジとケイイチが南原を挟むように移動し、奴がごねたらその都度、殴って言うことを聞かせねばならなかった。

おそらくここに来るまで、半分は奴は泣きながら移動していただろう。南原が殴られ、悲鳴を上げる度に、アッキーはゾッとするほど人を蔑むような表情を見せた。船田に気がつくと、すぐにいつものアッキーに戻ったが。

小屋を出ると、アッキーだけが旧道の方に駆けて行く。そして一〇〇メートルほど先で数少ない街灯の薄暗い灯りが作るシルエットで、アッキーが道路に腹ばいになったのがわかった。

いままで川原の命令で暴力を振るうのはケイイチとコウジだけだと思っていた。だがもしかするとアッキーもその仲間なのか。

船田はここしばらく感じていた、何かに搦め捕られるような感覚を覚えた。

「これな」

ケイイチが船田と南原に弓と矢を渡す。弓はプラスチックか何かだろう。かなり軽い。しかし、弦を引いても力強い感触がある。

矢は金属製で、重からず軽からずだが、先端は機械で削られて尖っている。そんな矢を船田も南原も一本だけ渡された。相手は一人だから一本で十分ということか。

南原は、この期に及んで弓矢を受け取るのを、拒否しようとしたが、ケイイチとコウジに殴られ蹴られ、不承不承受け取った。

それでも南原は何かわめいていたが、殴られてからやっと静かになった。船田も中山殺害にまだ自分でも迷いが残っていた。しかし、隣の南原がこんな有様だと、それへの反発が、彼の迷いを払ってくれた。

弓矢を持っているのは船田と南原だけではなかった。川原もまた同じ装備を持っている。ただ矢の数は多い。

「矢の先端には触るんじゃないよ。毒が塗ってあるから。農場に自生したトリカブトだから、効果に間違いないからね」

「弓矢なんかどうやって手に入れたんだ？」

「農機具の修理工場でね。銃は無理だけど、弓矢くらい作れるのさ。これも自給自足のため」

川原は弓を引いてみる。相当慣れているようだ。

「あんたたちに、夜にこの距離で中山に命中させろと言っても無理だろ。素人に扱えるもんじゃないから。

まずあたしが中山を動けなくする。あんたたちは、動けない中山に止めを刺すんだ。いくら素人でも、一メートル、二メートルからは外せないだろ」

そう川原が言ったとき、携帯がメッセージの着信を告げる。

「アッキーからだ、来たよ、産廃が」

しばらくすると街灯の朧《おぼろ》な光を受けて、男が歩いてくるのが見えた。男だけで、アッキーの姿はない。他に誰かが来ないか見張っているのだろう。

川原たちや船田は息を潜《ひそ》めていた。船田は弓矢を構えながらも、まだ殺人を実行する決心が十分にできていない。

やったこともなければ、殺人なんて、ぜんぜんリアルじゃない。ただリアルでないからこそ、弓矢を構えられた。

結局、自分は中山に止めを刺すんだろう。それはわかった。いまこの場から逃げることなどできないのだから。逃げられず、刃向かえないなら、流れに乗るしかないのだ。

流れに乗りさえすれば、自分の未来も開けるし、川原らに産廃にされる心配もない。あくまでも自分は産廃を処理する側でいられるだろう。

「コウジ、黙らせな」

何かわけのわからないことを口走りそうな南原に業を煮やしたのか、川原がそう命じるとコウジは、首に巻いていた手ぬぐいを南原の口に強引に押し込む。

「黙ってろ、カス、殺すぞ」

そう言われて、やっと南原は大人しくなった。船田は弓矢を構え直す。止めを刺す決心がはっきり付いたわけではないが、ともかく南原と同類とだけは思われたくない。

旧道は本当に暗かった。ＬＥＤライトの街灯は何本も建っていたが、なぜか点いているのは三割程度だ。

自動車も県道を利用するばかりで、この時間はほとんど通らない。だから修理もされないのだろう。

なおかつ周囲は農場なので、灯りは数少ない街灯しかなく、街灯を離れると、中山のシルエットもよくわからない。ただ足音だけが何者かの接近を告げる。

船田は川原の動く気配に、彼女の方を向いた。そして危うく声をあげそうになった。川原はスマホが張り付いたような水中眼鏡のようなものを装着していた。

「驚いたかい。オークションで手に入れた暗視装置さ。ロシア製の中古だけど、あたしらの用途には十分さ」

そう言うと、川原は弓を引き絞り、足音のする方に向け、矢を放った。

「うぁぁあっ！」

突然、足音の辺りから叫び声がする。

「どうしたの！」

川原は、さも怪我人を気遣うかのような声を出して、中山に駆け寄っていく。そしてケイイチやコウジにも前進するよう手で合図する。

船田と南原は、二人に押し出されるように道路に向かう。

「朱美さん、俺、痛いよ！」

「山畑の連中が仕掛けた害獣除けの罠にはまったんだよ、ほんと運がないねぇ。いいや、明日あたしが連中にねじ込んでやるから。ともかく楽な姿勢になるんだ。救急車は呼ぶから」

「朱美さぁん」

「しっかり、おしよ！」

川原は暗視装置を外していた。そして地面には懐中電灯が転がり、川原と中山を照らす。

中山はその光で目をくらまされ、周囲の様子が見えないらしい。そして川原は中山を介抱するように道路に寝かせた。

「船田！」

川原がはじめて、船田を船田と呼んだ。それが引き金で、船田は中山を頭から見おろす位置で、矢を放った。

船田は昔、刃物が腹に刺さったら、まず助からないという話を聞いた事があった。いま突然それを思い出した。

だから腹を狙ったのだが、矢は腹には当たらず、中山が急にのけぞったことも手伝って、左胸に突き刺さった。

中山はそれで、声も立てずに崩れた。

「俺は嫌だ！」

船田があまりにも簡単に中山を仕留めたことに川原らが驚いている隙を突いて、南原が口の中の手拭いを外し、弓矢を引いて、川原に向ける。

「俺は殺人なんかしないぞ！　俺はお前らとなんか、なんの関係もないんだ！　近づくなよ、近づいたら、この女を殺すぞ！」

「南原、言ってることが矛盾してるわよ」

川原は虚勢ではなく、南原を前に少しも動じていない。むしろ矢を構える南原の方が気圧《けお》されていた。

「うるさい！　俺は、こいつみたいに騙されないぞ！　俺はこんな所で、犯罪者にはならないんだ！」

ケイイチもコウジも動けないことに、南原は少しは余裕がでてきた。

「朱美！　こっちにこい！　俺が町を出るまで人質になってもらう！」

「逃げたきゃ逃げな。お前を追跡するほど、こっちは暇じゃない。だいたいどこに逃げるってんだ。食い詰めて、ここに流れてきたお前が。警察に行きたきゃ行けばいいさ。住所不定無職、大した職歴もなければ、職場の金を使い込んで逃げている男の言うことを、警察が信じてくれるかしらね」

「このアマ……」

それが南原の最期の言葉だった。南原は構えていた弓矢を落とし、前のめりで倒れた。その背中には、心臓まで達している矢が刺さっていた。

「朱美さん、大丈夫ですか！」

弓を手にしたアッキーが駆け寄る。

「アッキーがいるもの、あたしは大丈夫よ。それより船っちよ。生まれてはじめてとか言って、一撃で産廃の息の根を止めたのよ」

「本当ですか！」

「昨夜、船っちに言ったのよ。アッキーのために本気見せろって。見事、本気を見せてくれたわ」

「あたしのために……殺ってくれたの！　ありがとう、あたしも、船っちのこと大好き」

アッキーは、飛び道具を捨て、船田に抱きついてきた。そして激しく唇を重ねる。

「おい、そこの二人、ぼさっとしてないで、そこの産廃を暗渠に運ばないか。こちらのお二人は、いま取り込み中で、産廃どころじゃないからね」

アッキーの抱擁を受けながら、船田はもうこのゲームからどうあがいても降りられないことを、はっきりと理解した。

八章　二〇二四年八月二日

若沼第四団地は県道54号に旧道が「ト」字状に接続した場所の近くにあった。正確には県道54号を越えた寺龍川沿いの土地にあった。

県住としては姫田市内でも古い建物で、トイレなどは辛うじて水洗ではあるものの、今どき珍しい和式であるという。

団地のそれほど広くない駐車場にも、自動車の姿はまばらにしか見えない。

その自動車も中古の軽自動車が大半だ。それでもワゴン車が一台置かれていたが、よく見ればタイヤもなく、廃車が放置されているだけだった。

「ここが若沼第四団地ですか……」

三矢も昭和に建てられた団地そのものよりも、廃屋に近いこのコンクリート住宅にいまも人間が生活していることが信じられないようだった。

「県住で一番か二番に古い団地だ。大阪万博とどっちが古いかってくらいの建物じゃないか」

「寺森の県住より、こっちを先に解体すべきじゃないんですか？　耐震補強だってやってないし」

「三矢の言う通りだ。解体するなら寺森よりここだな。だけど、ここは解体できない」

「なんでです、西島さん？」

「見ての通りだ。

県住で、古い。家賃も昭和の水準だ。昔は住民の新陳代謝があった。しかし、それもなくなった。

いまは住民の八割近くが生活保護世帯か年金生活者だ。解体して団地を新築しても、いまの家賃じゃ運営できない。

お前が市長なり知事だとして、社会的弱者を追いだせるか？」

「できませんね。ライバルになんて言われるかわかったもんじゃない」

「そうだろ。だから放置状態だ。程度の差はあれ、県住はどこもそうだがな」

西島たちは、警察車を降りる。普通の警察車輌なのに、駐車場で一番大きくて新しい。西島もこの辺に来ることは少ないが、来る度に、自分が場違いな存在に思えて仕方がなかった。

「四〇四号室だな？」

「四〇四号室中山春野《はるの》です」

「母親名義か」

「四〇年住んでいるそうですよ」

「人生の半分がこの団地か。八〇で、毎日四階まで上り下りとはな」

四〇四号室には確かに中山春野という表札と、下にマジックで付け足したように「亨《とおる》」と書かれていた。間違いない。

ブザーは故障して鳴らず、ドアを叩いても返事がない。

「留守か？」

「西島さん、これ！」

団地の電気メーターは今どきのスマートメーターではなく、旧式の金属板が回転する方式のものだった。だが、そのメーターはほとんど回転していない。

西島らがドアを叩いているせいか、隣人がうるさそうに現れる。やはり八〇近い老人だが、この二日ばかり中山家には誰も出入りしていないという。

「こんな壁の薄い団地だぞ。隣の息子が帰宅すればわかる」

「春野さんは？」

「さぁ、二年ほど見てないかな。足が悪かったからなあの人。息子は寝たきりだって言ってたが」

隣人の話が本当なら、寝たきりの老婆が飲まず食わずで二日間過ごしていることになる。

西島は団地の管理人を探すが、そんな者はおらず、市役所の福祉課から人が来るという。

そうした福祉課の職員を伴い、西島らが四〇四号室に入ったのは、さらに三〇分後のことだった。

西島は人間の腐敗臭を嗅《か》ぐことも覚悟して入ったが、そんな臭いはない。臭いがないどころか、二間しかない県住の部屋に寝たきりの老人の姿はない。

布団は敷いてあるが、老婆ではなく息子の亨が使っているらしい。食器もひとり分しかない。

電化製品と言えば小型の液晶TVと照明器具程度で、生活は至って質素だ。最低限度の家具で生きているかのようだ。

「やられたかな」

福祉課の職員が漏らす。

「やられたとは？」

「年金の不正受給ですよ。春野さんは、元教師だから、年金額もそこそこあるんですよ。しかし、本人がいないってことは、不正受給の線が濃厚だな。住民票じゃ、ここに住んでいるんだから」

「年金の不正受給ですか」

「西島さん……」

「あぁ、寝たきりの母親はどこなんだ？って話だな。息子ともども」

バラバラ殺人事件の被害者と思われる一三名。それらの身元が特定され、その職場から彼らの足取りを追跡しようとした西島らが、中山亭と出会ったのは、中里建設を訪ねているときだった。

建築業は人の出入りが激しいことと、家族経営の業者であるため、事務作業もいい加減で、雇用者のマイナンバー管理もかなり杜撰であった。

さすがに正規に雇用している人間に対してはマイナンバーで給与などを管理していたが、臨時雇い、日雇いの人間には社長の家計から現金で渡していたという。

悪意とか不正経理という次元ではなく、あくまでも事務作業が面倒くさいからのことだった。

「どうです、小山純一《こやまじゅんいち》って名前なんですけどね、見覚えはありませんか？」

「特徴のない男だね。かぁちゃん、こいつ知ってるか？　小山純一？」

社長は奥でパソコンに向かう、夫人で専務の女性に写真を見せた。

「こんな人なら、一〇人は雇ったよ。なんか影薄くない？　印象にないなぁ」

専務は写真を西島に返した。

「本当に、雇用記録とかそういうものはないんですか？」

「まぁ、本当はちゃんと書類揃えてマイナンバーなんかも管理しなきゃいけないんだけどね」

「でも、やってない」

「よくないのはわかりますよ、でもね、この業界、うちだけじゃないですよ。ゼネコンじゃあるまいし、孫請けより下なんて、みんなこんなもんですよ」

「そうなんですか？」

「そうですよ。業界の慣習です。警察だってあるでしょ、そういうの。ぶっちゃけ、マイナンバーとか知られたくない人も、世の中にはいるんですよ、刑事さん。でも、世間じゃマイナンバーを出さないと仕事に就けない。そういう人にも職を提供する、あたしらはだから福祉やってるようなもんですよ」

社長の言い分はともかく、中里建設で被害者のマイナンバーから過去に勤めていたかどうかを検索することはできなかった。

被害者の写真にしても一〇年前のものをCGで老けさせたようなものもあり、雇用主からのはかばかしい反応はなかった。

「臨時雇いの連中なんかいちいち覚えちゃいられませんよ」それが彼の言い分だった。薄情ではあるが、嘘ではないようだ。

反応をしたのは、たまたまその日、早引けしてきた中山亨だった。

「堺か……」

社長の机の前に広げられた写真を一瞥し、作業着姿の中山がそう呟《つぶや》く。

「君は、この中に誰か知ってる人間がいるのか？」

「どうなんだ、中山？」

西島と社長に促されても、最初は中山も態度をはっきりさせなかった。それでも西島が強く出ると、やっと堺稔なら知っていることを中山は認めた。

それは意外な事実であった。市役所でのリストでは、堺稔の経歴では農場しか紹介されなかったためだ。

むろん時間の経過と共に条件が変わることは想定内だったが、それでも堺稔の名前が出てくるとは西島も思わなかった。

「一週間しか、いなかったけど」

「一週間？　おい、かーちゃん、一週間なんて中途半端な臨時雇いいたっけ？」

「あっ、雇ったときは三ヶ月の契約です。あの城跡のマンション現場」

「あぁ、あの現場か。あのとき、五、六人ほど雇ったけど、一週間で辞めた奴なんかいたっけ？」

「社長が辞めさせたんです。前科者は雇えないって」

「前科者……あっ、あぁ、あの女の子にいたずらした奴な。はいはい、いたいた、うん、うん、辞めさせたわ、確かに」

それでも社長は堺稔の顔は覚えておらず、ただ堺稔の犯罪歴だけは覚えていた。

「家にも年頃の娘がいるし、城跡の辺りは高級住宅街だからね。性犯罪者はまずいでしょ、刑事さん。

それでも餓鬼の頃から知ってる奴とか言うなら、更生したかどうかもわかるけど、流れもんじゃねぇ。

それより亨、なんでお前、そんな奴のこと覚えてるんだ?」

「いや、帰り道が一緒だったから。あいつも俺も県住だから」

中山はそう言ったが、それよりも西島には社長の発言が気になった。

「社長さんは、堺のそんな話を誰から聞いたんですか?」

「さてなぁ、誰からだろ?」

「父ちゃん、電話じゃなかった?」

奥の方から社長夫人で専務の中年女性がパソコンに向かいながら、助け船を出す。

「なんか、あの電話切ってから、えらい剣幕だったじゃないか」

「そうそう、電話だった」

「誰から?」

「誰だったかな? なんか面倒くさい名前の団体だったような気がする。

一応、堺には確認したんだが、奴もなんか態度が曖昧でね、だから解雇した」

労働基準法の存在など、この社長は知らないのだろう。警察の人間を前に、社長はそう言ってのけた。

もっとも西島も社長をどうこうするつもりはない。堺稔が働いていたという証拠が全くないからだ。

雇用契約を結んでいないのだから、社会的に堺稔は労働人口の中にカウントされていないも同然だ。

契約書もかわされず、雇用に伴う必要な諸手続きもされず、給与は現金払い。

唯一の救いは、社長が給料を払っていたことだけか。それとて最低賃金と比較して多いか少ないかという水準だろう。

それでも良くも悪くも、社長本人に悪意がない。不法の自覚もない。それどころか自分は福祉の一翼を担っていると信じている。

暗愚さ、一言でいえばそういうことだ。さりとて、暗愚さそのものは法律で処罰できるようなものではない。

その日の事情聴取はそれで終わった。しかし、西島は車に戻ると、妙に疲労感を覚えた。そして思考はどうしても、あるところをぐるぐると回る。

「どうしたんです、西島さん？」

「三矢、お前、おかしいとは思わなかったか？」

「堺稔がここに勤めていたことですか？」

「それもあるけどな。あの社長、堺に性犯罪の前科があるから解雇したって言ってたな。堺稔に性犯罪の前歴はない。高校時代に美人局に遭ったくらいだ。我々は大葉さんの捜査で、その事実を知った。ほんのつい最近だ。

だけどあの社長が堺を解雇したのは二年ほど前だ。誰が警察も知らない情報を二年も前から知っていたんだ？」

「まさか、西島さんは沼田さんを疑ってるんですか？」

「おかしいか？　沼田本人でなくても、性犯罪者を憎む人間たちが、不完全な情報から、あの社長に密告した可能性は否定できまい」

「いや、それは飛躍では。

沼田さんだって警察の人間です。被害と加害の違いくらいわかるじゃないですか。

それに、沼田さんは、どこから堺稔の高校時代の情報を手に入れたんですか？」

「わからん。

そういう情報ばかり集めるサイトとか情報屋があるって話は聞いたことがある」

「でも、噂ですよね」

「そう噂だ。そもそも沼田さんが密告したという物証は何もない」

「それに、よしんば沼田さんが密告したとして、法律に触れるかどうかは微妙じゃないですか」

「法律じゃなくて、俺は倫理の話をしてるんだ」

「でも、僕ら法律で動かなかったら、何もできませんよ」

「だから疲れるんだ」

西島らは、次の会社を回り聞き込みを続けた。そして西島は会社を訪問する毎に疲労感を募らせる。

農場以外の仕事を紹介された堺稔を含む八名は、いずれも短期・中期の違いはあるが臨時雇用の仕事を得ていた。

しかし、全員が一週間ほどで解雇されていた。前科がある者は、前科故に、そうでない者も、過去の表沙汰になっていない犯罪歴故に、解雇か辞職を強いられた。

理由は言うまでもなく、匿名の電話による密告だった。あなたが雇ったあの人物は、過去にこんな反社会的な行為をしている云々という内容だ。

職を失った全員が、犯罪歴ではなく、提出書類への虚偽記載を解雇の理由にされていたらしい。果たして法的にそうした解雇が有効かどうか、西島も疑問に感じないではなかった。

しかし、当事者たちはそれで納得し、あるいは諦め、職場を辞めて行った。

驚いたことに、雇用主たちは、解雇した被害者たちの住所を把握していなかった。

「役所の求人アプリで来てるんだから、市民なんじゃないですか？」

雇用主たちの言い分を集約するとそういうことになった。正社員で雇うなら現住所も問題となろうが、臨時雇いならそこまで神経を使う必要もない。

それにスマホ経由での求職者であるから、連絡手段ならスマホで確保できる。

確かに考えてみれば、堺稔のように高校時代のことを調べて初めてわかるような非行歴はともかく、スマホからストレートに個人情報が雇用主に流れるなら、前科者については密告は必要ないだろう。

ただ、だからこそ彼らの情報を執拗に収集する人間がいるのだろう。そして彼らの働きで流れ者は職を失う。

西島は沼田の事を考えずにはいられない。彼のような人間から見れば、SCSが犯罪者予備軍の情報を蓄えているのに、それを活用できないことに歯がゆさを覚えているのではないか。

だが、SCSは法律に従い運用され、沼田や彼が言っていたNPOのメンバーは、善良な市民故に、法律を犯すことはできない。

そのジレンマを埋めるのが、合法的な統計的な手法や、名簿屋のような業者の活用なのではないのか。

ただ西島は、沼田たちを一方的に糾弾する気持ちにもなれなかった。沼田も、堺を解雇した社長も、動機は子供を守るため。

何より刑事としてやり切れないのは、自分がいままで、こうした現実を何も知らなかったことだ。

それはＳＣＳの存在で治安が確保されているためと昨日までは思っていた。だが今日は違う。

「沼田のような人間が、望ましからざる人間を発見し、姫田市から排除しているためではないのか？」

それを確認する術《すべ》はない。だからこそ、西島は苛立つのであった。

そして、中山から話を訊いた二日後。西島は中里建設の社長から、中山が無断欠勤をしていることを知らされる。

昨日一日無断欠勤し、今朝も出てきていないという。スマホにも出ない。

その程度のことで警察を呼ぶな、と普通なら返すところだが、西島はすぐに中里建設に向かった。

いままで無遅刻無欠勤だった中山が、西島が会社に訪れてから急に音信不通になった。それで連絡したという。

そうして西島らは中山の住む県住に向かったのである。

「西島さん、中山は堺稔を知ってたんだよな」

鑑識の森田班長は、風呂場から出てくるなり、そう尋ねた。

「あぁ、社長も覚えていなかったのに、堺のことを中山は覚えていた。本当は被害者の小山純一を確認したかったんだがな」

「小山はどうなの？」

「収穫なし。記録がないから勤めてたのかどうかもわからん。アプローチを変える必要があるね。それより、そっちは」

「市役所によると、中山春野八〇歳と中山亨はこの部屋に暮らしていた。年老いた母親が転居したという事実はない。しかし、この家はどう見ても一人暮らしの家だ。そして、風呂場からは大量に血痕が検出された」

「年金詐欺？」

「だろうね。母親の死因は不明だがね。遺体が見つからないのだから」

「で、堺稔がどうしたの？」

「風呂場の血痕、一人じゃない。中山母子は、どちらも血液型A型だった。だけどO型とB型も検出されてるんだよね。それも大量に。かなり前の血痕みたいだけど、風呂場にかなり広範囲に飛沫が飛んでいた。

それも飛沫痕と血液型に相関がある。三人以上の人間が、この風呂場でバラバラにされた可能性が高い。

堺稔が事件関係者で、そいつを知ってる人間の家に、死体を解体したと疑われる痕跡がある。いかがです？」

「堺稔と中山亨は犯人グループの一員ってこと？」

「だろうね。あと押し入れから、建築道具が幾つか発見されてる。金鋸《かなのこ》とか鑿《のみ》やハンマーの類。全部、ルミノール反応陽性。血液型はスクリーニングではA、O、Bの三種類。一応、サンプルは科捜研に送って至急でDNA分析頼んでる」

「何人ぐらいだと思う？」

「一三人ってことはないと思うね。道具があれなら。道具をとりかえずに一三人も解体したら、刃こぼれはもっとするだろう。道具と言っても安物だから、耐久性はない」

「だとすると、こんな場所があと二つ三つ、どこかにあるってことですか」

「嫌な想定だが、少なくとも最低ひとつ、解体現場がどこかにある」

例の廃屋は鑑識や科捜研の分析で、バラバラ死体の保管場所であり、解体現場ではなさそうだとの結論がでていた。

死体の解体作業を行ったにしては、現場が綺麗すぎるからだ。

「堺稔と中山亨は会社の同僚だったんだよね」

「いや、班長。同僚だったと言っても一週間ですよ。一週間同僚だったからって、それだけで殺人と死体損壊と死体遺棄の共犯になれますか？」

「学校が一緒とか、そういうのは？」

「中山はずっと姫田市で育ってます。高校は市外の公立校でしたけど。それにしても堺稔と接点は見つかってません。堺は県外から移ってきた人間です」

「二人の共通点ってなんかあるの？」

「中山については調査中ですけど、いまのところわかってるのは、県住に住んでいたことくらいです。それにしても堺は寺森だし、中山は若沼だし、接点は見えませんね」

「SNSでつながってるとか？　最近は出会いって言えば、ネットでしょう」

「中山については調査中ですが、堺稔についてはSNSのつながりも貧弱で、そっちにも中山はいませんね」

「人間関係が希薄なのが共通点か……」

「あの、いいですか？」

「なんだ、三矢？」

「この二人、本当に接点がないのかもしれませんよ」

「どうして？」

「あの西島さん、生活課の舘花《たちばな》警部補ご存じですか？」

「生活課の舘花？　そりゃ、あの人も古いから顔くらいは知ってるが、なんで？」

「二人で飲みに行ったことは？」

「ないよ、接点ないんだから……あぁ、そういうことか。

つまり犯罪組織があって、中山と堺は部門が別って言いたいわけか。だから顔は知っているが接点はない」

「そうです、どうです西島さん？」

「どうですってなぁ……」

「三矢君の話は面白いが、どうだろうねぇ」

「何かまずいですか、班長？」

「そこまで大きな組織が活動しているのに、SCSがまったく捕捉しないというのは、無理があるんじゃないか？

もともと対テロとか治安維持を目的に開発されたのがSCSだ。

極論を言えばだ、SCSは個人の殺人事件は見逃したとしても、画像解析による行動分析で組織犯罪の徴候は見逃さない。

じっさい姫田市内の暴力団はいなくなっただろ。しかも所轄が動かなくてもだ」

「あれ、マル暴は関係ないんですか？」

「私の口からは言えません。

でも、考えればわかるだろ三矢くん。市内でシノギを得ようにも、SCSで行動が監視されているから金にならない。事務所の維持費も出せなきゃ、代紋を降ろすしかないでしょ。まぁ、SCSだけでできたとは言わないけど、マル暴よりNPOの働きの方が大きかったんじゃないかな。市内には色々あるだろ、反暴力団とか子供を守る会とかさぁ」

子供の安全を図るNPOの働きで、暴力団が市内から消える。西島はその話に既視感を覚えた。

「班長、具体的にNPOの活動って?」

「さぁ、詳しくは知らないけど、ビラとか集会やデモの参加呼びかけのチラシとかは郵便受けに入ったね。こんな時代でも、まだビラ配布は有効なんだと思ったよ」

「集会やデモで暴力団が出ていきますか?」

森田は西島がこんな話題に関心を示したのが意外なようだった。

「だから一番大きいのは資金源を断ったことだろうね」

「他には何か活動とかは?」

「NPOの?」

「えぇ、個人情報がらみの、活動とか」

班長の表情がやや曇る。

「家の子供らは県外の大学なんでわからないんだが、誰から聞いたかな……科捜研の沼田さんだったかな?」

「沼田さん？」

「いや、沼田さんじゃなかったかもしれんな。まぁ、そこははっきりしない、かなり前のことだからね。ともかく、あくまでも噂だよ、噂。

なんでもね、親が暴力団組員って子供がいたらしいんだよね。中学だか高校に。わけありだからか、結婚はしてなくて、母方の姓を名乗っていた。それが、あいつの親は暴力団員って話が全校に広がって、母親共々、その子は県外に転校したらしい」

「その、暴力団員は？」

「噂だから、そこまではわからないよ。そもそも事実かもわからないんだから。

でも選択肢は限られるんじゃないか。堅気になって妻子に合流するか、学校に怒鳴り込んで警察沙汰で御用になるか、妻子とも別れて、組事務所ごと県外に行くか、その辺だろう」

「いずれにせよ、その暴力団員は姫田市にはいないわけだ」

「まぁ、組事務所もないからね。どうかしたの西島さん？」

「いや、ちょっと別件でね」西島は言葉を濁す。

他所から流れてきた人間の過去の犯罪歴も掘り返すことが可能なら、市内にいる暴力団関係者の情報を集めるくらい容易《たやす》いだろう。

構成員は誰で、家族は誰か。その程度の情報だけで、学校や職場から狙った人間を排除出来る。

いまどきの暴力団が、組織としてどこまで構成員やその家族を守ってくれるのか、幻想など抱けまい。

それでも暴力団関係者は、曲がりなりにも組織があるだけましだろう。理想にはほど遠いとしても、頼れる他人や仲間がいる。

だが、今回のバラバラ殺人の被害者たちはどうか？　姫田市から排除されても行き場所、いや生き場所がない。助けてくれる他人もいない。と言うか、いないはずだ。

だが、中山と堺には某かの接点があった。一週間だけ同じ勤務先だったという以上の何かが。

この接点さえ解明できるなら、事件は一気に解決するはずだ。しかし、西島にはその接点がまだ見えない。

「前から疑問だったんですけど、ＳＣＳって、どうやって組織犯罪を発見できるんですか？」

「三矢君、研修受けなかった？」

「いや、受けましたけど……」

「班長、その辺はこいつに突っ込まないであげて。研修内容なんか、必要なときに検索で済ませる世代だから」

「ひでぇなぁ、西島さん」

「三矢君、ネット情報はソースを確認してな。もっともらしい嘘も多いから。

入り口は二つある。一つは、テロリストの行動パターンってのがあるのよ。世界中の警察がこういうデータ交換をしてるわけ。

それで駅とか商店街とかで、該当する行動パターンの人間を見つけたら、監視するわけよ。

もう一つは、手配中のテロリストとか、既知の組織犯罪者やその予備軍を発見したら、それを監視する。

これが二つの入り口。ここからは共通で、SCSは行動をマークした人間と同時に、彼に接触した人間もマークする。そうやって人間の相関図をSCSが作る。

その相関図から犯罪組織が浮かび上がる。でね、SCSの肝はね、マークした人物と接触した人間のなかで、誰が無関係であるか、それを判断する部分なの。

隠れて爆弾の材料を売った人間と、弁当を売った店員を同じと判断するわけにはいかないだろ。まぁ、かいつまめばこんな感じだ」

「わかったか、三矢？」

「わかりましたけど……被害者はみんな人間関係が希薄なんですよ。そういう場合はSCSは組織犯罪をどう判断するんでしょ？」

「自分は鑑識でSCSのコンピュータじゃないからわからんよ、そんなこと。

だけどな、三矢君。普通に考えてさぁ、そんなに人間関係が希薄な人間達が、どうやって組織を作るわけ？　議論の前提がおかしいと思うがね」

西島と三矢は、それから中山の住む県住周辺で聞き込みを行った。若沼第四団地の構造は堺稔の住んでいた寺森第一団地と同じだった。

一階六部屋の五階建て、一棟三〇世帯が入居できる団地だ。寺森第一団地と第二団地は解体予定のため、住民はそれぞれ老夫婦が一世帯で、捜査の参考になるような情報はほとんど得られなかった。

堺稔が追い出された寺森第五団地でも、近所づきあいのほとんどない堺稔に関する情報は得られなかった。

そうでなくてもこちらの団地は夫婦共働き世帯が多いため、昼間は住人がおらず、堺稔がと言うより、近所同士の交流さえないらしい。

対する若沼第四団地は年金生活者や生活保護世帯が多いため、昼間でも人がいた。ただ警察と名乗ると露骨に居留守を使う家もあり、聞き込みは円滑には進まない。

結局、中山亨の両隣の老人たちと、真下の三〇四号室の住人の話しか情報はなかった。

両隣の老人たちによると、中山春野の姿を見かけなくなってから、しばらく中山家には人の出入りがあったらしい。

「若い女も出入りしていたよ、ぽっちゃりした、なかなかいい女だった」

が、それが具体的にどんな女性だったか、老人たちの証言は曖昧だった。複数の女性が出入りしていたのか、同一人物に自分の好みを投影しているだけなのか、それすらもわからない。

共通しているのはジャージを着ていたということくらいだが、老人たちもジャージ姿なのを見ると、この情報の信憑性にも疑問符が付く。

どこまで信用できるか未知数だったが、中山宅に出入りしていた人間達の中に堺稔の姿は無かった。

ただ目撃者がいないことが、そのまま堺稔が来ていなかったことは意味しない。堺が訪ねてきたときに、目撃者がいなかっただけかもしれないからだ。

興味深いのは真下の三〇四号室の老夫婦の証言だった。夫の方が病弱で、一日の大半を寝ているのだという。

このため上の家の騒音には神経質であったらしい。騒音の苦情を言うために、何月何日の何時何分から何時何分までがうるさかったか、結婚するまでは教師だったという妻は克明に記録していた。

「見てもらえばわかりますけど、二年ほど前から三ヶ月ほどが一番うるさかったわね。でも、苦情を言ったら、ずっと静かになったけど」

「騒音ってどんな？」

「なんて言うかしら、日曜大工みたいな音ね。

なんでもお母さんのために、息子さんが仕事から帰ってきてから、友達の手を借りて、内装とか家具の配置を変えているって言ってたわ。病弱で寝たきりだって言われると、宅もそう煩いことは言えないでしょ」

「その友達を見たことは？」

「それはないけど」

二〇二二年の七月頭から九月末頃まで何かの作業が二週間に一度程度の頻度で行われていた。

それが一〇月からは嘘のように収まった。中山の家には、それでも月一くらいの割りで、数人が来ていたらしいが、以前のような騒音にはなっていない。

西島は、騒音がしなくなったという時期に注目した。二〇二二年一〇月というのは、堺稔がクリーンセンターに勤めだした時期と一致するのだ。

状況から考えて、これを偶然の一致で片付けるのには無理がある。

犯人グループは、中山の部屋で死体の解体を行い、バラバラ死体を処分していたが、堺稔がクリーンセンターに勤務してからは、その必要がなくなったのではないか？

だとすると、やはり中山と堺は職場での短期間の接触以上の接点をどこかに持っていなければならない。

実りの少ない聞き込みを終えた頃には、すでに周囲も暗くなっていた。三矢と車に戻り、カーナビの大型画面で捜査本部のＳＮＳの情報を見る。

森田班長は大至急で科捜研にＤＮＡ分析を依頼すると言っていたが、それは嘘ではなかった。

ほんの数分前だが、分析結果の速報がでていた。現場の工具などから検出された血痕は人間のもので、ＤＮＡは四人分が検出された。

一名は女性、三名が男性。この女性一名については、中山亨と親子関係が認められ、おそらく行方不明の中山春野と思われた。これについては中山春野の遺留品からのＤＮＡ検出待ちらしい。

残り三名の男性については、二名はいまのところ何者であるかは特定できていない。

ただ一名については、例の廃屋で発見された一二名のバラバラ死体の一人と一致した。つまり中山亨は、犯人グループの一員であり、同時に母親の死体をバラバラにした疑いが濃厚である。

この廃屋で発見された死体のＤＮＡと一致した被害者は、高畑剛《たかはたつよし》という性犯罪の前科がある人物だった。彼は二年ほど前の二〇二二年九月一七日に鉄道経由で姫田市にやって来た。

彼について日時や移動手段が正確なのは、ＳＣＳはデータベースにある前科者については、特に注意を向けるからだった。

ただＳＣＳは、その事を人間に報告はしない、警察等が照会するためには、それが必要な正当な理由の提示と、必要な諸手続きを経る必要がある。これはＳＣＳの関連法規にそう記載されている。

しかし、ＳＣＳは「照会される可能性がある」案件については、自動的に顔認識のデータ処理を行う。これも『人がアクセスできない情報は、情報が存在しないものとして扱う』という原則に則ったものだ。

高畑剛の案件もそれだ。ただ二年も前のデータなど、すでにＳＣＳ内部でも消去されており、姫田市に来てからの彼の足取りは不明であった。

にもかかわらず、姫田市にやって来た手段と日時だけがわかるのは、彼らが姫田市から外には出ていないため、正確には市外に出たことが確認できていないからだ。

前科者など要注意人物は、市内にいる間はＳＣＳに監視されるが、市外に出てしまえば情報は原則としてリセットされるのだ。

高畑の場合、姫田市内での犯罪歴はないために、古い情報は削除されたが、市外に出てはいないので、市内に入ったときの手段と日時だけが保存されていたのである。

だから高畑剛に関する西島らが持っている情報は、市役所で手に入れた求職情報をもとに、足で稼いだものだった。

「堺稔はあくまでも状況から殺されたと推測された段階ですけど、高畑は確実に殺されていました。

そして堺も高畑も、働き場所が見つかりながら、過去の犯罪や前科を密告され、解雇されていた。

西島さん、これはもしかしたら憎悪犯罪じゃないでしょうか？」

「あのなぁ、日本の法律に憎悪犯罪の定義なんかないぞ。面倒な用語を不用意に使うな。だいたい憎悪犯罪って、何に対してだ？」

「堺と高畑に関して言えば、性犯罪に関わっていた。そういう犯罪歴の持ち主に対する憎悪犯罪では？」

「この団地の件で、事件の被害者は一六人になりそうだ。しかし、性犯罪がらみの過去があるのはわかっている限り五名だ。

しかも、堺稔は、性犯罪の加害者ではなく美人局の被害者だ。だから性犯罪の加害者に対する憎悪犯罪は成り立たたん。

だいたい中山のお袋さんは何だ？　性犯罪の加害者か？」

「違いますけど……でも、過去の犯罪を密告され、職を奪われるというのは、憎悪犯罪では？」

「三矢の言いたいことはわかる。中山母子を除けば、被害者一四名は、姫田市の外から流れてきて、定住所も定職もない。そうした人間に嫌悪感を覚える人間は現実にいる。

中山は母親の死を隠して年金の不正受給をしていたとすれば、中山春野は息子の犯罪の犠牲者で、息子だけが一連の事件の被害者とも考えられる。

そうだとすると、中山春野を除いた一五名は、社会の底辺層を嫌う人間には同じ穴の狢《むじな》に見えるかもしれん」

「社会の底辺層を狙った憎悪犯罪だと？」

「だから、憎悪犯罪から離れろよ。科捜研の沼田さんの話、覚えてるか？」

「もちろんです、確かに沼田さんのような人には、被害者のような人間は許せないかもしれませんね」

「どうしてそうなる。沼田さんは、被害者たちのような人間を嫌ってはいても、憎悪は抱いてないさ。いいか、沼田さんは前科者なんかに近所に来て欲しくないと考えている。

彼が言っていたようなＮＰＯが、あるいは職場に被害者たちの過去の犯罪歴を密告していたのかもしれない。

だが、沼田さんはなんて言ってた？　職を失えば住み家も失うから、姫田市から出て行くだろうと言ってたよな。

つまり彼らにとっては被害者が姫田市からいなくなれば、少なくとも自分達の周囲から消えてくれれば、それでいいんだよ。

ここまで面倒な手間をかけて殺す理由はないんだ」

「なら、被害者から職を奪った人間と、殺した人間は別だと？」

「現時点では断定はできないが、少なくとも行動に一貫性は認められない。

それに三矢の説には大きな問題が二つある。

一つは殺人事件では、ほとんどの場合、犯人は被害者と濃厚な人間関係を築いている。しかし、被害者たちは、極端に他人との関わりが希薄だ。それは捜査して三矢も感じただろ、どうだ？」

「はい、それは確かに」

「もう一つの問題は、憎悪犯罪なら被害者であったであろう堺稔は、犯人側の人間と思われることだ。

堺稔も中山亨も、警察の捜査が及びはじめたら行方不明になった」

「口封じ？」

「と、考えるのが妥当だろう」

憎悪犯罪という三矢の意見は、西島には受けいれられなかったが、沼田のような人間の存在も無視は出来なかった。

姫田市に来た、職も定住所もない人間。被害者の多くは、ほとんどが高校さえ卒業できていない。犯罪歴のある者も少なくない。

そんな被害者たちを、沼田のような教育も社会的地位も然るべき生活基盤もある「立派な市民」は嫌っている。だから自分達の生活圏から排除しようとした。

倫理的な話をしても、おそらく結論はでないのではないか。他人の職業を奪うのは重大な人権侵害だ。

しかし、彼らは言うだろう。家族を守るためだと。安全で安心な生活環境を守ろうとしただけだと。

家族を守ること、生活環境を守ること、それが正義だ。

だからこそ市民はSCSの存在を認め、期待しているのではないか。SCSがあればこそ、姫田市に移住した人間も少なくないのだから。

ただ、そんな「立派な市民」だからこそ、組織的なバラバラ殺人事件を起こすとは思えない。

そう、被害者たちから職を奪い、住み家を奪おうとした人間達と、殺人を実行した人間達は別だ。

現時点での情報を客観的に見れば、社会の底辺層の被害者たちは、社会の底辺層の加害者によって殺された。そして加害者も口封じのために消されてしまう。

だが、そうだとすると、犯人グループの殺人の動機がわからない。それ以前に、犯人と被害者の関係が見えない。

人間関係が極端に希薄な彼らが、どうして他者から殺されねばならなかったのか？

「なぁ、三矢」

「何ですか？」

「姫田市でSCSに見つからずに、生活を続けることは可能だと思うか？」

「無理でしょう」

三矢は即答した。

「無理という根拠は？」

「根拠も何も、西島さん、それが姫田市内で可能だったら、SCSは失敗ってことじゃないですか」

「だけどな、監視カメラが捕捉していない地域は幾つもあっただろ」

「でも、そこで生活することは不可能なのは確認したじゃないですか」

「それでも被害者たちはな、被害者たちはどこかで生活していたんだ」

三矢は少し考え込んで、西島に向かう。

「西島さんはSCSが未完成だと証明したいんですか？」

「なんだと」

「この事件が解決するというのは、結局、それをすることだと思うんですよ。違いますか？」

今度は西島が黙る番だった。そしてやっと西島は口を開く。

「証明なんかしたいわけないだろ、国家事業だぞ、治安が良くなって出生率も上がってるって宣伝までしてるんだぞ。だけどな、しないわけにはいかないだろう、現実に十何人も死んでるんだ。あるいはもっと死んでるのかもしれん。SCSがまともなら、死ななくても済んだかもしれないんだよ、被害者たちは」

「安心しました」

「何が？」

「西島さんが、そういう人で」

「そういう人でなかったら、どうするつもりだったんだ、三矢？」

「さぁ、どうしたでしょうね」三矢は妙に楽しそうだった。

SCSの原因不明の負荷の急増については、最初のリモート会議から一ヶ月近く経過しても、機能不全は起こしていないものの、不可解な兆候は続いていた。

この状況に北見麗子はKOS社の経営幹部の一人として、踏み込んだ対応が必要と判断していた。最大の問題は、SCSを直接管理している姫田市警察署と行政事務に活用している姫田市市役所が驚くほど非協力的なことであった。ＳＣＳの保守管理に関しても法的な裏付けがあり、ＫＯＳ社はその規則に則り、外部からシステムの異常を監視し、必要ならシステムの改修にも協力することができた。

だが、その法律も市役所や警察側がＫＯＳ社のような民間企業に協力せず、情報も流さないという事態は想定していなかった。法律は行政主導で両者が協力することを前提としていたのである。

「私のスタッフとも分析しているけど、この負荷の上昇、根が深い問題だわ」

画面の中の古関は今日はゴスロリ調ではなく、スーツ姿だった。それは古関が危機感を持って案件に向かっている時の印だ。北見としては悪い予感しかしない。

北見は相変わらず自宅のリビングで、古関と斉木を相手に会議を持っていた。今日のこの会議次第では、専属チームを編成する必要もあるだろう。

「根が深いってのは、どういう意味？」

やはりスーツ姿の斉木が尋ねる。自宅の書斎にいるらしい。彼の住所は北見も漠然としか知らない。総務や経理からは彼宛に郵便は送れるが、麗子自身は知らなかった。いまはそういうのが普通だ。システムは知っているが、人間は知らない。それでも物は送れるし、郵便も届く。

「まず、ＳＣＳがシステムとして何かの不調を抱えている。これは間違いないと思う。ところが、これとは別に姫田市の市民の動きも通常とは違う。SCSの不調が市民生活に影響していると言うよりも、市民生活の何かが原因でSCSの不調がはじまった。入手可能なデータから判断するとそうなる」

斉木はその説明に目立った反応を見せなかったが、北見は古関が指摘する意図を理解した。

「SCSは市民からの特定の情報パターンに対して、何らかの不調を惹起するような欠陥があるということ？」

「あるかどうかはわからない。我々は直接SCSには手を触れられないから。ただ可能性はある。それと北見はSCSの欠陥と言ったけど、欠陥とは限らない。

SCSは市民サービスにも監視カメラやスマホの情報を活用できる設計になっている。市民の行政に対する欲求が矛盾を含むものなら、それを解消しようとSCSが無駄なタスク処理を実行するようなことは考えられると思う。

言い換えるとね、姫田市の文化の問題かもしれない。先端技術都市で知られる姫田市だけど、町としては何百年も続いている。そこに外部から多くの人間が入ってきた。結果として新旧文化の衝突のようなことがあって、それぞれの文化毎にSCSへの欲求は異なり、時には矛盾する……」

「その矛盾がSCSへの負荷の増大となる、そういうこと？」

北見には古関の仮説は、斬新だがあり得ることだと思った。少なくとも、彼女の仮説が正しかった場合、警察のシステムエンジニアがSCSを点検したとしても原因は特定できまい。問題はSCSの内ではなく外にあるのだから。

「ただし、SCSに直接触れられない以上、これも仮説以前の憶測でしかない」

斬新な仮説であるためか、古関はあくまでも慎重な態度を貫いていた。だが、斉木の反応は違った。

「その仮説、けっこう当たってるかもな」

そう言うと彼は二つのグラフを表示する。一つは七月の頭に大きな波があり、それはすぐに半分以下になり、さらに一週間ほどでほぼ平坦になるというものだった。

もう一つも七月の頭に大きな波があり、それはゆっくりと減少傾向を示していたが、それでもピーク時の半分程度の高さを維持している。

「今回の件と関係あるかどうかわからんのだが、君らは姫田市で連続殺人事件が起きていたのを知ってるか?」

北見はそんな話は初耳だったが、古関は知っていた。

「姫田市の研究所の友人らがSNSで話題にしていた。行政代執行で解体された集合住宅から、かなり前に殺害された複数の遺体が発見されたって。身元もわからなくて、どうもSCSが設置される前の犯罪じゃないかって。姫田市の警察はSCSに依存しきってるから、導入前の事件に苦戦してるって話」

「防衛省の伝を頼って、その件を調べてみた。一三名の死体が発見され、犯行が行われた時期ははっきりしない。冷蔵庫に死体が保存されていたらしい。警察の公式発表は少なく、いままで埋もれていた犯罪が、偶然発見されたとされている。

ところが、その捜査の過程で死体発見現場に隣接するごみ焼却施設の組織的な怠業が発覚して大騒ぎとなっている。

この二つのグラフは、姫田市内で言及される殺人事件と怠業の頻度を時間経過と共に表示したものだ。北見さんはどっちがゴミ焼却場の怠業と思う？」

「そっちの瞬時に山型になって、急激に言及されなくなる方じゃないの？」

「残念、市民が急激に関心を失うのは殺人事件の方。ゴミ焼却場の怠業はいまも話題になってる。来年は市長選があるからかな。

それよりも異常なのは、連続殺人事件への関心の低さだ。マスメディアへの言及の少なさは、警察と市役所がこの件に関しては情報提供が少ないことである程度は説明がつく。逆にごみ焼却施設の怠業については警察発表も詳細だ。

ただしこの殺人事件についてはＳＮＳでの言及も少ない。全国にニュースが流れないのは、メディアのせいだとしても、ＳＮＳは口コミだから警察も市役所もどうにもならない。逆に姫田市からＳＮＳへの情報発信が少なければ、口コミだから全国には広がらない。

問題はどうしてＳＮＳまで殺人事件の情報拡散がほとんど起きないのかだ」

「それはある程度、説明がつく」

古関は斉木のグラフに自分で赤線を加える。

「一般的に極端に残酷な犯罪はSNSでは拡散しない傾向がある。SNSのAIが不適切と判断する場合もあるけど、多くはそういう凶悪事件を話題にしたくないから。意外なことに自分の住んでいる周辺での事件だからこそ、そうした事実を知りたがらない傾向がある。犯人が近くにいるかもしれないという心理も情報拡散を抑制する方向に働く。

だから一佐が言うように、これがSCSの負荷の増大と何か関係があるかもしれない」

北見はそれを聞いて決断した。

「上に働きかけて、直接姫田市警察署にSCSの点検ができるようにします。たぶん一佐の力を借りることになるでしょう」

「防衛省もかませて、あちらがうやむやにできなくしようということかい」

「一佐の洞察力には感服しますわね」

「でも、麗子、この段階で話をそこまで大きくするの？」

そんな古関に北見は言う。

「SCSの不調と姫田市内の文化的なファクターが関係があるらしいってのがここまでの話よね。でも、考えてみて。それで言えるのは相関関係まで。

つまり、姫田市内の文化がSCSの機能に影響しているかもしれない。でも、SCSの不調が原因で、文化の影響は結果かもしれない。連続殺人の原因がＳＣＳだったらどうする？」

九章　二〇二四年八月三日

「二一日まで夜勤なしってこと？」

川原朱美が船田とアッキーの家を訪れたのは、船田がクリーンセンターから戻ってきてすぐのことだった。

アッキーとは食事中で、食卓にはコンビニで買ってきた総菜が並んでいた。

川原は、賞味期限ギリギリの幕の内弁当を飯台の空いたところに広げて、船田たちと食事をはじめた。

彼女の用件は、船田が夜勤をしていない理由の確認だった。八月になってから船田は一度も夜勤をしていない。それは何故なのか？

「そう、主任が言うには焼却炉の熱で電力を起こしている発電機の定期検査なんだと。三週間近くかかるから、夜勤は二一日まで行わないんだ」

「夜は、クリーンセンターには誰もいないの？」

「夜勤自体がないから、誰もいない。残業する奴はいないから。よくわかんないけどクリーンセンターって、なんか揉めてるらしい。だから残業もないんだと」

「ってことは、中山と南原の死体は二一日までどうにもならないのね」

冷えたチキンカツに箸を伸ばしながら、アッキーは天気の話題でもするようにそんなことを言う。あの襲撃に加わったのだから、アッキーがその辺の事情に通じているのはわかる。ただアッキーの様子は、川原らが堺稔の死体をクリーンセンターで処理していたときに聞いた話とは違っているように船田には思えた。

中山たちへの襲撃まで、アッキーは川原がやっていることを何も知らないと船田は思っていた。

しかし、船田は川原の当初の説明をだんだん信じられなくなっていた。

船田も中山を射殺したが、暴走した南原を仕留めたアッキーの方が腕は上。つまりかなり場数を踏んでいる。

だが、そのことを船田は問いただそうとは思わなかった。自治会の掟として、過去のことは問わないことになっているから、それもある。

しかし、それは建前であって、本音を言えば怖いからだ。船田にとってアッキーとは自分に惚れているフワフワした女であって、彼女は船田と二人きりのときはそんな感じだ。

そうした関係で自分達の間はうまく行っているのだ。それを余計な詮索でこわしてどうするのか？

アッキーがその気になれば、人ひとりくらい殺せることは、船田も知っているではないか。過去を詮索してプラスになることは何もない。

「朱美さん、どうする？」

「まぁ、暗渠にしまって凍らせておけば、産廃の二人くらい何とかならないでもないか。ドライアイスなり保冷剤はコンビニの消耗品で何とかなると思うけど、それでも三週間だとギリギリだね」

総菜とコンビニ弁当が並ぶ日常と、会話の非日常性に、船田はこれが現実とは思えなかった。

だが川原とアッキーには、この非日常性こそが日常性らしい。きっと自分も遠からずいまの違和感を忘れてしまうのか。

「でもさぁ、船っち。発電機のメンテで夜勤も残業もないから無人ってことは、夜中に侵入できれば、誰にも見つからないってことだよね」

「まぁ、そうだけど……」

「クリーンセンターに、どこか、隠れられる場所はないの？」

「夜中まで隠れて、川原たちが中にはいる手引きをしろってことか？」

「そうそう、できる？」

「わからないな。そんなこと考えたこともないから」

言われてみれば、クリーンセンターの施設内を見て回ることもできた。施設内の監視カメラは、外にSCSの監視カメラがあるので、出入り口付近にあるだけだ。しかもモニターは制御室にしかないから、船田なら夜勤中に何をやっても咎める人間はいない。

ただ船田は建物を探検したいとは思わなかった。夜勤中も食事をしていなければ、寝るでもなくボーッとしているだけだった。しかし、そういうことなら探検するのも悪くない。

「朱美さん、いますか？」

ノックもせずに船田の家のドアを開けたのはコウジとケイイチだった。先日のこともあって、二人は船田に目礼する程度には敬意を払っているらしい。

「ノックぐらいしなさいよ。ここは船っちの家なのよ。で、用件は？」

「村上《むらかみ》っす、三浦《みうら》と水沢《みずさわ》も一緒っぽいです」

村上と三浦そして水沢。船田にはよくわからないが、面倒な人間関係があるらしい。

「集会やる準備をしてるみたいっす。スマホからメッセージ出しまくってて」

「いつ？」

「あした」

「奴らは17号かい？」

「です」

「馬鹿が、やってることは筒抜けなのにね。ケイイチ、コウジと手分けして集会の招集かけて。17号は最後にね。いまからだと、そうね八時から集会場でね」

「わかり」

ケイイチとコウジはそうして船田の家を飛び出して行く。

「さぁ、二人とも、これから忙しくなるわよ」


集会場に集まったのは、自治会の人間なのは確かだったが、歓迎会の面子とも同じではなかった。

ケイイチとコウジの判断か、川原の指示なのか、妙に子連れの若夫婦が多い。子供はみな、だいたい一歳前後だろうか。喧騒の中で聞こえてくる話の断片をつなぎ合わせると、ここの若夫婦はどれも自治会で相手を見つけたらしい。それが自治会の結束を支えているようだ。そんな話を聞いていると、船田もアッキーのことをどうしても意識してしまう。

集会場の赤ん坊は一〇人ほどいて、眠っているのもいるが、何人かは泣いていた。しかし、慣れた女性があやすと、赤ん坊たちは大人しくなる。歓迎会のときにも感じたが、ここでは育児は母親の仕事ではなく、自治会全体で分担されているらしい。

そういう親たちを含め、集会場には歓迎会以上の人間が集まっていた。

川原は自治会には一〇〇人近い人間がいると言っていたが、だとすると八割くらいは集まっているのではないか。

この集会がどういうものなのか、ほとんど誰もわかっていないらしい。集会の準備のために船田とアッキーもテーブルを出したりして、会場設営していたが、少なくとも船田もよくわからない。

ただ村上とかいうのが、何か問題をしでかしたらしいことは、川原の様子から察せられた。じっさい自治会の会員たちの中から、村上という名前は何度か口にされているようだ。あるいは常習的なトラブルメーカーなのか。

そうした騒がしい室内が、一瞬、静まりかえる。そこに現れた三〇代くらいの三人の男が、問題の連中か。

机はコの字型に並べられていて、椅子が三つ、机で囲まれた空間の中に並べられている。村上ら三人の後ろにはコウジとケイイチの二人と、その手下らしい見慣れない二人。彼らが村上たちを、押し出すように、その三つの椅子に座らせる。

三人はその被告席のような場所に座るのを拒否しようとしたが、周囲からの「はやく座れ！」の怒声に、嫌々腰掛ける。

船田の目には、すべては突然の出来事に思えたが、川原の采配やケイイチやコウジ、アッキーの動きを見ると、この集会の流れはある程度は事前に用意されていたのかもしれない。だとすると三人の「陰謀」とやらはそうとう抜けていることになる。

「おい、集会をするって言うから来てみたら、どうして俺達がこんな被告席みたいな所に座らされるんだ！」

周囲から「黙れ村上」と野次が飛ぶ。この男が村上らしい。なら残る二人が三浦と水沢か。

「はいはい、注目！」

小学校の教師のように手を叩いて、川原朱美は三人の真正面の席に就く。気がつけば、船田は川原の右側、アッキーは左側に座っている。

村上は川原よりも、新参者の船田に憎悪を向けていた。恨む相手が違うだろうと思うが、そもそも船田は村上など知らない。

だから奴が恨むとしたら、それはもう逆恨みでしかないだろう。

「自治会のみんなに緊急で集まってもらった理由を説明するまえに、そこの三人、村上、三浦、水沢から意見があるようだから、それを先に聞きましょうか」

村上以外の二人が揉める。話が違うとか言っているようだ。

「俺が問題にしているのは、いまの自治会のものごとの進め方だ。どうして、なんでもかんでも川原が決めるんだ！」

「で、あんたはどうしたいのさ、村上？　対案くらいあるんだろ？　自治体をこうすべきだというような対案がさ」

それは村上に対案などないだろうと踏んだ川原の攻撃だったが、確かに村上に対案はなかったらしい。

「とりあえず、いまのままじゃ駄目だ。俺達は自治会の解散を要求する！　解散して、やり直すんだ！」

村上は同調者がいるはずと思ったのだろう。彼は周囲を最初は自信ありげに見渡した。しかし、村上に同調する者は一人もいない。

「なんでもかんでも私が決めているわけじゃない。

ただここに住むからにはルールには従ってもらう、それだけよ」

「そのルールを、どうしてお前が決めるんだよ！　俺はそれを言ってるんだ！」

だが村上は、周囲の同調をまったく得られないことに、最後の方では声が消えそうになっていた。

「ルールを決める理由？　それはそうでしょ。この農場も住宅地もあたしのものなんだから。あたしが土地家屋一切、相続した。だからあたしのもの。

自分の土地と家を他人に貸しているのよ。大家として使い方にルールを決めてどこがいけないのさ？」

「な、なんだと……」

村上たちは、そんな話などまったく知らなかったらしい。それは船田も同様だ。

「村上、あんたね、日本は法治国家なのよ。ここはあたしの財産なんだ、それをあんたが勝手にどうこうすることはできないんだよ。

　自治会の解散を要求するのはあんたの勝手だよ。その権利はあるからね」

「そうだろう、当然の権利だ！」

「まぁ、ここにいる人間の多数決で自治会を解散したければするがいい。だけどね、自治会が解散したんなら、あたしがあんたたちをここに住まわせる理由もないんだよ」

「どうしてだ！　俺達には居住権があるはずだ！」

「聞きかじった単語を知ったような顔で振り回すなよ、馬鹿。

　いいかい、この中で、一人でも土地の所有者であるあたしと直接契約したものがいるかい？　みんな自治会に入っているから住んでいられるんだ。

　村上にもわかるように言うとだね、居住権に関してあたしと契約しているのは自治会という組織なんだよ。

　自治会って仕組みがあるからこそ、あたしの土地や家屋をあんたたちが活用できるのさ。自治会とあたしとの契約関係なんだからね。

　その自治会を解散するというなら、居住権も何もかもなくなってしまうのさ。わかるか、村上？」

　川原が地主という話など船田もはじめて聞いた。しかし、この農場や家屋が川原の所有物であるならば、いままで腑に落ちなかった幾つかの事実に説明はつくだろう。

もっとも所有権だのなんだの、川原が言っていることがどこまで真実なのか、法律にあっているのかどうか、その辺のことは船田にはわからない。

おそらく村上もそうなのではないか。それは村上の動揺した表情でわかった。そこに川原は畳みかける。

「みんなちょっと聞いてくれる。

ここにいる村上が、自治会を解散しろと言っている。自分の思い通りにならないのが気に入らないんだと。

どうする、自治会を解散する？　解散したら、その赤ちゃんたちは、住む家が無くなってしまうね。

それだけじゃない。定住所の無い人間に決まった仕事なんかないんだよ。それはみんな知ってるだろ？

スマホで求人アプリを見たときのことを思い出してごらん。まともな仕事なんかあったかい？」

村上たちを囲む、周囲の自治会員たちは不愉快な記憶を前に言葉は発しない。

船田もほんの一月足らず前のことにもかかわらず、住む所も家族と呼べる女もいなかったあの生活が信じられなかった。

いま、あの生活に戻ることができるだろうか？　無理だ。思えば、自分が半ば成り行きとは言え、殺人まで犯したのは、いまの生活を捨てられないからではないか。

定職も、定住所もなく、孤独に日々を過ごすあの生活に戻るのはごめんだ。いまの生活のためなら、そう船田は他人の命を奪うことも厭《いと》わない。

世の中の仕組みが殺すか殺されるかなら、自分は殺す側にまわる。そして船田は、いままで弱者だと思っていたこの自分が、いまは強者として殺す側に回れることを、この一月足らずの間に学んでいた。

そしていまの生活を捨てられない人間は、船田だけではなかった。

川原の発言の意味が浸透するにつれて、集会場の中に村上たちに対する怒号が爆発する。特に激しいのは、子供の親たちだった。自治会が解散してしまったら、自分の子供はどうやって育てればいいのか！

子供を持つ親たちにとっては、自治会のコミュニティは唯一の拠り所であるらしい。保育所とかそういうものがあるわけではなく、手の空いている複数の大人が、自治会の子供たちの面倒を見ている。だから親たちも安心して働きに出られるのだ。

「朱美さんが持ってきてくれる、お弁当のおかげでどれだけ助かってるか」

そんなことを語る人間も一人や二人ではなかった。川原が店長をしているコンビニの売れ残り品は、捨てられずに、自治会に流れるようになっているらしい。

自治会において川原のコンビニには、そんな役目もあるようだ。川原がそうやって生活必需品を自治会に提供するから、コミュニティが機能する。

だから親たちは働きに行けるし、子供に何かあっても親だけが抱えて苦しむこともない。

「自治会があるから、無料低額診療施設も使えるんだ！　自治会がなければ俺達も、この子も、医者にかかれないんだぞ！」

我が子を両腕で捧げるようにして、自治会の必要性を訴えた親により、自治会の解散動議への反発は頂点を迎えた。

村上はそれでも、反論しようとするが、使用済みの紙おむつをぶつけられ、その場にうずくまってしまう。

「静かに！」

長テーブルの上に片膝立てて、川原が一喝する。

「自治会の議論は尽くされたようね。では、決をとります。自治会解散に反対の人は？」

川原の言葉に、周囲の視線は村上たちに向けられる。しかし、村上も三浦も水沢も、頭を抱えるだけで、立つこともできない。

周囲の空気から、殴ろうとする者さえ現れたが、これはケイイチとコウジが抑えた。そして船田は、ただ川原の横に座って、状況を見ていることしかできない。

アッキーに目配せすると、彼女は一瞬、死んだ魚のような目を船田に向け、すぐにいつもの表情に戻った。なにか見てはいけないものを見た気がした。

「では、自治会解散の動議は否決。

次に、あたしからの動議です。

いま、こうして自治会を危機に陥れた人間が三人います。この三人をあたしたちは、どうすべきか？」

若い母親の何人かから「殺せ！」という怒声が上がると、三浦と水野は床に這いつくばって土下座をはじめた。それだけでなく真ん中の村上を二人で椅子から引きずり下ろし、無理矢理土下座をさせる。

村上は怒りの余り泣いていたが、三浦や水沢のように謝ることはなかった。ただ言葉は言葉になっていない。

「はい、注目。

この三人をどうするか？　殺せと言った人、気持ちはわかる。自治会を解散するなんて、子供を殺せと言うようなものだものね。

でも、自治会はそういうことはしません。自治会が出来るのは、自治会を守るために、三人を自治会から追放することまででしょう。

三浦と水沢は今夜から村上の家で生活すること。そして三人は、そうね、三日以内に立ち去るように。居残れば、不法占拠で警察を呼ぶことになる。

異議のある人は？」

誰も川原に逆らう者はいない。こうして自治会の集会は終わり、三人の追放が決まった。

土下座したままの三人は、ケイイチやコウジに引き立てられるように集会所の建物を出た。

集会所にいちばん近いのは船田とアッキーの14号の家だった。集会の後片付けをすると、川原とケイイチとコウジも当たり前のように船田の家に入ってきた。

川原はポテチとかペットボトルのお茶とかをコンビニ袋に入れて持参していた。

「三人は？」

「朱美さんの指示通りに、三浦と水沢の荷物は村上の家に叩き込んできました。どうせ鞄一つだ」とコウジが報告する。

「それと酒の差し入れも。朱美さんの情けだって。あいつら文句を言う割りには、ちゃっかり受け取ってやんの」

「あの三人は本当に追い出すのか？」

船田がそう川原に尋ねると、アッキーも含め、その場の全員が驚いた表情を船田に向けた。

「朱美さん……」

ケイイチとコウジがハモる。

「いいじゃないの、船っちは自治会に入って日が浅いんだから」

「なにか、あるのか？」

「あの三人を放置できると思うのかい、船っち？」

「どういうこと？」

「村上らには捨てる物なんか何もないんだ。奴らはやっと自治会で安定した生活を手に入れていたんだからね。

それを失うとなったなら、奴らは何をすると思う、船っち？」

「暴れるとかか？」

「そうさ、復讐さ」

船田の言葉を川原はそう変換する。

「暴力に訴えてくることは十分に考えられる。

でも、村上が多少は頭が働くなら、警察にたれ込むだろうね」

「警察って……村上は……」

「産廃のことかい？　何も知らないさ。あんな半端者に自治会の大事な仕事を任せられるもんか。

だけど、奴は自治会を破壊するためにあることないこと警察に言うだろうさ。船っちもわかってるだろ？　産廃二つ、まだ処理できていないんだ。いま警察に来られると困るんだよ」

「こないだみたいに、やるのか」

船田は弓を射る真似をした。そんな真似が自然にできたことに自分でも驚いた。コウジもケイイチも、船田の態度に目を見張ったが、川原は手を叩き、アッキーは嬉しそうに身体を寄せてきた。

「さすがね。そう、今夜やる。五対三なら失敗しない」

「隣は大丈夫なのか？」

「18号は南原だから空き、16号の二人には集会の態度が良かったんで、ラブホのサービス券を渡してある。今夜は戻ってこないはずさ」

「ラブホなんか、あるのか？」

「54号渡って、ファミレスの向こうがラブホなの。ちょっと見わかんないけど。あれだったら、サービス券はまだ一枚あるから、アッキーと行ってきたら、産廃処理が終わったらさ」

「いいの？　朱美さん！」

「あんたと船っちが、ちゃんと仕事すればね」

そこからは早かった。ケイイチもコウジも人数分の弓矢と、各自のお面を用意した。トラとクマと、ホッケーマスクとパンダだ。お面だけでなく、それぞれ自分に合った道具があるらしい。

船田のは真新しかったが、アッキーの道具はアニメのキャラクターか何かのシールが貼られ、可愛らしく装っていたが、川原の道具より使い込まれているように見えた。

中山を襲撃したときに比べて、船田は自分でも冷静になれているのがわかった。あれから三日しか経っていないのに、もう何年もこんなことをしてきたような気がする。

それでもあの時と違って、恐れはない。むしろ村上たちを放置した場合の恐れの方が船田には大きい。

いまこの時が、船田にとっては人生最良の時なのだ。自分の家と呼べるものがあり、仕事があり、家族と呼べる女がいて、自治会では相応のポジションにいる。

何よりも自治会でなら船田は孤独ではなかった。川原やアッキーはもちろん、コウジやケイイチでさえ、いまは船田に一目を置いているのがわかる。

船田にとって、他人とは基本的に敵だった。しかし、いま船田は自分の意思で自治会のために働こうと思っていた。自分には守るべきものがあるからだ。

自治会の存在がその前提であり、その存在を脅かすものは排除する。船田は自分がクリーンセンター勤務であることに感謝した。そう産廃なんか焼却炉行きだ。

17号のバルコニーからコウジとケイイチがなかを確認する。村上も三浦も水沢も差し入れの酒を呷って酔いつぶれている。

「朱美さん、潰れてますぜ」

ケイイチの報告に満足したのか、川原は合い鍵で17号の玄関を開ける。川原の後に船田とアッキーが入って行く。

「五人もいらなかったね、朱美さん、あたしたち三人で十分よ」

三人は肴もないまま酒だけをコップにあけていたらしい。大して飲んでいないのに、三人とも鼾《いびき》をかいて眠っている。

「ずいぶん弱いな」

「じゃなくて、朱美さんがクスリ使ったの。いいのがあるのよ」

「酒にクスリ混ぜたの？」

川原がそれを仕込んだのだろう。酒を差し入れたのは彼女だ。

「だったら、最初から酒に毒を混ぜろって言うのかい、船っち」

「えっ」

「驚く事はないよ、顔に書いてある。

確かにその方が手間は省ける。だけど違うんだよ。自治会の問題には自治会の幹部が直接手を下す責任がある。

だから酒に毒を混ぜたんじゃ駄目なのさ。相手が産廃でも、手間をかけるのが礼儀ってもんさ。

それに毒を盛るか、道具を使うかよりも、産廃をどこに保存し、どう処分するか、難しいのはそっちなんだよ」

「儀式みたいなもん?」

船田がそれを儀式と言ったのは、他に単語が思い浮かばなかったからだ。だが、川原は別の解釈をしたのか、「嫌なことを言うよ」と返した。

「早く処分しましょ、ラブホ行くんだから」

「そうね。あたしが村上を、船っちは?」

「そいつ、デブの方」

「三浦か、じゃあ、アッキーは水沢ね。準備して、あたしが合図したら殺るのよ」

村上らはテーブルを囲んでうつぶせになっていた。

その後頭部に三人は少し距離を置いて矢を向ける。万が一の時にも、矢の向こうには川原もアッキーもいないように、船田も狙いを定めた。

「いま!」

三人は同時に矢を放つ。次の瞬間には、矢は村上らに命中していた。川原とアッキーは背中から心臓を狙い、見事当てていた。

船田はその辺がわからず、矢は首筋から脳に命中する。矢が当たった瞬間、三浦がのけぞったような気がしたが、よくわからない。

気がついたら、作業は終わっていた。船田たちの前には死体が三つある。悲しみとか後悔とか、そんな気持ちは湧かなかった。

昨日まで船田は自治会にこんな連中がいることさえ知らなかった。接点のない人間。それは船田にとって人ではなかった。

いわばネットなんかで見るアバターのようなものか。アバターが動かなくなったくらいで、感情は湧かない。

「それじゃ、帰ろうか。あとはコウジとケイイチが始末してくれる」

「これ、どうする」

船田が弓を見せる。

「コウジとケイイチがしまうから安心して。あちこちに分散してしまうんだ」

「なんで分散するの？」

「一蓮托生にならないためさ。一つだけなら何とでも誤魔化しようがあるからね。で、船っち、明日の晩から産廃処理にかかりましょ。五人分は多すぎるから」

「わかった」とは言ったものの、具体的なイメージは船田にはない。どこに隠れるというのか、まぁ、明日考えよう。

「それじゃ、お二人さん、お楽しみに」

川原がラブホテルのサービス券をアッキーに渡す。

それを喜んで受け取るアッキーを見ながら、それだけ切り取れば、日常のありふれた光景で、それが船田には不思議だった。

足元には死体が三つ転がっているというのに。

「だから、産廃なのか」船田はなんとなく、その理由がわかった気がした。こいつらが人でなくなれば、ここは日常だ。

ただ無邪気に見えたアッキーにとっても、やはり殺人という事実は誤魔化せない事実だったのだろう。

ラブホの部屋に入った途端、彼女は尋常ではない勢いで船田を求めてきた。いつもと違って暴力的なアッキーに、船田は自分が動物のように応じた。

自分が人を殺した、それは現実なのだと頭の隅で思いながら。

西島がその建物に足を踏み入れるのははじめてだった。

本丸道を市役所横で北上し、少し入った所。つまり市役所の裏の方。姫田市警察署ともさほど離れていない。

だが警察といえども、正当な理由もなく家屋へは立ち入るわけにはいかない。そもそも犯罪とは無縁の場所であり、西島も、それがそこにあることは知っていたが、入るのははじめてだった。

車輛を駐《と》車場に駐め、問題の家屋に向かう。

「時代劇みたいですね、西島さん」

「当たらずといえども遠からずだ。文化財にこそ指定されなかったが、元は武家屋敷だったそうだ。

明治大正昭和と、その時代の当主が改造して、相続されていた。平成になって、相続人が都内に引っ越して、令和のいまも、固定資産税だけ納めて、壮大な空き家になっていた。

それをこの会社が購入して本社にしたってことだ」

「武家屋敷の再建ですか」

「いや、リノベーションとかいうそうだ。自分もよくは知らんが、武家屋敷の様式ってのがちゃんとあるんだと。

しかし、ここはそんなことは無視してる。武家屋敷風に見えるのが大事なんだとよ。完璧に武家屋敷を再建しようとしたら、職人もいないし、十数億かかるらしい。リノベーションなら二億しないそうだ」

「どこからそんな情報を仕入れてくるんですか、西島さん？」

「ここの施工を請け負ったのが高校の時の友人だからよ」

そこは確かに外からは時代劇に出てくるような武家屋敷に見えた。敷地面積は三〇〇〇坪、屋敷の面積だけでも一〇〇〇坪あるという。

サムライが出入りしそうな大きな門から、中に入ると、事務所から連絡が来ていたのか、三〇がらみでスーツ姿の女性が西島らを迎えた。社長秘書であるという。

正門から入ってすぐの建屋は武家屋敷風自然食レストランであるそうで、会社はその奥にあった。

あくまでも全体は武家屋敷風だが、西島らが案内された応接室は畳部屋ではなく洋室だった。

ただ全体の作りは明治から大正の頃を思わせた。その頃の当主が作らせた洋室をそのまま再現したものらしい。

「あぁ、無線LAN走ってますね」

三矢がスマホで確認する。

「いまどき農家だってネットなしじゃ経営できんだろう」

そんなことを話していると、西島と同世代くらいのビジネスマン風の男が名刺を差し出す。

『株式会社山畑農場　代表取締役　山畑祐助《ゆうすけ》』名刺にはそう記されていた。

「秘書から概略は伺いましたが、従業員の雇用についてのご質問とか？」

「いえ、雇用問題ではありません。雇用されていた人物に関する照会です。農場事務所からは、本社で訊いてくれと言われまして」

「あぁ、なるほど」

山畑社長は、鷹揚に頷いたが、西島らが訪ねてきた理由を十分理解しているのは間違いない。何しろ現場事務所で噛んで含めるように説明しなければならなかったからだ。

行方不明の中山亨について、予想外のところで連続バラバラ殺人事件との明白な関与が明らかになったのは昨日のことだった。

クリーンセンターで回収された大型冷蔵庫。それは焼却炉で高温に晒され、証拠能力は期待できないかと思われた。

しかし、科捜研の必死の努力により、残骸の金属部品からメーカーと製造番号が特定され、その納入先が明らかになった。

業務用のその冷蔵庫は、一〇年前に市内の酪農家により購入され、二〇二二年の七月に中古品として売りに出されていたものだった。

その中古冷蔵庫の購入者が中山亨であり、購入時期は、彼の母親の中山春野が目撃されなくなった直後なのが明らかになった。

そしてバラバラ死体が発見された例の集合住宅に残された多数の指紋の中に中山亨と一致するものが発見されていた。

西島は、一連の流れをこう解釈していた。中山亨が理由は不明ながら母親が死亡したために、その死を隠すために人が入るほどの業務用冷蔵庫を購入した。

母親の年金が重要な収入源である中山家にとって、母親の死は行政には決して知られてはならない事実だからだ。

問題はこの冷蔵庫が中古とは言え、そこそこ高価であり、中山亭の預金残高では購入できないことだった。

にもかかわらず中山は現金でそれを購入した。軽トラで仲間二人と運んでいったという。その仲間二名が何者かは若い男という以外はわかっていない。

また軽トラの所有者もわかっていない。監視カメラはあるものの、そんな古い映像記録は残ってなどいないからだ。

細かい状況はわからないが、中山の母親の死をきっかけに、彼は連続バラバラ殺人事件の犯人の一員になった。そして中山の団地に置かれていた冷蔵庫は例の集合住宅に運ばれた。

冷蔵庫が焼却されたのは、一〇年以上使い込んだ冷蔵庫が故障したためだろう。幾つもの死体を収容していた冷蔵庫は、証拠隠滅のために焼却された。この時にクリーンセンターへ持ち込む手引きをしたのが堺稔だ。

堺稔と中山亭の間には面識はあった。ただ連続バラバラ殺人事件を一緒に起こすほどの紐帯が二人にあるかと言えば、それは非常に疑わしい。

中山に冷蔵庫を購入する資金を渡し、それを軽トラで運ぶのを手伝った若い二人の男。おそらくこの二人が今回の事件で中山と堺の接点だろう。

西島が注目したのは、冷蔵庫の動きだった。中山は業務用冷蔵庫がリサイクルショップに売られてから、すぐに現れたという。伝票を見ると、仕入れと販売までの間は、半日も経っていない。

そしてその時点における冷蔵庫の所有者は、廃業した酪農家の土地家屋を購入した山畑農場だった。

市役所の求職アプリが被害者たちに紹介したのも、山畑農場である。山畑農場が事件の謎を解く重要な鍵だ。

このため西島はまず山畑農場を紹介されたらしい被害者の写真を持って、山畑農場を訪ねた。

しかし、農場の事務所は「ここは本社からの指示に従うだけだから」と明らかに迷惑そうであった。

そこで事務所から連絡してもらい、本社へと向かったのだ。

西島としては、来る気になれば本社にすぐに向かう事はできた。代表電話番号も住所も本社なのだから。

それでも農場に顔を出したのは、監視カメラの死角領域を再確認するためと、犯人グループへの揺さぶりの意味があった。

さすがに姫田市でも屈指の企業体の社長がこんな犯罪に関わっているとは西島も思ってい

ない。

　ただ山畑農場の何かが事件と接点がある。それもまた間違いないはずだった。

「残念ながら、この写真の方々は私もまったく記憶にありません。お役に立てなくて申し訳ないが」

　山畑社長はいかにも残念そうに、写真を西島に押し戻した。ただ被害者たちの氏名と略歴リストは、西島が了解すると山畑社長は秘書に確認を命じた。

　そうして彼が戻した写真を西島は当たり前のように封筒にしまう。とりあえず社長の指紋とＤＮＡは入手できた。

　現時点でこれを公判の証拠に利用することはできないが、捜査資料にはできる。もっとも山畑社長に関しては収穫は期待できそうにないと西島は思っていたが。

「やはり、一年以上前ですと記憶も薄れますか」

「いえ、市役所からの紹介で送られてくる人に関しては、私が面接することはほとんどないんですよ。

　私が面接するのは幹部社員として求人を出した場合だけです。ただそっちは人材募集会社に求人を出してるんで、スマートフォンのアプリ経由とは無関係ですね」

「すると彼らと面接したとしたら、人事部門の方が担当ですか？」

「まぁ、どの部門かと言われれば、人事となりましょうか。ただ弊社では幹部社員の求人を除けば、面接は行っておりません。もちろん人事担当が求職者とまったく面識がないことはないでしょう。雇用主の斡旋をしなければなりませんし」

「雇用主の斡旋とはどういう意味でしょう？　雇用主は御社では？」

「弊社で求人することもあります。ただそれ以外の求人に関しては、弊社で割り振ることになっています」

「すいません、よくわからないのですが……」

「こちらこそ申し訳ございません。色々と端折《はしょ》ってしまいましたね。姫田市は農業特区ではあるんですが、農地の扱いというのはなかなか面倒でして、誰でも所有できるものじゃありませんし、誰でも農家になれるわけでもない。

刑事さんも我々が姫田市の農地の八割を所有しているという話を耳にしていませんか？」

「違うのですか？」

西島は山畑社長の質問に質問で返す。この男、水を向ければ何でも話してくれそうだ。聞き手は多少の我慢が必要だが。

「八割は大袈裟です。我々が農地保有適格法人として保有しているのは六割です。残り四割は、他の農家の所有分です。一〇世帯ほどですけどね」

「四割を一〇世帯で割ったとしても、相当な面積ですね」

西島にとっては、信じ難い話だった。子供の頃、姫田市には農家だけで三〇〇世帯以上あったはずだ。夏休みの自由研究で調べたから間違いない。

それがいまは農家世帯が一一だと言うのか？

「あの、自分、親がサラリーマンなんでよくわからないんですけど、姫田市の農地全部を一〇世帯程度の農家で経営できるんですか？　山畑農場は法人経営ですけど、他の農家はどうしてるんですか？」

「もちろん、法人経営ですよ」

山畑社長は、三矢のいささか不躾な質問にも丁寧に答える。

「姫田市には私が子供の頃には三〇〇世帯ほどの農家があったそうです。ですが、高齢化や不況やらで、農家数は減り、耕作放棄地は増えた。

私が農場を立ち上げたときで、姫田市の農地は、半分が耕作放棄地でしたよ。ほんの一〇年ほど前の話です」

「農場を立ち上げた？　農家を継いだのでは？」

「まぁ、外から見ればそうでしょうね。ですが、私の意識の上では、農場を立ち上げたになりますよ。

実家の農地など四ヘクタールしかありませんし、農家を継いだ兄の経営は破綻状態。兄の借金を私の私財で清算することを条件に、自分の農地にしたんです」

「なるほど」

西島も事前に山畑農場については調べていた。山畑家は四ヘクタールほどの田圃を持つ、そこそこ大きな農家であった。

しかし、兄弟で分割するには小さく、長男が家を引き継ぎ、その代わり弟は東京の大学に進学するための学費を出してもらったらしい。

地元の高校に入るだけの実力の無い長男は隣町のいわゆる底辺校に通い、卒業後家業を継いだ。

不動産をすべて引き継いだ長男と、学費のみの弟。同時にそれは底辺校卒の不出来な長男と国立大学卒の優秀な弟でもあった。

親が何を考えていたにせよ、山畑兄弟の間に不和の種を植え付けていたのは彼らの両親だろう。

そして西島は、あえてその兄弟不和のボタンを押してみる。そこから建前ではなく本音が漏れてくるからだ。

「お兄様の借金とは、博打か何か？」

「パチンコで二〇〇万ほど捨てたとは聞いてますが、借金そのものは経営に行き詰まった結果です。

土地を担保に農協や、農協が駄目になったらサラ金からも借りてたらしいんですよ。農地を担保にね。じっさい農地の一部は、債務不履行で競売にかけられたのを、私が買い取ったくらいです。

だいたい刑事さん、信じられますか？　兄ときたら金利が一パーセント違うとどうなるか、そんなこともわからない。それで農家を経営して、まともに採算がとれるわけがないんですよ」

「でも、借金があるということは、融資は通ったということですよね？」

「農家だけにとりあえず土地はある。金を貸す方もノルマがあるんで、えげつない勧め方をするんですよ。最近は詐欺師も高学歴ですしね。そんな連中にかかれば、兄なんかいいカモですよ」

「それで、お兄様は？」

「東京におりますよ。毎月私が個人的に一五万ほど仕送りして、それで生活しています。農場とは一切関わりを持たないという条件でですが。金の無心にきたら、支援は即打ち切りです。

ようやく海外に販路もできて、経営も軌道に乗りました。苦労を共にしたスタッフのおかげですよ。

なのに私の兄というだけで、無能な人間が経営陣に加わるなど許されないことです。スタッフのモラールに関わる」

「なるほど」

山畑社長のような人物は、西島も何度か取り調べで遭遇したことがある。肉親への深い憎悪や憤りを抱えながら、立場上、周囲には一切出さない人間。

そんな人間にとって、警察の取り調べや事情聴取は鬱憤の捌《は》け口になるらしい。警官は捜査情報を外部に漏らせない。だからこそ腹の中に溜まっているものをぶちまける。汚物を排泄するように。

ただ殺人は得てして濃密な人間関係の中で生まれる。だから事件の真相も、そのぶちまけられた汚物の中に埋もれている。

その真相を見つけるまで、汚物の中を手探りするのが西島の仕事だった。

「まぁ、駄目な親族なんて、家だけじゃありませんけどね。僕らが子供の頃、息子の中でできの悪いのが農家継いで、成績が優秀な子供が進学し、サラリーマンになって稼ぐというのが普通でした。

一家の中で、月々の現金収入があるのはサラリーマンの息子だけ、なんてことも珍しくない。

しかも娘たちは成績に関係なく、高校を卒業したら就職にせよ進学にせよ上京させる。なぜだかわかりますか？

万が一にも農家に嫁いで欲しくないからですよ。農村で嫁が不足する道理です。自分の娘を嫁がせたくない職業に、他人の娘が来るわけがないんですがね」

「奥様は？」

「妻ですか。彼女とは大学で知り合いました。正確には、大学の後輩の姉です。いまは義弟共々、家庭でも仕事でも、よきパートナーですよ。あっ、義妹もね」

「家族経営ということですか」

「まぁ、そういう解釈もできるでしょうが、私自身は、有能なスタッフがたまたま家族だったという認識ですね。企業ですからね、血縁より能力です。たまたま妻の一族が有能だっただけで。

四人とも弊社の重役で多忙ですが、家事分担もできますし、住み込みの家政婦を雇う程度の稼ぎはあります」

山畑社長が自分の妻とその弟、弟の妻を心底信頼しているのはその表情でもわかった。それは彼が実の兄について話している時とは、別人のようだった。

西島は、ふと思う。社長の実兄である、山畑一郎《いちろう》にはこの光景がどう見えるか。東京のアパートで月一五万で飼い殺しされている男と、豪邸に住み、自分には理解できないような仕事をこなす弟とその嫁たち。

それは怨みか屈辱か、あるいは自分の無力さへの悲しみか、それはわからない。ただ一つわかるのは、山畑社長の実兄への深い憤りだ。

それでも少しは冷静になったのか、あるいは言いたいことを吐き出したからか、山畑社長は話をやや強引に本筋に戻す。

「まぁ、一〇年ほど前にはそのような理由で、姫田市の東半分の農村地帯は荒廃していました。

だから廃業したり離農した農家も多かった。当時は姫田市の西側もいまのように都市と呼べるほど都市化も進んでませんでしたからね。

ただ農業特区指定になってから、状況は変わりました。私のように農業にビジネスチャンスを認めた農家の子弟が姫田市に戻って家業を継いだんです。

まぁ、その辺の事情は家によって違いますけど、ようするに農家の子供だと農地を相続して農家をやりやすいってことです。法律の関係です。

都市部で暮らし、大学で経営を学んだ人たちが、姫田市の農業を再興した。世代交代が行われたから、農業がビジネスになった」

「規模拡大とかですか」

「そうです。耕作放棄地の購入や後継者のいない農地の買収です。結果、姫田市の農業ビジネスは海外市場にも競争力を持ち、農家戸数は我々を含め一一戸にまで集約が進んだ」

「すると、いま御社をはじめ、残っている農家で働いているのは、買収された農家の人たち

「そうお考えになられる方は多いですし、じじつそういう人もいます。しかし、姫田市の農場で働く社員は九五パーセントは他の都市部から来た、農業経験のない人です」

「それが市役所の求職アプリにより集められた人たちですか」

「まぁ、アプリのことは存じませんが、市役所の紹介で来た人たちはそうでしょう」

山畑社長は、少なくとも経営を語るときよりは興味なさげであった。

「その写真の人たちは、御社の求人を市役所で紹介された人たちです。全員、農業経験がないのですが、そういう人でも雇うのでしょうか？　大丈夫なのですか？」

「理論的な裏付けのない農業経験なんか、農家経営にはなんの役にも立ちませんよ。肥料一つとっても経済的にも科学的にも合理的なやり方があるんです。勘と経験じゃ経営は成り立ちません。

我々は農家仕事についてハンバーガー屋の店員なみにマニュアル化を徹底しているんです」

そう言うと、山畑社長は急にスマホを取りだし、タブレット端末の表示を変える。

「秘書からです。先ほどのリストの方々ですが、確かに皆さん、一度、ここには来てますね」

「雇ってはいないということですか？」

「弊社では雇用契約を結ばなかったということです。

おわかりと思いますが、家の農場はＩＴファーマーです。なので、少なくとも高卒程度の学力がないと、機械を任せられないんですよね。

適性については働いていただいて判断という部分もありますが、最低限度、この高卒であって欲しいわけです。

別に学歴差別をしようというわけじゃなくて、自動車には運転免許が必要だろうというような話ですよ」

「御社では雇用契約を結ばなかったとは、雇わなかったということですよね」

「あぁ、つまらない自分語りで、肝心のことを説明してませんでしたか。

家の農場が姫田市の農場の八割を所有しているという話がありましたね。どうしてそんなことを言われるかと言いますと、市内の農家というか、農業法人のうち、弊社を含む八社が協同組合を結成してるんです。

弊社が経営戦略や融資、必要機材の調達全般を担当し、他の七社が弊社と契約関係を結んでいます。

スケールメリットの確保のためですよ。これも生産コストの削減に役立つんですよ」

「昔あった農協みたいなものですか？」

「厳密には違いますが、まぁ、イメージはあんな感じです。姫田市農協は解散してしまいましたから、自前で運営しないとね。県道54号沿いに幾つかコンビニあるでしょ、あれも家の経営です」

「多角経営ですね」

「まぁ、従業員の福利厚生も兼ねてますよ。県住に住んでる従業員も多いですからね、駅前に出なくても生活必需品が手に入るのは便利でしょう。

協同組合の従業員なら、身分証を示してくれれば現金なしで、物が買えます。給料日精算で」

県道54号沿いには確かに地元資本っぽいフランチャイズのコンビニが多い。県住の団地には必ず一軒はあるだろうか。

コンビニの割りには、いささか値段が高い印象があったが、周辺には他にコンビニはない。東西の移動が面倒な姫田市の住民としては、多少高くてもこちらのコンビニを使うしかないだろう。

その市民の多くが山畑農場に雇用されているとなれば、コンビニを使えば使うほど、彼らは体よくピンハネされるわけだ。

それは経営者の経済的な合理主義よりも山畑社長の郷里に対する復讐かもしれないと、西島はふと思った。

実の兄に対してさえ鬼になれる人間が、赤の他人に対して好意的に振る舞うとは思えない。

「それで協同組合の求人募集も市役所との折衝を含め、弊社が行っているんです。まぁ、自慢ではありませんが、機械化がここまで進んでいるのは弊社だけで、他の組合農場は人件費削減でコストを抑えてますので、弊社で雇用契約を結べないような人材は、そちらに紹介しているはずです」

「こちらで雇えない人材でも、他の農場なら雇ってもらえるということですか？」

「さぁ、それはそれぞれの農場の判断ですから、私からは何とも。どうも誤解なさっておられるようですが、弊社は協同組合の窓口を担当しているだけで、雇用関係については、組合に属する各農場の判断に委ねているんです」

おそらく協同組合は最大地主の山畑農場が他の農場を傘下に置く形で運営されているのだろう。

人材も山畑農場が募集し、使える人材は彼らが雇用し、不要と判断された人材が下流の農場に回される。

「それはつまり、このリストにあげられている人達は、確かに山畑農場を訪ねては来たが、御社では雇用されず、他の農場に行ったという事ですね。どこに紹介したのか、その記録はありませんか？」

「ありません。いや、いまも言ったように、我々は単なる窓口に過ぎません。

そもそも求職者を、他の農場に割り振れば職業紹介業の許可が必要です。弊社にそんなものはありません。不採用の方には、組合の他の農場のパンフレットを渡すだけです。そこから先は、この人たちの判断ですよ」

酷い話だと西島は思う。こんなやり方はことさら人を辱《はずかし》めるようなものではないのか。求職に来た人間に対しても、パンフレットで紹介された農場に対しても。

だが西島は自分の仕事に考えを戻す。被害者たちは職も住居もなく、ここにたどり着いた。問題はそこから先だ。

「このパンフレットの農場に雇われたとしたら、住居はどうなるんでしょう？」

「どうでしょうね。それこそケースバイケースですね。アパートや自宅から農場まで通勤している人もおりますし、住み込みの作業員もいますからね」

「住み込みというと、寮か何か？」

被害者たちは、一年以上前に姫田市に流れてきた。そして数ヶ月前に殺されている。その間、姫田市から外には出ていない。

つまり一年近い生活実態が姫田市内にあり、しかし、アパートなどを借りていない。堺稔のように低所得者向け住宅を借りられた者もいたが、それは例外と言ってよい。

彼らが農場に雇われ、寮か何かで生活していたならば、事件の全貌はそこから見えてくるだろう。西島の質問の意図はそこにあった。

「弊社は寮ですね。アパートを棟ごと借りてます。その方が、自社で所有するより固定資産税が有利なんで。

ただ、組合の他の農場は色々ですね。規模も違いますしね。雇い主の家を増築して住まわせているところもあるそうですよ。

あと同業者として、リスキーだけど、うまいやり方を採用している農場もありますよ。まぁ、弊社ではやりませんが」

「それは、どんな？」

「不動産登記規則で固定資産税の対象とはならない家屋を建てて、そこに雇った人間を住まわせるという方法です。

ようするに基礎を作らず、捨てコンした敷地のブロックの上に建物を載せただけって、住居です。

そこが賢いのは、姫田市が古くなって払い下げた中古の仮設住宅を捨て値で購入して活用しているってところですね」

「市の払い下げの仮設住宅なんかあるんですか？」

「あれ、刑事さんはご存じないですか？　震災に備えて市が購入したシェルターですよ。丈夫な段ボール製で、二時間で家一軒建つと話題になりましたけど」

「あぁ、ありましたね。そう言えば」

仮設住宅と言われて気がつかなかったが、シェルターと言われて思い出した。

中堅の段ボール製造事業者が、自社の技術を活かして2DKほどの平屋を大人二人で組み立てられるというキットを開発・販売したのだ。二、三年ほど前のことだ。姫田市も防災用で購入していたし、警察署のイベントでも、それを組み立てて使っていた記憶がある。

「メーカーの保証期間は一年です。まぁ、強化段ボールと言っても、紙ですからね。だから期限切れのものは、払い下げるんです。それを大量に購入すると、従業員を働かせられるだけの家屋が準備できる」

「でも、固定資産税はかからない」

「そりゃそうでしょう、刑事さん。もともと長期間生活する建物じゃないんです。ブロックに載せているだけで基礎もない。しかも雨風にも耐えられるほど丈夫だと言っても、やっぱり紙ですからね、固定資産税の対象になどなるわけがないんですよ。でも、メーカーの非公式な耐用年数は五年だそうです。だから従業員宿舎としてはお買い得ですな」

「その方、社長ほどじゃないにしても、なかなかのやり手の方のようですね」

「あぁ、彼女はやり手ですよ。

血縁者が次々と不慮の事故で亡くなったり、行方不明になったりと、不幸が重なった人なんですけど、そういう逆境をバネにしたんでしょうなぁ。

我々とは経営手法は異なるとは言え、コスト意識は明確です。主に単価の高い有機野菜を栽培しているんですけどね。機械をほとんど使わずに人手で栽培してるんですよ。

成果物は我々の農場に降ろしてもらってます。未熟練工を使っているので品質は最上級とは行きませんが、採算は十分取れてますからね」

「彼女というと女性？」

「えぇ、彼女も地元から東京の短大を出て、帰省してから農場を引き継いで拡大した、まぁ、我々の同志みたいものです。

やはり経営センスは地元で燻《くすぶ》ってるような人材じゃ身につきません。外の土地で揉まれないと。さもないと兄のようなクズになる。

彼女もね、都会で学んだんだと思いますよ。それでも最初は色々と試行錯誤して、一時は家を身売りするかって話もあったんですよ。でも、危機を乗り切ったと言うか、いままでの経営を一新して、いまでは立派な農場経営者です」

「何と言う方なんですか？」

「旧道沿いの農場知りませんか、あそこのオーナーです、川原朱美さん」

一〇章　二〇二四年八月五日

焼却施設のメンテナンスのために二一日まで夜勤は行われない。だから船田はクリーンセンター内に潜み、深夜に川原たちを手引きする。

手順は単純だった。単純だから失敗もない。中山に南原、さらに村上たちの死体の処理も終わっていた。五人分の死体なのに、じつにあっけなかった。

農場は昔、豚か何か飼っていたらしい。そのための解体処理設備や道具が残っていたのだ。農場外れの半壊したような小屋に、それらは用意されていた。

全体に「昭和」を感じさせる室内には、そこだけ真新しい、切断機がある。死体はそれで首を切断され、家畜のように吊されて血抜きされ、それから改めてバラバラに切断される。捨てコンの床は傾斜していて、水を流せば血液も何もかも貯水槽に溜まる。貯水槽に薬品を入れれば腐敗臭はしない。

作業は川原が指示して、それをコウジとケイイチが実行する。船田がそれを見せられたのは、「覚悟」を決めるためらしい。堺の死体を捨てたときのような醜態は、もう晒せないということだ。

何度か気分が悪くなった。しかし、船田は一時間ほどの作業に最後まで立ち会った。こんなものを正視できる自分に、船田自身が驚いていた。

「昔から、こんな風にやってたのか？」

「まぁ、割りと最近からよ。初めの頃の五、六人は風呂場に道具を持ち込んでしなきゃならなかった」

「最初の作業って、やはり村上みたいな裏切り者だったのか？」

「じゃないわ。

こないだ始末した中山の母親が第一号よ。八〇過ぎの婆様。

言っておくけど、婆様を始末したわけじゃない。中山がね、よりによって深夜に家の農場に死んだ母親を埋めに来たのよ。農場ならバレないと思ったらしい。馬鹿だから」

「中山って、自分の親、殺したの？」

「まさか、そんな度胸ないわよ。理由はわからないけど、たぶん、心臓か何かじゃない、気がついたら死んでいた。

でも、母親の年金は欲しい。だから密かに死体を捨てて、年金だけ手に入れようとしたって話。

自治会がやったのは、死体の解体だけ。自治会の命令で働くことを条件にさ。

馬鹿な男とは思っていたけど、警察にチクるとは思わなかったわ」

「中山がいなかったら、自治会も違ったのかな？」

「どうだろ。自治会の敵は中山に関係なく生まれたからね、結局は同じことさ」

そんな死体の解体現場を見せられてから、家に戻り、アッキーと日常生活を送り、翌朝にはクリーンセンターに出勤する。

「君、いいかな？」

内藤主任が船田を呼び止める。しかし、名前では呼ばない。非正規雇用のためか、内藤から船田が名前を呼ばれたことは、じつは一度もなかった。

「九月に職員に空きが出る。まだ決定じゃないが、君がよければ正規採用できるよ。君は熱心だからな」

スマホで見るニュースによると、クリーンセンターが怠業によるスキャンダルで揺れ、退職者も出ているらしいことは、船田もわかってきた。

ただ、そういう報道の実感はない。非正規雇用の自分達とクリーンセンター職員とでは内藤主任以外の接点はないためだ。

しかも、非正規職員相互の横のつながりも、勤務時間の関係でほぼない。船田の知っているクリーンセンターはゴミ分別の現場と夜勤室だけで、他のことはわからない。自分達の職場でさえ、スマホの画面で見ると現実味がなかった。

それでも内藤主任の申し出を船田は喜んで受けいれた。もともと正職員になることを目指して働いてきたのだ。市の職員になれるなら船田にとって文句のあるはずがない。

とは言え、いままでは将来の可能性レベルだった正職員の話が具体化したことで、船田はある問題に気がついた。

自治会との関係だ。いますぐ川原やアッキーと縁を切ることは、船田も考えていない。しかし、市の正職員となった時、自治会の存在は自分にとってマイナスにならないだろうか？

船田はいままで考えたことのない可能性に思い当たる。あるいはじつは自治会に止まったままの方が自分にはプラスの可能性もある。川原が自分のために動いてくれたなら、強い武器にもなるからだ。

ともかく、正職員の打診については、いましばらく川原やアッキーには黙っておくのが上策だろう。

それより今夜のことだ。作業が終わってから、クリーンセンターのどこかに隠れていなければならない。

いわゆるスキャンダルと関係があるのか、船田が働きだしてからクリーンセンターでは夜勤者以外の残業者は見ていない。

ただ船田が出入りできる場所は、夜勤室も含めて施設の半分ほどで、残り半分で残業をしている人間がいるかどうかはわからない。いないと思うが確かめてはいない。

それでも、残業者がいたとしても船田の所には顔を出したことはないから、船田の知っている施設の半分のどこかに隠れれば、問題はないだろう。

日勤中、作業をしながら、船田はどこに隠れるべきかを考え続けた。そして思いついたのは制御室の仮眠室だった。

あそこには監視カメラもないし、制御室の人間は焼却炉がメンテナンス中のために、通常よりも早く帰っているらしい。

それはロッカールームや駐車場で、制御室の人間が船田たちよりも早く帰宅準備をしていることからも間違いない。

メンテナンスをしているメーカーの人間も、職員がいる間しか働けないから、夜はいない。だから人目に触れずに制御室の仮眠室に潜り込めたら、深夜まで隠れることはできるはずだった。

そうして日勤の時間が終わる。船田もいつものようにロッカールームの前室で私服に着替える。相変わらず勤務時間がずらされているので、他の非正規雇用の同僚は来ない。

誰にも見とがめられずに、施設内に入るなら今しかチャンスはない。

果たして思った通りに行くだろうか？　それだけが心配だったが、拍子抜けするほど簡単に制御室までたどり着く。

ただ達成感はあまりない。ロッカールームでもセンター職員の二、三人とすれ違ったが、彼らは非正規職員の船田のことなどほとんど関心が無いか、無関心を装っていた。

制御室は施錠されていたが、鍵の在処《ありか》は知っている。クリーンセンターも外部からの侵入には神経質な割りに、いざ中に入ってしまうと、セキュリティはザルだった。

制御室などまさにそうだ。船田が昔、短期雇用で働いていた工場などは、セキュリティのためにドアの開閉まで記録していたものだが、クリーンセンターにそんなものはない。

制御室から仮眠室に入る。することもないので横になる。正式な夜勤ではないから、今夜は食事も出ない。それだけが失敗か。

スマホのベルで目が覚めた時には、二三時を回っていた。モニターで見ると、やはり川原の姿は映っていない。

あとは扉のロックを解除し、ゴミプールの南京錠を開けておくだけだ。普通は制御室に戻るが、この時は船田もゴミプールの前に待機する。

焼却炉のメンテナンスもあって、普段は六分の入りのゴミプールも、この一週間ほどはほぼ満杯であった。バラバラ遺体を捨てるのには好条件だろう。

最初に川原たちが死体を持ち込んだのは、いまから二週間ほど前のことだ。あの時の自分には、バラバラ死体を捨てるなど見ているだけでも耐えられなかった。

それがいまはどうだ。自分が息の根をとめた人間のバラバラ死体を、こうして使い捨ての防護服を着て、ゴミプールの中に埋め込もうとしている。

それなのに吐き気すらしない。コウジやケイイチから渡される、ラップを巻かれた上に、厳重にビニール袋に小分けされた死体を、船田はスコップを片手に、ゴミプールのあちこちに埋め込んで行く。

その様子にコウジやケイイチも、明らかに船田を見直していた。死体を前に嘔吐した、あの情けない人間はもういない。

どうして自分がこうも変わることができたのか、船田にもわからない。自治会が自分にとって何よりも重要になったからか？　それとも、単なる慣れなのか。

「さすがに船っちがいると、仕事が早いわね」

川原も満足そうだった。

「上手く行けば、自治会が産廃処理をするのもこれが最後よ。これで自治会はまた団結できる」

後始末を終えると、川原たちは入ってきたドアから出て行く。そして川原は不思議そうに船田を見る。

「何やってるの、船っち？」

「何って？」

「早く、そこから鍵しめて、センターから出てきなさいよ。あんた、ここで夜を明かす積もり？」

そう、いつもの夜勤の積もりでいたが、いまは不法侵入している立場だ。朝までいられる立場じゃない。

船田はドアにチェーンをして南京錠をかけると、制御室に戻り、後始末をして、裏口から出る。

裏口の監視カメラの死角になる辺りに、荷台に幌をかけた軽トラが駐まっていた。農場でこんな軽トラは見たことがなかったが、船田の知らない場所にでも駐めていたのだろう。

「船っちは助手席よ、荷台はコウジとケイイチが座るから」

「運転は？」

「運転くらいできるわよ」

荷台にはすでにケイイチとコウジが入っているらしい。どうやら船田の自治会でのポジションは予想以上に上がっているようだ。

運転とは言うが、川原が軽トラを始動させると、電動式の軽トラは、ほとんど音も無く、滑るように動き出す。

「船っちが自治会に加わってくれて、大助かりよ」

「そうかい」

軽トラの運転席で、女と二人の場所で、いきなり褒められた。もともと人から褒められた経験に乏しい船田には、そう返すのがせいぜいだった。

嫌な気持ちはしないが、褒められるということがなかったから、どういう感情を持つべきかがわからないというのが正直なところだ。

　こんな気持ちを抱えるのもストレスなので、船田は話題を変える。

「どうやって監視カメラに映れないようにできるんだ？」

「ダミー映像を嚙ませてるって言ったろ」

「裏のフェンスはそうだとしても、建物の監視カメラに映らないのはなんでだ？」

　本当なら、他のメンバーのように「朱美さん」と訊くべきなのだろうが、船田は川原をそんなふうに呼ぶのは抵抗があった。とは言え「川原さん」も違うだろう。

　だからそこは省略したのだが、川原は特に気にしている様子はない。

「それに関しては、わからない」

「わからない、ってのがわからん」

「でも、わからないものは、わからない。きっとSCSのプログラムのバグだと思うんだけど、私は監視カメラに映らないのよ。ってか、監視カメラが私の存在を無視してるって方が正しいか」

「監視カメラが、なんだその、あんただけを無視するなんてことがあるのか？」

「あるのかって、現実に映っていなかったんだろ。だからあるのさ」

　それが自治会のためとは言え、何十人もの人を殺して、バラバラにして焼却するような犯罪がいままで発見されなかったのか。

船田も漠然とそれは不思議だったが、監視カメラに映らない人間がいることで、その謎は解けた気がした。

とは言え、どうしてそんなことが起こるのか、それはわからない。原理はわからなかったが、川原の言葉はなぜか腑に落ちた。

「まぁ、選ばれた人間ってことよね、これってさ」

翌日も船田はいつものように出勤する。昨夜何があったのか、アッキーも知っていたのか、朝食はいつもより値段の張るコンビニ弁当だった。

いつものように内藤主任のミーティングから作業が始まった。待遇のせいなのか、クリーンセンターのスキャンダルのせいなのか、先週から三人ほど出勤していなかったのだが、今日は新規雇用をしたのか、定数が揃っていた。

とは言え、船田には誰がいなくなり、誰が新人なのかわからなかった。こんな所に来るのは、どれも似たような雰囲気の奴らばかりだ。

それよりも、船田は、ゴミプールのことが気になった。メンテナンス中の焼却炉と稼働中の焼却炉は距離もあり、ゴミプールから先は壁で隔てられている。そして焼却ゴミは、巨大な鉄の爪のついたクレーンで焼却炉に投入される。

ゴミの分別をしている船田たちのエリアからはガラス戸を介してでしか、中の作業はわからない。

だが船田の視線はどうしても、ゴミプールに向いてしまう。何かの拍子で死体が発見されでもしたら、自治体は厄介な事態に巻き込まれるだろう。

船田はいまになって、自分が人を殺したことの重大さに気がついた。倫理的な話ではない。死体が見つかり、それから自治会のことが警察に知れれば、自分は殺人犯となる。彼はすでに二人の人間を手にかけているのだ。

法律のことは知らないが、弓矢で二人殺したら、おそらく死刑になるのではないか。奴らが死んだことに、いまは何の感慨もない。

しかし、自分が死刑になるのはご免被る。クリーンセンターの正職員として未来が開けようとしているときに、こんなことで夢を潰されてはたまらない。

だが案ずるより産むが易し。ゴミプールのゴミは、順調に処理される。そこに解体された人間の死体などないかのように。そうして午前の仕事が終わる。

午後からの仕事も順調に終わるかと思われた。だが突然の大音響がすべてを変える。

ガラス壁が割れるかと思うほどの、衝撃と共に、ゴミプールと焼却炉の置かれているエリアが黒煙に包まれる。

慌てているのか、館内放送で慌ただしく情報が流れる。内線電話の音声をうっかりスピーカーと繋いでしまったらしい。

「爆発は三号炉、メンテ中の事故だ、至急、消防と救急車を呼んでくれ!」

船田は呆然となった。

「警察も来るな」

姫田市の城跡公園は、江戸時代には本当に領主の城があったという。天守閣のあるような城ではなく、平屋かせいぜい二階屋の大きな屋敷が幾つも並んでいるような城だったという。姫田市の北西部にある丘陵地帯を利用しており、城そのものは一部を除いてなくなっていたが、陸のあちこちに石組みが幾つも残されていた。丘陵は木々に被われ、いまは公園となっていた。

北見、斉木、古関はスケジュールの関係でバラバラに、集合場所に向かうこととなった。北見は出張先の九州から、斉木は防衛省管轄の北海道のラボから移動する必要があったためだ。

その一角には自然と親しむためと銘打って、オートキャンプ場がある。農業法人の山畑農場の経営であるという。

「あれか」

キャンプ場には、夏休みを利用してか、一〇台ほどのキャンピングカーが駐まっている。指定された場所には、小型バスのようなキャンピングカーがあった。普通免許で運転できるぎりぎりくらいの大きさか。北見がドアをノックすると、古関が出迎えた。

「これかぁ……凄いじゃない」

キャンピングカーのような外観に、そういうものかと思ったが、中は北見が想像していたのとは違った。

折り畳みのベッドやシャワーやトイレもあるので、宿泊は可能だ。しかし、内部には大型の液晶モニターやカラーレーザープリンターなどが設置され、いわゆるスタッフカーらしい。

ほどなくして斉木陸佐も到着した。

「古関、よくこんなものが手配できたわね」

「姫田市に大学時代の先輩がいたのを思い出したの。最初はさぁ、泊めてもらおうかなと思ったんだけど、家も大きいし」

「何屋さんよ？」

「農家よ。でも、いきなり三人押しかけるのもまずいじゃない。で、これ借りたの。先輩も私がKOS社の人間とは知ってるから、何も訊かれなかった。

リセットかけて、機材は全部真っ新《さら》な状態だから、好きに使って良いって」

「その先輩って古関さんの元カレかなにか？」

「陸佐って、変なところでロマンチストね。このスタッフカーのどこに色恋沙汰があるというのよ。

先輩はビジネスマンで、KOS社の幹部に恩を売っても損はないという計算よ」

「ビジネスマン？　さっき農家って言わなかった？」

「あぁ、この辺の農家ってみんな農業法人よ。だからこれは社用車。

よくわからないけど、地元組合の車輛置き場から直送してきたんですって。

川原さんって、けっこう美人の運転手がそんなこと言ってたわ」

「名刺交換でもしたの？」

「いや、書類に署名した時に組合員証見せてもらったの。KOS社の人間が一人だけってところは川原さんには怪しまれたけど。まぁ、それは私でも同じ反応だと思うけど」

「怪しまれたってことは、うちの会社知ってるの？　農家とは縁がないのに」

「一時期IT業界で働いていたんだって。ちょっと驚いてたわよ、SCSに何かあったのかって。そこは定期的なメンテナンスとは言ったけど」

「まぁ、いまはITなしで農業経営もできないっていうから、そんな人もいるか。でも、農業法人がこんな車輛どう使うの？」

「ビジネスを手広くやってるのよ。他の市町村にも農地があると聞いたから、その関係よ。社長はどこにいても、指示を出せるし報告を受けられる。

やり手の農家として有名よ。山畑祐助で検索すれば出てくるから」

北見は古関に促されるまま、スマホで位置情報の使用許可をする設定で検索する。地元の情報はそうする方が効率がいいからだ。すぐに山畑農場の代表取締役としての山畑祐助の名前がヒットし、農場のことと、地元の関連農業組合の情報が並ぶ。

姫田市ではすでに自営農という形の農家はなく、いずれも法人経営になっていた。法人の代表は山畑を含め一一人いたが、その中には川原朱美という名前もあった。名前だけで写真はなかったが、おそらく古関があった川原というのはこの人物だろう。必要なら関連組合の代表が車輛の運転をしてくるというのが、山畑農場と他の農業法人との力関係を示している。

北見たちがスタッフカーを手配したりしたのも、SCS調査のために警察署に直接乗り込む前に、姫田市内に入って地元の様子や情報を確認するためだ。外部からはネットでも把握できない何かが起きているのではないか？　それを検証するためだ。

ただ調査時間はあまりない。姫田市警察署は、KOS社によるシステムの調査を、まず人数は三人以内に制限する他、時間も半日までとしたうえで渋々認めた。防衛省やその他、KOS社の伝を総動員してそこまでこぎつけたのだ。

そういう点では、場所を移動し効率的な調査が期待できるうえに、ネット環境も確保できるスタッフカーの存在はありがたかった。

じつは三人が姫田市に来る前に、KOS社の人間を動員するという話はあった。警察署に立ち入ることができるのが三人だけとしても、フィールドワークのために古関の部下を調査に投入することも北見は提案したのである。だが、意外なことにそれは古関が反対した。

「一つ大きな問題がある。我々はSCSを調査しようとしている。ところが、SCSのAIは外部から来た人間がSCSを組織的に調査するような行動パターンを見せると、それをテロ行為と判断する。それだけで逮捕はされないとしても、組織的な調査活動はそのまま警察の監視を受けることになる。

これはSCSの自衛のための機能だから、間違いなく我々の調査活動は察知されると考えるべき。だから調査も実質二人だけで行うことになる。この車に一人残って、他の二人が外で調査ね」

「フィールドワークの専門家である古関は外せない、何かあった時にKOSの人間として対応できるのは私だから、消去法で陸佐も外回りね」

斉木が文句を言わなかったのは、彼も同じ結論であったためだろう。そして古関は自分のパソコンを操作して、あるデータを北見と斉木に転送した。それは姫田市警察署の向井《むかい》署長についてのデータであった。

それによると署長である向井警視正は父親が警察庁次長経験者であり、母方の伯父には警視監が二人いるような家柄である。それもあって、史上最年少の警視長の噂もある逸材だ。

そんな彼が姫田市などという、人口二〇万人にも満たない地方都市、彼のキャリアからすれば不釣り合いに小さな警察署の署長であるのも、ここがSCSの実験場であればこそだった。将来の警察庁を率いる人材だからこそ、姫田市警察署というSCSの管理者として抜擢されたのだ。

SCSは単なる地方都市での実験装置ではなく、姫田市警察署での運用実績によって、この治安維持システムが全国の警察に導入されることになる。これにより労働力不足を移民で埋めたとしても、SCSがあれば治安問題に頭を悩まさずに済む。

秩序を乱すもの、乱す恐れがあるものは、SCSが自動的に峻別してくれる。そして彼らを完全に監視するのは無理としても、特定の地域から出られないようにはできる。

それだけの潜在力をSCSは持っている。だからこそ向井警視正には、SCS関連法を根拠として、これに関してだけは、通常の警察署長以上の強い権限が認められていた。

「姫田市内でSNSを中心に集めた署長の経歴がこれ。ところが事前に調べた経歴と比較すると間違いはないけど、抜け落ちてる情報が多いのね」

「抜け落ちてるって？　個人情報絡み？」

北見が思いつくのはそれくらいしかない。

「いや、SNSでの噂とか評判。姫田市内では優秀な強い警察官僚として描かれているけど、外の情報だと、世襲の高級官僚で失敗に対して精神面で脆《もろ》いという逸話が幾つもあるわけ。大学の同期とか色々だけど、ストレスに弱いという評価が一定数ある。

その人間がSCSに関して、強い権限を与えられた。だがSCSがあるのに連続殺人事件が起きていることが明らかになった。SNSでもこの事件は拡散していないけど、事件は起きている。警察にとどまらず、総務省、外務省、経済産業省など、SCSによる社会改造は、関係省庁の未来図の前提となっている。

それが姫田市のような地方都市でも正常に機能しないとなれば、もはや「機械の不調」では済まされない。政権が倒れるほどの問題となる。当然、署長にはすごいストレスがかかっている」

「そして署長にはSCSに関する強い権限が与えられている。それがSCSの不調に関する情報を隠蔽することを可能とし、結果的に事態を悪化させることにつながった、そういうことか、つまりは」

斉木が納得したかのように、はじめて口を開く。斉木にも防衛省で思い当たるような人物がいるのだろう。

「それと連続殺人事件が話題にならない理由。警察署や市役所が情報開示に消極的なためと思っていたけどそれよりも強い理由がわかった。

市役所が提供しているアプリはSCSの一部と言ってもいいくらいだけど、キュレーション機能が強力なのね。その人の個人情報から最適な職業を斡旋する機能と市役所からの情報提供が中心だけど、ニュースの配信サービス機能もある。

　このキュレーション機能はポジティブ情報優先で、ネガティブ情報は優先順位が低い。こちらが調べれば、色々と情報は入手できるけど、情報を受動的に受けている限りは事件そのものを知らずに済む」

「それって検閲じゃないの？」

　北見にはそう思えた。

「検閲じゃないの。調べようと思えば調べられる。情報そのものは開示されている。ただ、その情報を追うか追わないかは本人の判断。結果的に検閲のように機能するけど、仕組みとしては検閲じゃない」

　北見は古関の話を聞くと不思議な気分になった。ＳＣＳに検閲機能がないのは北見も知っている。これはシステム導入の時に議論が起きた点だからだ。しかし、人々が結果的な検閲を望んでいたとしたら、誰にも止めようがない。

「市民がＳＣＳの不調を望んでいたならば、厄介だな」

　斉木の一言に、北見はぞっとした。

一一章　二〇二四年八月六日

「寺森第二団地一〇一号室か」

西島は県住の駐車場に車を止め、周辺を窺う。堺稔を張り込んでいたのは、ほんの一ヶ月ほど前のことだ。

あの時は第一団地、いまは第二団地。堺稔も船田信和も、高校を中退し、職を転々とし、親兄弟との絆もなく、この姫田市に流れ着いた。

そしておそらくは市役所の求人アプリの斡旋で、クリーンセンターに非正規の職員として採用された。

データで見る限り、二人の境遇は、あまりにも似ている。むろん当人たちの歩んできた人生はそれぞれに違うだろう。

だが、こうしてピースマに表示されるデータは二人が兄弟のように、似た境遇であることを示しているのだ。

ただ二人の境遇には、一つだけ、大きな違いがあった。

「しかし、驚きましたね、西島さん。船田が一連の連続バラバラ殺人事件の死体発見者だったとは。

　しかも、彼が死体を発見してから堺稔は失踪、おそらくは殺されているなんて」

「偶然だと思うか、三矢？」

「偶然かどうかわかりませんけど、因縁は感じますね」

「お前みたいな若いのが因縁なんてこと、考えるんだ」

「因縁くらい知ってますよ。

　でも、どうなんでしょう。奴が犯人グループの一員なんてことがあるんでしょうか？　今回のはともかく、前の被害者たちが殺された頃、船田は姫田市にいなかった。

　なのに一ヶ月足らずの間に、犯人グループを手引きするなんて、あり得るんですかね」

「たぶん、それがわかったときが、事件が解決したときだろうな」

　クリーンセンターの爆発事故は、クリーンセンターで発覚した一連の不祥事と、バラバラ死体の焼却に施設が使われたことによる、焼却炉の一時停止など、複数の要因によるものだった。

　勤務時間中の中抜けが露見し、十数名の職員が自宅謹慎や退職、あるいは解雇となった。残業手当の不正もあったことで、いまは残業もできない。人手不足による作業の遅れを、残業でも挽回できず、このため焼却炉にはかなりの負荷がかかっていた。

その上、定期的なメンテナンスで、三基の焼却炉の一基を止めたため、焼却炉も限界に来ていた。

爆発は稼働中の焼却炉の異常燃焼が引き起こした水蒸気爆発だったが、これで焼却炉の一つが使用不能となる。

この爆発で死傷者は出なかったが、施設の損傷は予想以上に大きかった。残骸はゴミプールにも押し寄せ、それを片付ける作業の中で、消防は大量のバラバラ死体を発見した。

まず被害者の一人が中山亭であることがDNA分析から割り出された。さらに発見された手首の指紋から村上勇《いさむ》、南原二郎《じろう》の二人の身元が明らかになった。

南原は万引きの常習犯として、村上は車上荒らしと、盗んだ自動車部品の転売で、それぞれ逮捕歴があった。

ただ南原と村上は小学校でクラスメイトだったのは事実だが、それ以外の接点は何も見当たらなかった。二人とも定職に就かないまま、各地を転々とし、その中で犯罪を犯し逮捕となるのだが、それらの時期も場所も別々で、収監された刑務所も違った。

つまり二人は似たような人生を歩んできたものの、何一つとして接点がなかったことになる。唯一の接点は、バラバラ死体となってゴミプールの中で発見されたことだけだ。

さらに共通点を言えば、SCSには彼らの個人データがほとんどなかった。彼らがあくまでも犯罪被害者であり、加害側でないならそれもあり得る。だが個人情報はそれで説明がついても、ＳＣＳが犯罪を感知しなかった問題は残る。

そんななかで西島は、被害者全体に共通点を見いだしていた。わかっている範囲で、被害者たちのほぼ全員が、高校を中退したために、資格も得ることができず、安定した職に就くことも叶わず、貧困と極端に薄い人間関係の中で、姫田市に流れ着き、そして足取りが追えなくなり、バラバラ死体となって発見された。

最初、西島は被害者たちのプロフィールから、これは憎悪犯罪の一種かと思っていた。科捜研の沼田のような価値観の人間が、社会の底辺と言われる人間を殺して行くような。

だが、捜査を進める中で、犯人グループにもいわゆる社会の底辺と言われる人間達がいることがわかってきた。

つまり社会の底辺の人間が、自分と同じような底辺の人間を殺している、それがこの不可解な事件の構造だ。

一つの符合は、クリーンセンターの職員もまた、犯人や被害者と同様の境遇であったことだ。

爆発事故の当時、クリーンセンターで働いていた一〇人の男女は、センターの正職員ではなく非正規雇用の人間だった。

全員が市役所の求人アプリを活用して、ここに応募してきたのだという。それは堺稔と共通する。

ただ一連のスキャンダルから、クリーンセンターがそうした求人を行うというのは、西島にとっては意外であった。

だが一ヶ月前とは別人の総務部長は、これはスキャンダル故のことだという。綱紀粛正の影響で、退職した正職員の穴を正職員では埋められないから、非正規雇用で行政サービスを継続しなければならないのだと。

臨時雇用の彼らの仕事は、ゴミの分別というのも西島にははじめて耳にする話だった。クリーンセンターのパンフレットには姫田市のゴミはハイテクで自動的に分別されるとなっていたが、機械化できない部分は人力で分別しているとのことだった。

堺稔のことを考えれば、スキャンダルに関係なく、ゴミの分別は非正規職員の仕事だったのだろう。

事故当時、焼却炉近くにいたこともあり、西島と三矢は彼らの事情聴取を行った。その結果は何とも言えないものだった。

一〇人の男女は、貧困家庭で生まれ、底辺校に入学し、中退し、職を転々として、この姫田市に流れ着いてきた。

それはまさに事件の被害者や加害者の来歴そのままだ。

「当然かも知れませんね」

三矢は事情聴取したデータをタブレットの上で比較表示する。

「何が当然だ？」

「事情聴取のデータが粒ぞろいな理由ですよ。彼らは全員、市役所の求人アプリでここの仕事を斡旋されてるじゃないですか。

もしもアプリの設定そのものに偏見が織り込まれ、ここでゴミの分別をするような人間は、底辺層の人間で十分となっていたとしたらどうでしょう。

ここには同じ境遇の人間しか集まりません。条件の良い仕事は、もっと履歴の恵まれた人間にだけ紹介される」

「山畑農場も同じだと言いたいのか？」

「アプリそのものは、その人の経歴や学歴にあった最適の仕事を斡旋する。雇用のミスマッチの解消、マッチングの最適化です。

そう聞くと、我々はつい大学卒で、学部その他の適性から就職を斡旋するようなものを想像する。

それはもちろん間違いではありません。でも、資格もなく、職を転々とする人間も世の中にはいます。

そしてＡＩは文字通り機械的に、そうした人間に最適とされる仕事を割り振るわけです」

「ＡＩが、お前は底辺だからゴミの分別でもしていろと、クリーンセンターを指示するのか？」

「いえ、そうじゃないでしょう。プログラムした人間か、初期設定した人間か知りませんが、その人間なり、担当部署が、ゴミの分別など社会の底辺がやる仕事と考えているんです。そしてその考えをＡＩに教える。ＡＩは価値判断なんかできません。偏見を教え込めば、偏見に従って求職者に仕事を斡旋する」

「ゴミの分別は底辺がやれ、農場の肉体労働は底辺の仕事、そうやって事件被害者も加害者も特定の職場に集められる……」

「有力企業がマネージャーを募集したらＭＢＡ取得者ばかりが集まるじゃないですか。そういうこととまったく同じ原理です。ただ方向性だけが異なる」

「三矢の言う通りだとしたら、被害者相互に接点が見当たらない理由も明らかだな。接点など必要ない、ＡＩが自動的に彼らに限られた職場を斡旋して、接点を作り上げているんだ」

同じ境遇の人間が集められ、接点を持つ。それは事件の謎の一面を説明できる。しかし、そこから連続バラバラ殺人への飛躍はなぜ起きたのか？　それが西島にはわからない。

しかし、やっと事件解決のためのヒントは見えてきた。西島は堺稔の例から、まず事情聴取をした一〇人と、この仕事を途中で辞めた三人の計一三名に捜査を絞ろうかと考えた。

だがデータを吟味してすぐ、捜査対象は一名に絞られる。

「三矢、写真は全員撮ったんだよな？」

「もちろんです、そのためのピースマじゃないですか」

「三番の男、船田信和、こいつの写真がないぞ。ってか、壁しか映ってないぞ。どうなってんだ？」

「そんな馬鹿な。ピースマのカメラで全員、ちゃんと顔認証もしてます」

「なんだ、シャッターを押すとき、しゃがむか何かしたのか？　たまにいるな、写真を断固として拒否する奴」

「西島さん、よく見て下さいよ、床も写ってるんですよ、この写真。しゃがんだわけじゃない。あの状況では、撮影を拒否するとしても、逃げも隠れもできない。

つまり、船田はカメラに撮影されていないんですよ」

西島と三矢は、ほぼ同時に同じことを考えた。

「つまり、この船田って奴は、SCSのカメラに写らずに済む、テクニックか機械を持っているということか？」

「そんな技術を習得する方法があるとは思えませんが、何か知っている可能性はあります。被害者や加害者の足取りをSCSで追跡できない理由も、船田を調べればわかるはずです」

「職員は全員、帰宅させたんだったな。船田はどこに住んでいるんだ？」

「西島さん、これ！」

行方不明の堺稔が不法に占拠していたのは寺森第一団地一〇三号室、そして船田がクリーンセンターに提出していた住所は寺森第二団地一〇一号室だった。

西島は、内容が内容なので、捜査本部のSNSには、まだこの仮説を報告していない。他の場合なら躊躇わず報告しただろう。未確認の要素はあっても、報告すべき価値はある。だが船田信和がSCSの監視カメラに認識されない可能性があるとなれば、それを確認するのが先だ。

どうもよくはわからないが、署長をはじめとして、署内の幹部たちはSCSの問題に相当神経を尖らせている。

とてもではないが、SCSの重大な欠陥について可能性レベルの話を捜査用のSNSに書き込める雰囲気ではないのだ。

船田の顔写真は手に入らなかったが、それでも対応策はあった。ピースマと同じOSで動くタブレットには似顔絵作成アプリがある。

一時は、モンタージュ写真作成アプリが用いられたが、目撃者の印象や細かい特徴を反映するには、モンタージュ写真より似顔絵の方が効果があることから、いまはそちらが主流だった。

とは言え、SCSが正常に作動しているのなら、顔認識機能により、モンタージュも似顔絵も不要なのであるが。

わかっている範囲で船田と面識があるのは大葉刑事であった。なのでSNSを介さずに大葉に直接連絡して似顔絵作成を依頼した。似顔絵と言うなら刑事の証言のほうが本職だけに信頼できる。

これと並行して、西島よりも画才のある三矢が、再度クリーンセンターを訪ね、船田たちの上司に当たる内藤主任から話を訊いて似顔絵を作成する。

念のため、その似顔絵をSCSの顔検索にかけてみるが、何もヒットしなかった。偶然か、それともこのことと連続殺人事件は何等かの関係があるのか、それはわからない。

ただわかるのは厄介なことが起きているという事だ。

じつを言えば似顔絵は複数の証言から作成するものだが、クリーンセンターで船田の顔と名前が一致する人物はこの内藤主任だけであった。船田もまた人間関係の希薄な人物であるようだ。

同僚たちは防護服を着用しているので、互いに顔はわからないだろうとのことだった。大葉からの似顔絵はまだ届かなかったので、西島は内藤主任の証言で作成した似顔絵を先に大葉に送った。それを大葉に修正してもらうためだ。

この状況で、西島たちは似顔絵をもって、寺森第二団地一〇一号室に向かう。

夕方には現場に到着するも、相変わらず人気は無い。取り壊し前の県住だから当然だろう。そうしているなかで大葉から西島のスマホに似顔絵が届いた。どうやら大葉の作成した似顔絵もSCSでヒットせず、捜査用SNSにはあげられないと判断したらしい。

「なんなんですか、これは。内藤主任の証言とかなり違いますよ。こっちが送った似顔絵と似てないじゃないですか。捜査妨害ですか、これは」

「そうじゃない、三矢。あの内藤とかいう男も、船田のことなんかまともに覚えちゃいなかったってことだ」

「なんでこいつら、判で押したように、この県住を不法占拠するんでしょうね？」

「貧すれば鈍すって奴じゃないのか」

「いや、それはわかるんですけど、不法占拠できる住宅は、他にもあるじゃないですか。旧道沿いにも54号沿いにも、探せば空き家の戸建てもありますよ」

「探せば戸建てもある、か」

堺稔と船田信和が、同じようにクリーンセンターに勤務し、同じように解体待ちの県住に住んでいたというのは偶然で済ませて良いものなのだろうか。

西島はふと気がついて、ピースマで空き家を検索してみた。しかし、彼の検索結果は不動産屋の情報だった。

西島の警察での階級と勤続年数で借りられる適当な賃貸物件と中古住宅。しかも家賃やローンの額面は比較的狭い価格帯に集中していた。

極端に安いアパートもなければ、最近建設された億ションのタワーマンションの紹介もない。西島の給与で無理なく支払える範囲の物件だけが、そこには表示されていた。

「三矢、ピースマで空き家を検索してくれないか？」

予想通り、重なる物件もあるものの、独身で勤続年数の浅い三矢に対して提供される空き家情報は、西島の時より賃料の安い賃貸物件が大半だった。

「西島さん……」

「キュレーションって奴だな。スマホの個人情報から、最適な物件を紹介するんだ。不動産屋も家賃やローン未納なんてトラブルは抱えたくないからな。

安い物件を紹介しても利は薄い、億ションを紹介したって支払いは続かない。お手頃な物件だけを紹介するってことだ」

「だったら、船田や堺の場合は……」

「堺は県住に住んでいたのに支払いが滞って信用ゼロ、船田は流れてきたばかりで、やはり信用ゼロ。

ＡＩは愚直に信用ゼロの人間には、解体待ちの県住が相応しいとでも判断したのかもな。紹介された側は、そのまま不法占拠だ」

「つまり彼らには、選択肢が無いってことですか。あらゆる面で選択肢がないから、みんなが一つところに集められて、殺人に至る濃厚な人間関係が生まれる、そういうことでしょうか？」

「先走るなよ、三矢。いまは船田から話を訊くのが先決だ」

しかし、寺森第二団地一〇一号室には、人がいる雰囲気はなかった。堺稔の時には犯人一味らしいのが、西島らの目の前でスマホを奪って逃げている。なので、三矢は裏窓に回り、西島は玄関から入る。

鍵は開いていた。いまそこに人が生活していないことはすぐにわかった。ただ二、三週間前までは人が住んでいたかのような痕跡はある。

さすがに血痕の類はなく、そもそも生活臭が希薄だ。ゴミ箱のゴミも捨てられている。少し前に入念に掃除が為された跡が、ここに人が住んでいた証拠のすべてだ。

「犯人グループも学んだってことですかね」

「悪知恵が働くのは確かだ」

もともと土地鑑のない船田が、ここが空き家とわかってクリーンセンターにも届けたということは、短期間でも生活実態はあったのだろう。

西島はそう考えて、聞き込みを開始する。とは言え解体前で住人は老夫婦だけの団地である。老夫婦は三矢に任せ、西島は近所のコンビニに向かった。

この辺の団地の住人は古い。だから船田のような見慣れない人間は印象に残るだろうという判断だ。

コンビニは、例の山畑農場が資本を出しているコンビニだった。コンビニとしては小さい方で、店員は川原という名札をつけた若い女性が一人だけだ。

「警察ですが、こういう人を見かけませんでしたか？」

西島はピースマに先ほどの似顔絵を表示する。コンビニの店員は、ピースマの似顔絵を不愉快そうというか、不審そうな表情で眺める。目元がきついので、怒っているようにさえ見えた。

「さぁ、ここも県道に面してますから、お客さんは結構多いんです。なので、こんな人が来たかと言われると、わかりませんとしかお答えできません」

「そうですか……」

「この人が何をしたんですか？」

「船田信和というのですが、さる事件に関して重要参考人として探している人物です」

「船田ですか……珍しい姓なので、聞くか目にすれば記憶に残ると思いますけど……スマホ決済なら、POSに名前も表示されますから……でも、すいません、記憶にはありません」

「そうですか。この界隈に潜伏している疑いがあるんですよ」

西島の視界の隅に監視カメラが入ったが、それを確認しようとは思わなかった。これもSCSにつながっているのだから、同じことだ。

それにコンビニのモニター映像も、一度、SCSで処理して送り返されているので、そこで古い画像を確認しても意味はない。やるとしても署に戻ってやる方がいいだろう。

「刑事さん、それプリントアウトできますか？　あれなら店舗に貼っておきますけど」

「似顔絵を公開するかどうかは、上の了解をとらないとならないんですが」

「だったら、バックヤードに貼っておきましょうか。この人がここに現れたらわかるように」

西島は少し迷ったが、そのコンビニ店員の厚意に甘えることにした。順番はやや前後するが、この情報は明日にも公開されるだろうから。

女性店員のメアドに画像を転送するかと思ったら、ピースマをかざすとコンビニのコピー機から印刷できるという。

そんな機能など使ったことがなかったが、店員の指示通りにすると、コピー機が動き出し、船田信和の似顔絵を印刷した。

「ご協力感謝します」

「いえ、市民の義務ですから」

コンビニの女性店員は、深々とお辞儀をすると、西島を送り出した。


「状況はわかったわ。まさか焼却炉が爆発するなんて思ってもみなかったわ」

船田はゴミ焼却炉の爆発事故のあと、事情聴取やらなにやらで、半日ちかく拘束された。警官が何人もやって来て、同じことを何度も飽きることなく訊いてきた。

そうして事情聴取が終わると、内藤主任は明日、明後日は休みであることを告げる。警察の現場検証と消防の事故調査で、それが終わるまでは施設は閉鎖するらしい。

警察からは再度事情聴取があるかも知れないので、姫田市からは出ないようにと婉曲に命じられた。

船田はクリーンセンターには、不法占拠していた県住の一〇一号室を現住所と申告していた。

事務員も不審そうな表情はしたが、それ以上は確認もされない。船田と一緒に非正規で雇われている奴の中には、ネットカフェで寝泊まりしている奴もいるらしい。

事務員としてみれば、身元保証はスマホのアプリが担っているので、書類の体裁さえ整っていればいいのだろう。

いずれにせよ船田が自治会の住居に住んでいることはわかるまい。

そうした一連の出来事を船田は、クリーンセンターからの帰り、三角公園の人気の無いベンチから、川原に報告した。

「まぁ、船っちは下手に動かない方がいいと思うわ。下手に隠れようとすれば、却《かえ》って怪しまれる。現場検証が終わったら、普段通り通勤することね」

船田が川原を凄いと思ったのは、この時だろう。最初こそ驚いていたが、彼女はすぐに船田にどうすべきかを指示できたのだから。船田自身は、どうすればいいのか、わかっていなかった。

「警察とか、大丈夫かな？」

「自治会に来るかってこと？　事情聴取がまたあるかどうかもわからないし、船っちの住所が登録と違っても、スマホで連絡がつけば問題ないんじゃない。

住所不定の非正規職員が、職を得るために虚偽の申告をするなんて、それほど珍しいことじゃないでしょ。

船っちの同僚だって、きっとほとんどが漫喫かネットカフェ生活よ」

「そうなのか」

「いいかい、物証は何もない。警察は自治会のことを知らない。

万一嗅ぎつけたとしても、あそこの土地は私の土地で、私有地なの。警察だって勝手な真似はできないわよ」

「DNAとかは、大丈夫なのかな、物証？」

「大丈夫に決まってるじゃない。クリーンセンターで、クリーンセンター職員のDNAが発見された。それが何の証拠になるわけ？　心配しすぎよ」

川原に連絡して、船田も少し落ち着いた。確かに自分は一連の事件の犯人側の人間だ。しかし、それは当事者だからこそ知っている情報で他人にはわかるまい。

南原や村上は、自分と同じような境遇の人間だったと船田は思う。孤独のままに姫田市に流れ着いたような人間だから、自治会の一員に落ち着いた。

その自治会からも追い出されるような連中なら、警察も死体からどこの誰なのかは突き止められまい。ならばあの死体から船田や川原には結びつかないだろう。

そうして帰宅した船田をアッキーは、こう言って出迎えた。

「ねぇ、何があったの？」

船田は事情聴取もあって、いつもより二時間ほど遅い時刻に帰宅していた。

食卓には、コンビニの弁当と総菜が幾つか並んでいた。焼き肉弁当が船田の分、パスタ弁当がアッキーの分だ。

弁当はすでに冷めているらしい。

「クリーンセンターで機械が故障したんだ」

アッキーに心配をかけたくないというよりも、説明が面倒だったのだ。

「マッポに因縁つけられたんでしょ」

一瞬、アッキーは何語を話しているのか船田にはわからなかった。ただすぐに警察に取り調べを受けたことを言っているのだと、わかった。

船田の高校では警察はポリ公だったが、アッキーの周辺ではマッポで通っていたらしい。

よく考えたら自分達が警察のことを話すときには、いつも川原がいた。

彼女は警察のことを警察と呼ぶから、船田もアッキーもポリ公だのマッポだのと呼ぶことはなかったのだ。そもそも二人の時に、警察のことなど話題にしたくない。

「誰から訊いた？」

「そんな、怒らないで！」

アッキーは、何かに怯えているように泣きそうな顔になる。船田はこういうのが苦手だ。だから落ち着くように、アッキーを抱きしめる。

彼女は本当に不安だったのだろう。彼女も船田を強く抱きしめ、心臓の鼓動が伝わってくる。いつもより速いリズムの。

「朱美さん……」

「そっか」

船田がスマホから川原に連絡を入れたのを、コンビニに弁当を買いに来たアッキーに伝えたのだろう。単純な話だ。それに気がつかない方がどうかしていた。

「どうして、朱美さんで、あたしじゃないの？」

「心配かけさせたくないからな。それに朱美さんは自治会のあれだからな」

「心配してくれたんだ、あたしのこと、ありがとう」

そして潤んだ瞳でアッキーは言う、「あたしをおいて逃げないで」と。

アッキーは腕に力を込め、船田に身体を委ねようとした。船田の身体も、それに反応する。

船田は無言で、アッキーを抱きながら、カーテンを閉めようとした。そこで彼は旧道からウインカーをつけて、入ってくる乗用車を認めた。

「ポリ公かもしれない」

その言葉に、アッキーも飛ぶように窓から離れる。旧道からわかり難い自治会の住宅地に入ってくる部外者の車など、まずない。

それでも乗用車は、何か戸惑いながら徐行して進んでいる。ハイブリッド車が完全に電動で動いているためか、音はほとんどしない。

「何やってんだ？」

「ここ、私有地だから、カーナビには情報が入ってないんだって。朱美さんが前に言ってた。それだからじゃないかな」

確かにスマホのマップでも、自治会の住宅地は表示されなかった。航空写真ではさすがに私道や住居は表示されるが、マップではその辺は農地として表示されるだけだった。

私有地でも表示される土地はある。この違いは、プライバシー関連の処置らしいが、船田にはその基準はよくわからない。

「駐車したよ」

自動車は一度、船田の１４号の住宅前を通過したが、すぐに逆走して、バックで家の横の空き地に入った。そこは集会場前にある駐車場だ。山畑農場のトラックも納屋の前でなければ、そこに駐まる。

「ポリ公だ！」

身を伏せて窓から外を見ていた船田は、心臓が止まるかと思った。車から降りてきたのは、バラバラ死体を発見した時に尋問した、大葉とかいう刑事だった。

宿泊所に泊めてくれたり、親切な刑事だったのは間違いない。ただ親切だろうがなんだろうが、警察の人間には違いない。

「あいつ、俺を尋問した刑事だ」

「どうするの？」

「押し入れの中に隠れてる。きっと俺を探しに来たんだ」

「わかった、マッポの相手はあたしがする。船っちは隠れてて！」

船田が押し入れに隠れるのとほぼ同時にチャイムの音がした。この家にチャイムなんかあったなんて、船田もはじめて知った。自治会の生活で、チャイムなど不要だ。

ドアを開ける音と同時に話し声が聞こえる。船田は押し入れの隙間に耳を密着させた。

それはやはり大葉刑事だった。

「この写真の人たちに、見覚えはありませんか？　一人だけでも」

「この三人ですか？　何か事件でも起こしたんですか？　強盗とか？」

「あっ、そうじゃなくて、被害者なんですよ。その、殺人事件の」

「殺人事件なんかあったんですか？」

「ご存じありませんか？　ＴＶや新聞でも取りあげられてますけど」

「うち、ＴＶも新聞もないんです。見た通り、貧乏なんで」

船田の知るアッキーとは別人に思えた。甘えた感じの女だった。しかし、いまの受け答えは、そんな船田の知るアッキーとは別人に思えた。

大葉刑事の顔は見えなかったが、かなり当惑している様子なのが、押し入れの中からもわかった。

「この人達、ここの近所の人なんですか？」

「どうして、そう思うんですか？」

「だって、この辺に関係ない人なら、訊きに来ないはずでしょ、違います？」

「いやまぁ、そこは色々ありまして。いかがです、見覚えありませんか？」

「いつこの人達は殺されたんですか？」

「詳しくは捜査中ですが、一週間以内ではないかと」

「なら、農場の人じゃないわね。そんな一週間も欠勤している人いないから。そう、ここの農場の人じゃないわ」

アッキーがあんな話し方をするとは、船田もはじめて知った。船田には甘えるだけの女かと思っていたが、なんか女ってわからない。

彼らの会話は大葉刑事がアッキーに押されているように聞こえていた。だが、大葉刑事の一言が流れを変えた。

「その靴は男物ですね？」

さすがに刑事だ。船田が脱いだ靴を見逃さない。靴がここにあるということは、脱いだ人間はここにいる。

「旦那のですけど、どうかしました？」

「ご在宅で？　できれば旦那さんからも話を伺いたいんですが……」

「いませんよ、まだ、仕事から戻ってきてません」

「そうなんですか……」

「刑事さん、靴はいま履いてるその一足しか持ってないの？」

「いや、そんなことはないですけど」

「だろ、誰だって靴の二足や三足持ってるんだよ。それだけのことさ」

「ちなみに、旦那様はどちらに？」

「よくはわかんない。女房は旦那の仕事に口を挟まないもんだろ」

「なるほど、奥さん、まだ若いのに古風ですね、いやほんと。

いつもご帰宅は遅いんですか？」

「今日は遅いって。仕事場でなんかトラブルがあったから。よくわかんないけど」

「それならご心配では？」

「心配しないように連絡してきたんだけど」

「あぁ、そりゃそうだ。

そう言えば、クリーンセンターで爆発事故があったらしいですね。それですか？」

「わかんないけど、それかもね。旦那の仕事のことは知らないけど。

でさぁ、あんたたちが知りたいのは、その三人で家の旦那じゃないんだろ」

「はい、ただまぁ、もしかしたら旦那さんが、どこかで見かけなかったかと思いまして。

我々も苦労してるんですよ」

「女房のあたしが知らない奴を旦那が知ってるわけないだろ」

「なるほど、それも道理だ。それでは失礼いたしました」

刑事がドアを閉める音がしたが、アッキーは刑事たちが立ち去るまで動かないようだ。かなり警察には警戒感と不信感があるらしい。それはまぁ、船田もわからないではない。

アッキーが動かないのは正解だった。刑事たちは玄関先に一分ほど佇《たたず》んでいたようで、他の住宅に向かう足音が、押し入れのある和室の窓から聞こえてくる。

刑事二人は小声で何か話しているようだが、そこまでは聞こえない。「表札」という単語が聞こえたような気もしたが、確認はできなかった。

アッキーは玄関から動かず、船田も押し入れから出ない。スマホのバイブレーターが着信を報せたので、見ればアッキーではなく川原だった。

川原からのメッセージは一行だ。「スマホの電源を切れ」それだけ。

おそらくアッキーが状況を川原に伝え、川原が船田に指示を出したのだろう。

船田が自分より先に川原に連絡したことをアッキーは不満なようだったが、自分も同じことをしているではないか。

しかし、相手が川原なら、船田も仕方がないと思う。押し入れから玄関の気配を窺っていると、時折、短く電子音が聞こえた。

アッキーは一心不乱にスマホを操作しているらしい。彼女の連絡相手と言ったら、自治会の人間くらいしかいない、

たぶん自治会全員に刑事が来たことを報せているのだろう。アッキーにとって、それだけ自治会は重要な存在なのか。自治会の生活を守るためなら、殺人も躊躇しない。それは船田も目にしたことだ。

一時間ほどして、自動車のテールランプの光が窓から見えた。船田が押し入れから出ると大葉たちが立ち去ったところだった。

「みんな船っちのことを黙っててくれたみたい」

アッキーがスマホを船田にかざしながら、ようやく玄関から動き出す。

「今日、尋問したのがあの刑事なの？」

「いや、例の解体作業の時の刑事」

船田は大葉刑事とのいきさつをかいつまんで説明した。

「ここに俺がいることがわかったら、あいつは何を嗅ぎつけるかわからないだろ」

「そうだね」

アッキーは船田の話に、再び不安げな表情を見せた。

「あいつ、また来るかな？」

「来るかもな」

クリーンセンターで発見されたのは、中山や村上たちの死体だ。船田の指紋とかＤＮＡとかは、きっと警察も持っている。

警察は船田を捜していて、だから船田の顔を知っている大葉刑事がこの辺をうろついている可能性もあるのではないか。

「俺と、逃げるか」

船田は、そんな言葉を口にする。

「逃げるって、自治会を出るの？」

「ここにいたら、きっと警察に捕まる。ずっと夜勤やってたから、貯金はある。他所に行っても、しばらくは暮らせるさ」

「あたしも、お金はあると思う。自治会にいると、あんまり使わなかったから」

「よし、だったらすぐに準備しよう」

「これから？」

「あの刑事は帰ったばかりだ、いま逃げれば警察は来ない」

船田を見つめるアッキーの表情が、怯えから覚悟を決めたそれに変わった。

「他所でも、ずっと一緒よ」

「わかってる」

「逃げるなら、得物持ってきて」

「得物って何？」

「武器よ、道具」

アッキーはそう言うと、弓を射る真似をした。得物とは、農場の道具で作ったとかいう弓矢のことらしい。

「納屋に隠してあるの。動かないトラクターがあって、その脇にある、『道具』って書いたロッカーにあるわ。鍵の番号は一四五六」

「トラクターの横の道具のロッカーで一四五六だな。わかったすぐに行く」

自分は本当にアッキーと他所の土地で暮らすのだろうか？　船田にはその事について、あまり確信が無かった。現実味がなかったという方が近いか。

それを言えば、姫田市に来てからの一ヶ月は、どれもこれも現実味がない。バラバラ死体を発見し、職を見つけ、自治会に入り、自治会のために殺人を犯し、女と暮らし、そして警察に追われかけ、逃げようとしている。

この一ヶ月の変化を思えば、自分のこれまでの二六年の人生など静止していたようなものだ。

しかし、いま目の前にある自治会の住宅は本物で、納屋も現実に見えている。農場の中にいわゆる納屋は二つあったが、一つは工場と言われ、農機具が幾つも置かれて、修理なども行われていた。

納屋と呼ばれている家屋は、工場よりも一回り小さな古い家屋で、使われていないトラクターとか用途不明の古い機械類が置かれている。

納屋の出入り口は施錠されていない。懐中電灯など忘れてきたことにいまごろ気がついた船田は、切れと言われていたスマホの電源を入れ、その画面で周囲を照らす。幸い電池式のランタンがあったので、それを灯した。

問題の『道具』と書かれたロッカーはすぐ見つかった。古いロッカーでバールで叩かれたような凹みまである。

ナンバー錠を合わせて、ロッカーを開けると、弓矢があった。ただし矢も揃っているものの肝心の弓はボロボロで使えるものではない。つまりアッキーは船田に武器を渡すつもりはないのだ。

それでも他に何か使えるものがないかと探す。するとロッカーのガラクタの中に、ウエスで包まれた、鋭利な刃物があった。

錆びてもいないし、ずっしりと重みもある。こちらの方が武器になりそうだ。船田はウエスごとナイフを持って、自宅に急ぐ。

どうして自宅に向かうのか。アッキーに何を期待しているのか、それは彼にもわからない。

自宅に近づいて、船田は足を止めた。和室の電灯が点いている。刑事が来たので、そこの電灯は消したはず。また警察が来たのか？　船田は足音を潜め、和室の中を窺おうとする。

するとやはり人の話し声がした。

「うん、得物を取りに行ってる。いや、トラクターに隠してる奴じゃなくて、ロッカーの奴、うん、あの古くて使えないの。うん、わかってる。あたしの方で、逃げ出さないようにする」

アッキーがスマホで誰かと話している。おそらくは川原とだろう。

アッキーは船田を裏切り、川原に船田の逃亡を密告したのだ。そして使い物にならない武器を持たせようとした。

不思議と腹は立たなかった。そんな気はしていたのだ。自分はずっと他人から、いや実の親からさえ裏切られてきた。

だから一人で生きてきた。アッキーだけが例外だなんてことがあるはずがない。悲しいとは思う、でも、この悲しさはいつもの悲しさだ。怒りも湧かない。

むしろ、これで後ろめたい気持ちを抱かずに逃げられる。問題はアッキーより、むしろ川原たちだ。彼らが動くなら、武器がいる。

ナイフが置きっぱなしだったのは、アッキーらも失念していたのだろう。しかし、刃物だけでは心許ない。相手は飛び道具を持っている。

幸いトラクターにはまともな弓矢があるらしい。おそらく例の納屋に放置してある動かない旧式のトラクターのことだろう。

船田は足音を忍ばせて、納屋に戻り、問題のトラクターを調べる。

すると錆びたエンジンの間に細長い袋に入った弓矢が見つかった。船田用に与えられたものだ。他の面子の武器はそこにはなかった。本当にケイイチとコウジは分散して隠しているらしい。

とりあえず、自分用だけあればいい。ふと思って、もう一度さきほどのロッカーを調べると、ナイフ用のホルスターが見つかった。形状からして足首にまくらしい。手製らしく作りは雑だが、とりあえず用は足りる。

細長い袋を肩にかけて船田はそのまま、自治会の私道を抜けて旧道に出るつもりだった。旧道を進んで、変電所まで出れば、桑原《くわはら》駅がある。電車にさえ乗ってしまえば、もうこっちのものだ。

しかし、そうはいかなかった。自治会の住宅の玄関に次々と灯りがともる。そして手に棒のようなものを持った住人たちが現れた。一目で殺気立っているのがわかるのは、子供を持つ若い親たちだ。先日の集会で村上らを糾弾したあの親たちだ。

船田のスマホが着信を報せていた。自治会の同報メールだ。

「14号の船田が自治会を裏切ろうとしています。自治会の皆さんの力で阻止しましょう」

文面に疑いようはない。アッキーを捨てて逃げようとしたことに、川原は気がついたのだ。この文面を船田にも報せたのは、降伏しろという意味だろう。自治会の住民には他に行く場所がない。

船田のように独り身なら自治会から逃げることもできる。しかし、赤ん坊や幼児がいるとなると、そうもいかない。ここにいれば子供たちは母親たちによって育てられる。若い母親が孤立することもない。

交替で育児をすれば、外に働きに出ることもできる。自治会はそれだけ豊かになる。生活の質も向上する。

自治会の住民たちが、村上や南原のことをどこまで知っているのだろう？　船田はそれを思った。

真相を知っているのは川原や船田たち数名としても、過去に二〇名以上の自治会の人間が、殺されている。

それについて誰も気がつかないのか？　知らないはずはない。少なくとも村上らが消えたことはわかっているはずだ。

彼らは殺人はともかく、村上らに何かがあったことは察しているはずだ。察していて、何もしない。自分達の生活を守ることの方が重要だからだ。自治会の住人たちにとって、村上は今も昔も存在しなかった人間なのだろう。

船田はまだ、存在する人間として扱われている。しかし、奴らに捕まれば、明日には存在しなかった人間として忘れ去られるはずだ。

ともかく旧道から県道54号に抜けることだ。県道にさえ出てしまえば、あとは何とかなる。交通量の多い県道で、連中も飛び道具は使えまい。

ただ旧道に出るためには、住宅地の私道を通過しなければならないが、そこには自治会の連中が網を張っている。

となると、農場を渡って出るしかない。しかし、それは予想以上に難事だった。農場は田圃と畑でできているが、田圃は泥濘《でいねい》であぜ道しか歩けない。あんな細い道で挟み撃ちにでも遭えば、もう逃げ場はない。

なら畑となるが、背の低い葉野菜が中心だから、畑を移動すれば、夜間でもすぐにバレるだろう。どこから持ち込んだのか、馬鹿に強力なハンドライトで畑を照らしている奴が二、三人いるからだ。

野菜の収穫を終えたところなど、トラクターで耕されているので、スニーカーで逃げても追いつかれる。

ただ、一つ逃げ道がある。暗渠だ。中山たちを襲撃した時、監視カメラのないエリアまで、暗渠のなかを移動した。

だから逃げるとしたら、あそこを使うしかない。おそらく暗渠を知っているのは、自治会でも限られた人間だろう。川原たちに気付かれない前に暗渠から県道に出るしかない。

船田は武器を手に、暗渠の入り口である小屋に急いだ。灯りは使えず、勘で進むしかないが、進めるのが農道だけなので、迷うことはなかった。

幸い人影もなく、船田は暗い小屋の中に入る。そしていきなり背中を蹴られた。いきなりのことで身を守る術もない。床に手をついて、はげしく嘔吐した。

「朱美さんの言った通りだな」

ケイイチの声だった。いつものように虎の面をしている。

「馬鹿はこうやって暗渠から逃げようとする。お前の前にいた堺もそうだったさ」

小屋で船田を待ち伏せていたのは、ケイイチだけだった。珍しくコウジはいない。

「コウジは……」

「コウジは出口で見張ってる。お前なんか、俺一人で沢山だ」

ケイイチは船田の脇腹を蹴る。反射的に丸くなって、身を守る船田。そして足首のナイフに手が触れる。

真っ暗と思ったが、小さなＬＥＤライトが、室内を薄暗く照らしていた。船田は身体を小さくして、タイミングを計ると、ナイフを上に向けて突きだした。

ケイイチが痛がって逃げればいいくらいのつもりだった。しかし、刺さったナイフがすぐには抜けず、ケイイチが暴れ、船田は手首を動かして、ナイフはやっと抜ける。

ナイフはケイイチの太ももに刺さったらしく、彼は船田など眼中にないかのように両手で太ももを押さえるが、血が止まらない。

すぐにケイイチは、その場でひっくり返る。小屋の中は血の臭いで充満するが、すでにケイイチは言葉にならない音を口から発するだけで、動こうとしない。

薄暗いので色はわからないが、ナイフを握る手は、一つの色に染まっている。

船田は、ケイイチの弓矢の方が作りがしっかりしているのを確認すると、一回、そいつに蹴りをかまして、武器を交換し、暗渠の中に入った。

コウジは出口で待っているというのは、中山を襲撃した時に使った出口のことだろう。ただその出口がどこなのか、船田ははっきりとは覚えていない。

それでも、どこかで分岐を右に曲がったことだけは覚えている。だから分岐を左に行けば、そこは確実に違う道なので、コウジに出会うことはないだろう。

ケイイチを放置することは気になったが、隠したりする余裕はない。船田はそのまま暗渠に入る。

幸い、暗渠の中には誰もいない。川原もコウジとケイイチの手配で手一杯だったのだろう。

するとスマホが振動する。こんな地下なので電波はかなり弱いが、それでも着信はあった。

それはスマホのメッセージアプリの着信だった。送信者は川原だった。


「暗渠にいるの？」

「どうして、そう思う？」

「ケイイチを見つけた。もう死んでるけどね」

「俺をどうする？」

「できれば助けたい」


船田は迷った。このメッセージは罠の可能性が限りなく高い。しかし、川原の協力があるなら、あるいは警察からも隠れていられるかもしれない。その考えを読んだかのように、川原のメッセージは続く。


「どうして、仲間に入れたと思う？」

「現金収入だろ？」

「それは口実。あんた特別なのよ」

「何が？」

「あんたは監視カメラに映らない体質なの」

「嘘だろ、なぜだ？」

「原理はわからない。わたしもそうなの」

監視カメラに映らない体質。そんなものがあるのか？　船田には信じられなかった。しかし、クリーンセンターに死体を処理に来たあの夜。確かにモニターには川原の姿は映らなかった。

「うちのコンビニに来た時、あんたは監視カメラのモニターに映らなかった。だからわかったのさ、こいつは選ばれた人間だって」

「それで？」

「わからない？　わたしとあんたの犯罪は、警察にはわからない。監視カメラは役に立たないのよ」

「警察から匿ってくれるのか？」

「必要なら、できるわよ」

川原の言っていることが本当なら、船田にとっての状況は随分と違ってくる。監視カメラの証拠がないなら、警察も船田を逮捕できないだろう。しかし、そんな話を信じていいのか？

「ケイイチを殺したのはいいのか？」

「いまさら仕方がないでしょ。ケイイチがいなくなって、あんたに報復しても自治会には何のメリットもないのよ」

「そうなのか」

そうなのかもしれない。川原にとっては他人の命などその程度のものなのだろう。ケイイチの死が些末な問題であるように、船田のやったことも些細な問題なのだ。

「あんたがしたことには腹も立つけど、あれはアッキーも悪い。別にあんたの口封じの相談をしていたわけじゃない。あんたが逃げるというから、逃がさないようにする相談さ」

「使えない武器を渡そうとしたりしたのも、そのためか」

「やっぱり立ち聞きしていたんだ。少し脅かすつもりだったのよ。アッキーの気持ちも考え

「俺の気持ちはいいのか？」

「アッキーはね、あんたの前にも男がいたの。驚く事じゃないだろうけど。そいつはアッキーをおいて逃げた。それが彼女のトラウマになってるの。可哀想なのよ、親に捨てられ、親代わりに捨てられ、そうやって色んな人間に捨てられてきた。彼女、あんたのことを愛してるのも確かだけど、捨てられたとなったら、気持ちを落ち着かせるのは大変なのよ」

「気が済むまで殴らせろってのか」

「まぁ、そんなもんね」

川原とのメッセージ交換は、船田の逃げるという決心を変えるには至らなかった。自治会に潜伏し、証拠がないことを武器に警察をやり過ごして、クリーンセンターに通い、正職員になる。

川原はそんなことを言っているわけだが、さすがにそんな馬鹿なことはないだろう。中山や三浦を殺したことに、罪の意識もないし、そもそも現実味がないけれど、あの二人を自分が殺したのは事実だ。

無罪なら船田も強気に出られるが、じっさいに殺しているし、警察を騙しきるのは無理だろう。

警察に事情聴取されれば、自分は事実を隠せない。そしてそれを川原もわかっている。だったら彼女はどうする？　口封じしかない。それは川原のために手を汚してきた自分が一番よくわかっている。

船田はスマホで川原とメッセージをやり取りしながら、暗渠の中を進んでいた。自分の勘では、旧道沿いのどこかに出るはずだった。

しかし、どうもそうではないらしい。薄明かりの中で矢印を読み間違えたのか、かなり進んでいるはずなのに、出口らしいところに出ない。

地下道ではない。腰を屈めて、這うように移動しなければならない。不自然な姿勢で身体が痛くなった頃、頰に風を感じた。

「ここか」

川原は相変わらずメッセージを船田に送ってきたが、それを船田は無視した。だが、一文が目についた。

「あたしからは逃げるのは許さないんだから、信じてたのに！」

相変わらず可愛いうさぎのアバターだが、それは川原ではなくアッキーだと、船田は直感した。

事情はわからないが、川原は自分のスマホをアッキーに渡したらしい。あるいは自分とメッセージ交換している川原に腹を立て、アッキーが奪ったのか？

船田の中で、何かが抜けて行くような気がした。それなりにアッキーのことは愛おしく思っていたつもりだが、このメッセージで、もの凄く面倒くさい気がしたのだ。

「逃げよう」

船田は決めた。自治会や警察からじゃない。自分はまず、アッキーから逃げるのだ。あの女は一生自分といるつもりだが、船田にそんな意思はない。それはもういまわかった。

「逃げたりなんかしない」

「ほんと？」

「嘘は言わない」

「なら、なんで隠れてるの！」

「ケイイチを殺したから」

「なんだ、そんなことか。大丈夫、誰も気にしてないから」

自分を殺そうとした男だが、何となくこんな言われようのケイイチが船田には気の毒に思えた。

これが嘘のメッセージだったとしても、もっと言いようがあるじゃないか。少なくとも川原もアッキーも、ケイイチの命など毛ほどにも感じていない、それだけは本当だ。

「だから、安心して」

「わかった、これから戻る」

もちろん戻るわけはないのだ。風の流れを感じた。かすかに自動車の音も聞こえる。道路に近い出口がある。

唐突に暗渠は直径一メートルほどのプラスチックの蛇腹になった。水など溜まってもいないが、虫の死骸か何かを踏みしめている音がする。

一〇メートルも進むと、巨大なポリ容器のような空間に出る。一・五メートル四方はあるだろうか。

底の方には乾燥した泥が溜まっていた。プラスチック製の蓋はネジになっていたので、内側から回転させる。

蓋が取れると、遠くで自動車が通過する音が聞こえた。恐らく県道54号の音だろう。だとすると、自分は予想とは反対側、旧道と県道54号の出会う辺りにいるらしい。

頭を働かして、考える。それはどうやら農場の隅にある車輛置き場の辺りだろう。車輛置き場に入ったことはないが、車輛がおけるのだから、道路へ出ることはできるはずだ。

船田はそうして地下からのぼる。そこは小さな物置のような空間で、古タイヤの類が乱雑に置かれていた。手入れも何もされている様子はない。

船田はゆっくりと物置から外に出る。車輛置き場はLED照明で照らされていた。頑丈なフェンスで囲まれていたが、車を盗むならともかく、船田一人がよじ登って逃げるのは難しくない。

しかし、ふと気になって、小屋を振り返る。小屋を支えるように鉄柱があり、その鉄柱には、監視カメラがついていた。

一瞬身構えた船田が、すぐに先ほどの川原からのメッセージを思い出す。自分は監視カメラに映らない人間だと。

が、そんな話を一瞬でも信じた自分が馬鹿だった。スマホに着信音。

「やっぱり、騙したじゃない！」

監視カメラははっきりと、船田の姿を捉え、アッキーのスマホに転送していた。

北見麗子をはじめとするＫＯＳ社の三人は無人タクシーで姫田市警察署に到着した。三人が来訪を受付で告げると、SCSのある警察署のサーバールームではなく、署長室へと案内された。警察の人間以外がSCSに直接触れるために、KOS社も政官の人脈を総動員していた。

それが功を奏して、こうして警察署に立ち入りを許されたのだが、同じ理由で署長室に案内されたのだろう。向井署長としても、今回の問題が中央でどう認識されているのかを知りたいと思うのは理解できた。

昨今では施設内の移動もスマホで誘導してくれるのが普通だが、最先端技術都市の姫田市であっても警察署内は署員が誘導した。愛想よく案内してくれるのは総務部広報課の女性警官だった。タレントでも通用するほどの容姿で、寿《ことぶき》摩耶《まや》という名前のはずだ。

初対面なのに北見が彼女の名前を知っているのは、姫田市やSCSのメディア紹介で、毎回彼女が登場するからだ。最先端技術のシステムを運用する二一世紀の警察組織だが、こうした分野の価値観は昭和のままだった。

三人を署長室に案内すると摩耶は署長に報告し、そして自分の持ち場に戻った。

「おかけください」

向井署長が北見らに椅子を勧めた。署長室は大型のデスクに、ローテーブルとソファというごく普通の応接セットだ。姫田市警察署に期待される任務の重大さからすれば、署長室の内装は至って質素である。

署長室にいたのは向井署長と山下《やました》副署長の二人だけだった。姫田市警察署の組織図では、この山下副所長がSCS関連の統括責任者となっていた。

北見は彼らとは初対面だが、事前の調査で、彼らの顔は知っている。形ばかりの名刺交換を行う。もっとも、ありふれたスマホでの名刺交換ではなく、セキュリティを理由に紙の名刺でのやり取りだ。しかも、テロ対策とかで、署長や副署長からの名刺はない。北見と古関だけが名刺を差し出す。向井署長は斉木からも名刺を受け取ろうとしたが、一佐が「自分は自衛官なので」と言うと、それで納得した。

「署長としてまず最初に確認したいのは、SCSは正常であるということです。機密管理を厳格化しすぎた我々にも落ち度はあったにせよ、どうも中央ではSCSに不調が起きているという誤解があるようです。

自衛官の方もいらしたというのは、そういうことだと当方は受け取っておりますが、この点で御社にも状況を正しく理解していただかねば、物が物だけに、部外者には無闇に手を触れられたくないというのが当方の立場です」

それはつまりSCSは正常であるとKOS社は認めろということだ。その上で何かトラブルが起きたとしたら、その責はKOS社の側にある。向井署長の遠回しな責任回避の文言に、副署長の山下は伏し目がちに三人に向き合う。

SCSの問題を秘匿し続けたことでは、山下副署長も同罪とは言え、さすがに彼もこんな言い訳が通用しない程度の良識はあるらしい。

しかし、北見は向井の言い訳など、どうでも良かった。この先、向井署長のキャリアがどうなるかは知らないが、ＳＣＳの問題を無事に解決すれば、上層部からのＫＯＳ社の評価はあがる。会社として重要なのはそこである。

それに向井署長の言い訳は、想定内のものであり、北見も想定問答は考えてあった。

「どうも署長をはじめ、関係機関の方々には誤解があるようですが、我々がこうしてお邪魔しているのは、関係諸機関との契約に基づいて行う規定のメンテナンスであり、ＳＣＳが不調かどうかという風説によるものではありません」

北見の返答に向井は安堵したが、山下は違った。彼は厳しい目を北見に向ける。

「いまスマホで契約書を確認したが、君らがここに来るのは、ＳＣＳに不調が認められた場合だけだ。そもそも最初に我々にＳＣＳの不調に関して、立ち入り調査を打診してきたのも君らの側からではなかったか？」

副署長はＫＯＳ社から人が送られてきた時点で、署長と運命を共にしないことを決断したらしい。自分はＳＣＳの不調を指摘し、署長に止められたという役割を演じようとしているのだろう。しかし、猿芝居で逃げるにはすでに手遅れだ。

「不調という言葉の表現は曖昧です。危機管理の原則から言えば、メンテナンスを行う側は、常にシステムは正常に見えても不調が隠れているかもしれないと考えます。それどころかいま現在正常であったとしても、将来的に不調が予測されるなら、相応の対応をしなければなりません」

「つまり、あなたたちはSCSに不調を認めたからいらしたわけではない？」

向井署長はそこを確認する。北見はすでにこんな儀式はさっさと終わらせたかった。ここで彼らが何をしようと霞が関や永田町では、彼らをどうするかはすでに結論は出ているだろう。

それよりも何よりも、ここで少なくない数の人間が現実に死亡していることに対して、向井も山下もまったく言及しない。北見はそのことに、彼らとの話し合いを無意味と結論したのだ。とは言え、それが儀式であっても、否、儀式だからこそ、手順は重要なのだ。

「SCSが正常だとしても、問題は残ります。どうしてSCSの稼働するこの姫田市で十数人の人間が殺されるような犯罪が可能であったのか？　犯人も、被害者もSCSは認識していない。少なくとも警察には報告されていない」

「まぁ、それは当方で確認できない問題ですが、確認できていたら犯人はすでに逮捕されているはずです」

「市役所が監視カメラを適切に配置していなかったという報告があがっている。犯人は監視カメラの死角を利用していたのではないかと我々は考えている」

向井署長の発言を山下副署長は冷たい目で見ていた。

「カメラの配置については当方でも確認済みです。なるほど設計通りには配置されておりませんが、それは本質ではありません。SCSのAIはその程度の問題は自動で補正します。弊社にはメンテナンスのためにSCSよりはるかに規模は小さいものの、試験用のシステムが備えられています。我々は今回のことに仮説をたて、実験を行い、ほぼ問題を突き止めました。

端的に言えば、SCSは愚直なまでに正常であったからこそ、今回の犯罪を見逃した。いや、より正確に言えば、この犯罪だけは見ようとしなかった」

「それはどういう意味なのですか」

自分に問題の責任はないらしいことに向井署長は一度は安堵したものの、自分に理解できない何事かが起きていることには怯えているように見えた。

「市役所のアプリは行政の効率化のために、市民のニーズもスマホからの情報で分析しています。ただしこれを行っているのはAIであって、人間ではありません。個人情報は法律に従って処理されているのは間違いありませんが、表には決して出ないAIというブラックボックスの中では別の処理が為されるわけです。

姫田市内で連続殺人事件が発見されなかったのも、またその情報が市内でも驚くほど拡散しないのもこれが理由です」

もともとは優秀な人物なのだろう、向井署長は北見の言わんとするところをすぐに理解した。

「それは姫田市の市民が連続殺人には関心がない、あるいはより積極的にそうした情報に接したくない、そう思っているから、ＡＩは犯罪情報を市民に提供しないというのですか？」

向井署長はそう言いつつも、やはり北見の話に半信半疑であった。

「ＡＩには倫理観が理解できません。物事の価値判断もできません。ただ人間の反応から、最適と思われるサービスを実行するだけです。本当にそれだけです。

たとえばいままでは誰もが当たり前にニュースサービスのキュレーション機能を利用してます。ある人はゴシップを中心に、ある人は政治問題を中心にと、ＡＩはその人に対して最適なサービスを提供する。自分たちの住んでいる町での犯罪情報は不快なので提供しないのも、本質的には同じことです」

それに対して山下副署長が疑問を述べた。彼は向井よりも物事に懐疑的なのだろう。

「いまの話は矛盾がないか？　ＡＩはどうして、人々が地元の凶悪犯罪を不快に思っているとわかるのだ？　ニュースの好みだけで、そこまで立ち入った判断が可能なのか？」

「これは主に開発サイドの問題なので、ＳＣＳの技術仕様書を熟読しないとわかりませんが、今日ではスマホと連動した腕時計やブレスレットによる健康管理を当たり前にしています。

この場合、死体写真や凶悪犯罪情報で多くの人は、心拍や発汗に影響が出る。誤解を恐れずに言えば、ＳＣＳのＡＩはそれらを嘘発見器として利用しているわけです。こうしたデータも含め、AIは判断を分析するのです」

山下副署長は不快な表情を浮かべかけ、自分のスマートウォッチに気がついたのか、それを右手で隠した。

「それでもおかしくないか、姫田市が先端技術都市だとしても、市民のなかで、そうしたデバイスで健康管理をしている人間は一部だろう。あれだってそこそこの経済力がなければ買えないだろう」

北見は、言葉を選びながら、さらに踏み込む。

「副署長の仰るとおり、そうしたデバイスを購入する層は、中間所得層以上の人々と高い相関があります。同時に姫田市ではそうした人々が、社会における様々な分野で意思決定をする立場にある。

逆に、姫田市では低所得者層は、市役所の行政活動について驚くほど関心がなく、さらに市民同士の紐帯も極めて薄い。一言でいえば、彼らは孤立している。

結果としてAIにとって、優先的にサービスを提供すべき人々は、中間所得層以上の世帯の市民となる。彼らの欲求がAIの行動に深い影響を与えます」

「まぁ、連続殺人情報がネットに流れない理由は君の言う通りだとしよう。しかし、SCSがそうした犯罪を見逃した理由は何なのだ？」

山下副署長は北見が口にしようとしている結論に怯えているのか、妙に攻撃的だった。

「影響力を持つ市民が目にしたくないものは、犯罪情報だけじゃありません。彼らは自分たちのコミュニティに属さないような、流れ者や底辺層の存在そのものを視界に入れたくない、もっとはっきり言えば存在が許せない。彼らは自分たちの生活に対する潜在的脅威と思われているからです」

「つまり……」

山下副署長の声はこころなしか震えている。

「つまり、ＳＣＳには行動パターンや表情のストレス具合から、要注意人物を判断する機能がある。だが、姫田市の中間層以上の人々にとって存在が許されないような相手に対して、ＳＣＳは認識することを止めるのです」

「市民の多くが姫田市にいてほしくない人間であるとＳＣＳが判断すれば、ＳＣＳはその人物に対する情報を警察を始め市民の前には出さない。なぜならその人物が存在しないことが市民のニーズであるから、か」

「我々の調べた範囲で、この事件の被害者も加害者グループと思われる人間も、どちらも似たような境遇でした。そしてＳＣＳはそうした人間を存在しないものとして扱ってきた。存在しない人間同士が殺し合っても、ＳＣＳはそれを犯罪として報告しないわけです」

「しかし、犯罪者でも更生する人間だっているだろう。そういう人間はどうなるのだ？」

山下副署長は怯えたように反論する。それには古関が説明した。

「じつはここへ来る前に姫田市の人口動態を精密に調べました。これは個人情報を含まないデータなので市役所が公開しています。ＳＣＳからのデータなので分単位で人口の増減がわかります。

交通機関による人間の移動さえもＳＣＳは把握していましたが、それでも突然、理由もなく人数が減る瞬間があるんです。北見が説明したようにＳＣＳは善良な市民の願望を学習し、不快と判断される人間は認知しない。

つまりこの突然の人口減少は、善良な市民とＳＣＳが認知していた人間が、何かのきっかけで不愉快な人間のカテゴリーに分類された時に起こるわけです。犯罪と言うより、偏見の蓄積の結果。

個人情報の問題があるので、我々には直接の検証はできませんが、データは影響力を持つ市民は農場労働者を蔑視していることを示しています。そうしたなかで破産したか破産寸前になった農家の当主などはＳＣＳから認知されなくなる可能性があります。

先ほどの更生の質問ですが、更生し善良な市民と認められれば、ＳＣＳにより、再認識されるはずです。ただ現実社会で前科のある人間が更生したと社会から認知されない限り、不可視化は続くでしょう」

「山畑農場傘下の契約農家にはいまの形になるまで、破産して身売りしたとか、破産寸前の農家も少なくなかったな。彼らの中にもＳＣＳに認知されない者もいるのか」

「断言はできませんが、可能性はあります。市役所のシステムはＳＣＳとは別ですから、ＳＣＳに守られないのに納税者としては認知されているでしょう」

古関のそれはジョークであったようだが、山下副署長も向井署長も、何も言わなかった。彼らには考える時間が必要だろう。だが北見たちにはそんな悠長な時間はない。

「このＡＩの認識問題を解決するパッチはすでに用意してあります。署長と副署長が、この文面に同意し、スマホ決済をしていただければ、すぐに作業は行われます。いかがいたしますか？」

北見は契約条項を表示したタブレットを示す。向井署長はすばやくそれをスクロールし、時折、山下副署長と何かを相談する。

そして互いのピースマを取り出し、個人認証を行った上で、それをタブレットに転送した。契約は成立し、すぐに古関がサーバールームに移動する。三〇分ほどで、古関からシステムを再起動した旨の報告が届いた。

それと同時に応接室のモニターに新たな表示が追加される。

「ＡＩが、いわば潜在意識に封印してきた知識が解放されました。これらは連続殺人の重要容疑者の居場所です。この赤で点滅しているのは、ＡＩがもっとも注意を喚起している人物です」

北見がそう言うと、向井署長が端末を操作する。モニターには監視カメラが捉えた凶器を持った船田の姿が捉えられていた。

一二章　二〇二四年八月七日

監視カメラに発見された。それは川原の「船田は監視カメラに映らない」という話が嘘八百だということだ。

船田は車輛置き場の隅にあった掃除用のレーキを手に取ると、力任せに監視カメラに叩きつけた。それは賭けだった。監視カメラを壊せば、まさか自分が暗渠に戻るとは思わないだろう。そう船田は考えた。

それに畑の上は隠れる場もなく、足下も悪い。自治会の連中は車輛置き場に三方から近づいている。暗渠しか逃げ場はない。

いきなり飛び込んだので、船田は完全に迷った。もともと内部に詳しいわけではない。そうして主観で一〇〇メートルも進んだ辺りで、照明が消えた。暗渠に船田が隠れたことを川原たちは知ったのだ。

船田は考える。それこそ一生分の頭を働かせて。自分は車輛置き場から真っ直ぐに暗渠に飛び込んだ。暗渠の向きは旧道に向かっていた。だからこのまま直進すれば、旧道に出るはずだ。

そして車輛置き場と旧道までの距離を考えたら、あと一〇〇メートル以上は移動する必要がある。

スマホの画面で明かりをとるという誘惑はなんとか抑える。敵は船田がそうやって居場所を明らかにするのを待っている。

狭い暗渠の中で、船田は不自然な姿勢だが弓に矢を番《つが》え、弦を引き絞ったまま中腰で前進する。

出会い頭で追っ手に遭遇したら、速攻で倒すためだ。お世辞にも弓矢に長《た》けているとは言えないが、これで人を倒した経験はあるのだ。そして至近距離でなら外すことはない。

そうして闇の中を進む。自分の呼吸音が、静かにしろと怒鳴りたくなるほど響く。他の物音は聞こえない。

目は慣れたと思うが、まったく照明がないので、何とも言えない。そして船田はT字路に出る。

右に行くか左に行くか。左を選ぶ。記憶が確かなら、右方向に住宅街がある。自治会の連中が待ち伏せるとしたら右の出口。だからより遠くの左に向かう。

「!?」

数十メートル進んだとき、少し前でかすかな灯りが見えた。そこに十字路があり、誰かが待っているのだろう。かすかに人の動く気配がする。

おそらくスマホで指示でもあったのか。船田は弓を構えて、ゆっくりと前進し、十字路に躍り出ると、先ほどの灯りの方に矢を放った。

狭い暗渠だ、中心を狙えば当たるはず。

「うあっ！　痛い！」

大声で叫ぶのはコウジだった。船田は叫び声に向かって二本目の矢を放つ。突然、コウジの声が変わる。コウジもいつものクマの面をしているのだろう。こもったような声は、ホースから水が漏れるような音となり、そして濃厚な血の臭い。

どんな状況かわからないが。ともかくコウジは仕留めた。が、コウジは瀕死の状態でスマホを操作する。

暗渠の中が急にスマホの画面で明るくなると、声がする。「コウジ、どうしたの、ちょっと、コウジ！」それはアッキーの声だった。

船田は、急いでその場を離れる。コウジがやられたことで、アッキーは船田の居場所を知った。ぐずぐずはしていられない。

暗渠を進むとコンクリートの床になった。出口だ。船田は急いで外に出る。遠くに自動車の音がする。

彼は弓矢をつかんで、急いで旧道へと走る。遠くに自動車のライト。そこで船田は足に激痛を感じた。そして薄暗い街灯の中で、それを見た。ホッケーマスクをし、弓矢を構えたアッキーの姿を。

「私から逃げるなんて、許さない！」

その時、西島と三矢は寺森町から若沼町方面にかけての聞き込みを終え、帰路についている最中だった。

聞き込みは船田信和の似顔絵を使ってだ。市内のコンビニや団地を回るのだが、反応は薄い。

船田に対してというより、全般的にみんな他人への関心が低い。それに予想されていたことだが、船田自身もあまり周囲と人間関係を広げるようなタイプではなく、収穫は無いに等しい。

「似顔絵の作戦でも思ったんですが、あの内藤主任しか、船田の顔を覚えている人間がいないなんてことがあるんでしょうかね？　しかもそれすらも実物とはかなり違っていた」

三矢は、未だに船田についての情報の少なさを受け入れられないようだった。ＳＣＳがありながら、どうしてこんなことになる？

「いないことはないだろう。ただそれは内藤主任の住む世界とは違っていただけだ。どこでどんな生活をしていたにせよ、船田はこの一ヶ月をこの姫田市内で過ごしていたんだ。

つまり奴には生活基盤があった。どこかに何か、人間と人間の接点が絶対にあったはずだ。それをSCSも我々も、まだ見つけられないだけだ」

「見つけられないだけ……それじゃ、何のためのSCSなんだか……」

その時、ナビも兼用しているパトカーのモニターが一瞬、ブラックアウトする。

「なんだ？」

「やっぱりSCSには問題があるんじゃないですか、西島さん」

「いや、ちょっと待て。なんだ『再起動中』ってのは？」

再起動中の画面は一分ほどで終了し、いつものSCSの初期画面に戻る。だから三矢が設定したナビの画面は消えている。

三矢が再びナビゲーションモードに設定しようとした時、SCSがデータを表示しはじめる。

「船田信和だと……」

「西島さん、今朝の検索結果ですよ」

「SCSが再起動して故障が直ったってことか？」

「自分にはわかりませんけど、ともかく船田のデータです」

船田信和のデータは西島らが足で稼いだデータと比較しても、それほど多くはなかった。

クリーンセンターの把握している情報と大差ない。SCSも市役所のデータを活用しているなら当然か。

「西島さん、船田の居場所をSCSが指示してます!」

「近いな」

「ここ、中山が消息を断った辺りじゃありませんか?」

「大葉さんが回った例の川原農場にも近いな。そこの車輛置き場に一〇分前までいたんだ」

西島は車の速度をあげさせる。ただサイレンを鳴らすのは止めた。この不可解な事件の数少ない、生きている関係者だ。身柄を確保するまで警戒させたくない。

ただ応援は呼んだ。五分もすれば、この旧道に警察車輛が列を作るだろう。

「西島さんあれ!」

道路にいきなり飛び出してきた男がいる。矢のようなものが刺さり、足を引きずっている。そして手には弓矢を握っている。ヘッドライトに浮かぶその顔は、間違いなく船田信和だ。

西島と三矢は車を止めると、銃を構えて誰何《すいか》する。

「船田信和か? 武器をゆっくり降ろしなさい!」

船田は、助けてと言いながら西島らの方に走ろうとする。その船田の肩に矢が刺さった。船田の後ろには弓に矢を番えた、ホッケーのマスクをした人間がいる。西島は銃を構え、一喝する。

「武器を捨てなさい！　これ以上、人を殺してどうする！」

だがホッケーマスクの人物は、弓を引き絞る。

「なんでミノルも船っちも、みんなあたしから逃げようとするのよ！　そんなの許さないから！」

「止めろ！」

ホッケーマスクの人物は女だった。彼女は矢を放ち、それは、背中から船田の心臓を貫く。その一瞬前に三矢と西島は女に銃弾を放った。

すべて咄嗟《とっさ》のことだった。船田信和は即死し、女も拳銃弾を二発受けて倒れる。すぐに救急車で病院に運ばれるも、彼女は意識を取り戻すことなく、死亡した。


姫田市警察署の捜査本部の六人がけの丸テーブルは、珍しくすべてが埋まっていた。捜査員総動員で、川原農場へ現場検証に赴いているのだ。あそこでは船田信和を含め、男三人、女一人がこの一晩で死んでいる。

「徹夜かい？」

大葉が報告書を作成している西島の前に紙コップの珈琲を置く。西島は右手で拝むような仕草をして、大葉からの厚意を受け取った。

「報告書を書いたら、二日有給だよ。でも、書いても書いても新事実がＳＮＳに上がるんだ。

う。

「徹夜で終わればいいな」
報告書はなかなかまとまらない。どうしても思考が、あの女と、船田のことに向いてしまう。

西島の目の前で二人の人間が死に、その内の一人は自分が射殺した。三矢の弾も当たったことも大きいとは言え、射殺は射殺だ。自分が拳銃を使った事実は変わらない。

形式的な事情聴取は後日になるだろうが、本部長からは、重要容疑者二名が殺傷能力のある武器を所持し、それを人に向けていたことから、拳銃の使用は正当化されると言われていた。

だから拳銃の使用は問題にはならないだろう。しかし、そんなことではないのだ。西島は警察官になって二〇年近い。その警官人生の中で、人に向かって拳銃を向けたことなど、今回が初めてだった。まして射殺など。

拳銃のことはいい。西島にとって深刻なのは、目の前の人を救えず、人の命を奪ったことだ。二人救えたはずなのだ。だが現実は二人が死んだ。

それに衝撃を受けたのは三矢も同じだが、彼とは本部長の指示で署に戻ってから別れた。帰宅したのかもしれず、カウンセリングを受けているのかも知れない。

ともかく自分は目が画面の上を滑るのを承知で報告書を書いている。

「大葉さんも、報告書かい？　そっちの調子はどう？」

「きついよ」

西島は、大葉が自分の前でそんな弱音を吐いたことに驚いた。自分の弱さは他人に見せない、それが大葉という男だ。

ただ人を射殺した自分を前に、きついと言える大葉に、西島は少し苛立つ。

「知ってるかも知れないが、船田を最初に取り調べたのは俺だ。

しかも、彼が死ぬ二時間前に、現場に行ってるんだ」

「そうか」西島はキーボードの手を止める。二人の人間を救えたかもしれない、それを自問している人間が、ここにもいた。

「あの女、船田の恋人だった」

あの女とは、三矢と西島が射殺した、あの弓矢で船田を射殺した女のことだ。だがいまはあの女で二人には通じる。

「船田のヤサに行ったとき、相手をしたのがあの女だ。奥のテーブルに料理が二人分ならんでたよ。

あの近くに船田はいたんだな。もう少し、押せば良かったのさ、あの時。奴の顔を知ってるのは、俺だけだったからな」

「あの女何者なんだ？」西島は慰めるより、話題の方向をずらした。

「所持品のスマホによると、川原朱美だ。あの農場のオーナーさ。周囲の人間からはアッキーと呼ばれていた」

「朱美だからアッキーか？」

「たぶんな。しかし、正直よくわからん。川原朱美が店長をしていたというコンビニで訊くと、あの女は常連客だって証言もある。

家宅捜索したら、アッキーと船田のヤサからスマホが幾つも出てきてな、中に堺稔のスマホもあった。

西島さん、前に言ってたろ。県住の堺の部屋に行ったら、部屋で鳴ってるスマホつかんで逃げた奴がいるって」

「それがアッキーか……」

「あの部屋で堺を殺して、スマホを忘れて、回収しに行ったところで、西島さんらと鉢合わせってことなんだろうな。

生体認証をどうやって解除したか知らないが、あの女、幾つものスマホで身分を偽っていた可能性もあるらしい。

それだけじゃない、あの川原農場の住宅地で四〇人ほどの人間が生活していた。子供は一〇人。全員が戸籍を持っていない」

「戸籍がない？　この日本で？」

「ＳＣＳを誇る、この先端技術都市姫田市での話だ。俺もはじめて知ったが、日本には戸籍がない人間が千人以上いるらしい。当たり前だが正確な人数は不明だ。

そして、あの農場はカルト集団みたいものなんだな。閉じた人間集団だ。だから子供が生まれても市役所に届ける奴がいない。届けが出てなければ戸籍は作られない。だから無戸籍さ、単純な話よ。

しかもな」

「まだ、あるのか？」

「事情聴取した住人の何人かが、もうすでに戸籍がない。戸籍がなくて学校にも行けず、まともな職にも就けず、そうしてこの町のカルト集団に落ち着いたらしい。

市役所は大騒ぎさ。市長自ら非常呼集をかけたそうだ」

「ＳＣＳがあるのに、無戸籍住人が生活できるのか？　それとも、あれか、ＳＣＳの不調が原因で無戸籍住人が見つからなかった」

「俺にもわからんが、現実に連中には戸籍がない。

科捜研で、沼田さんにあってその辺を訊いてみたが、話は逆かもしれないって」

「逆って？」

「ＳＣＳを開発した人間は、この日本国に無戸籍の人間が存在するとは考えてもいない。すべての国民に戸籍があるという前提でシステムを組んだ。

ところが、現実には戸籍の無い人間がわずかながらだが日本にもいて、それが姫田市に流れてきた。戸籍のない人間をどう扱うか、SCSには判断できない。

それでも人工知能だから、何か問題回避の方法を見つけた。しかし、それがシステムには重荷になった」

「で、機能不全か？」

「沼田説ではな。なんか夕方から、KOS社の偉い人が来てSCSを修理したらしい。上の人もやっと現実を直視したってことだろう」

「なるほど」

KOS社の人間がSCSを修理したとは初耳だった。だがSCSが再起動画面を表示してから正常に戻った理由はこれでわかった。

「あるいは、アッキーと名乗る女には戸籍はあるのかも知れない。だけどな、本名も年齢も不明じゃ、手の施しようがない。

スマホにしても、どれが本当の彼女のスマホかもわからん。そもそも押収品にそれが含まれているかもわからんのじゃないか」

「科捜研に行ったならDNAで何とかならないの？」

「もちろん科捜研で警察庁のDNAデータベースに当たっているが、それでわかるのはそのDNAの持ち主に犯罪歴があるかどうかだ。

警察のどのデータベースも、戸籍の存在を前提に被害者・加害者を割り出してる。その前提が崩れてる相手には、データベースも無力ってことさ」

「信じられんな」

「あぁ、俺も沼田さんに聞くまで知らなかったよ。

厄介な話はまだある。川原農場の銀行口座から、五〇〇〇万ほど現金化されている。トラの面をしたまま殺された奴がいただろ。

ケイイチと呼ばれていたそうだが、こいつの身元もいまのところわかっちゃいない。そのケイイチが降ろしに来たらしい。それはSCSにも記録が残っているし、銀行員も覚えていた。川原農場から銀行に来るのは、何時もそいつだったそうだ。

で、その現金五〇〇〇万がない」

「農場にも？」

「家宅捜索は明日本格的に行われるが、いまのところ現金は見当たらない。

ただアッキーとかいう女の所持品の中に、下ろした現金の一部、二〇〇万があった。アッキーが農場の持ち主である川原朱美ならおかしくはない。しかし、残り四八〇〇万はどうなった？」

「それでアッキーと川原朱美が別人なら、本物の川原農場のオーナーの川原朱美はどうなったんだ？　彼女が残り四八〇〇万を持っているのか？」

「それなんだよなぁ。SCSは完全に正常に戻ったんだよな」

「そう言ったのは、大葉さんだろ？」

「そうなんだけどな、ＳＣＳはアッキーが川原朱美だと言ってるんだ。ＳＣＳの個人認証はスマホだからな。生体認証機能付きのスマホで、アッキーが使っていたスマホが川原朱美であると認証してるなら、アッキーは川原朱美さ。だけど、アッキーと川原朱美は別人という証言も多い。ただ別人だとすると、アッキーという人物が何者かという問題と、本物の川原朱美はどこかという問題が生じる。

こうした状況の中で、ＳＣＳは川原朱美はアッキーと言っている。せいぜい言えるのは、川原朱美は殺されていて、アッキーが川原朱美に成りすましたってな話だ。

もしもアッキーには戸籍がなかったなら、ＳＣＳのデータベースでも矛盾が起きない。片方に戸籍がないなら、戸籍データの重複は起きないだろ」

「でも、アッキーと川原朱美は別々に生活していたんだろ？」

「そこだよな。西島さん、アッキーが川原朱美に成りすましていたかもしれない状況でさ、本物の川原朱美が生きていたのか、死んでいるのか、どうやって確認するんだ？

確実な川原朱美の指紋もＤＮＡも無いんだぜ。彼女も身元を確認する物証が極端に少ないんだよ」

「唯一頼れるのは、ＳＣＳだけか」

「SCSは現在、完璧に作動している。アッキーと川原朱美が同一人物ではないと証言しているのは、戸籍もないような人間ばかりだ。

　さて、ここで問題です。警察としては、どっちの証言を採用すべきですか？

　アッキーが川原朱美を殺害して、スマホを奪い、彼女の戸籍も手にいれて、死体はバラバラにしてクリーンセンター焼却、そうして姫田市で川原朱美として一連の犯罪を実行した。みんなが喜ぶのはこのシナリオじゃないか？

　だとすると、報告書もこの線だよな」

「相棒は、どうしてる？」

「八木君は、利口な男だからね。アッキー＝川原朱美で報告書をまとめたよ。俺のチェックで止まってる。俺のOKでSNSに上がるよ。あぁ、珈琲飲んだら、OK出すわ」

「きついな」

「西島さんほどでもないさ」

西島は立ち上がると、部屋の隅の珈琲サーバーから、紙コップの珈琲を大葉に渡した。

「無駄な抵抗かもしれんが」

「実らない抵抗はあるが、無駄な抵抗は無いいさ」

「そうだな」

「でもまぁ、きついわ、ほんと」

北見麗子たちが姫田駅から上りの特別快速に乗ったのは、ラッシュ時も終わった頃だった。

SCSのトラブルを修復し、システムを再起動し、再起動後にトラブルが解消されたことで、警察署長より、姫田市で最高級のホテルを案内された。

どうやらSCSの機能回復後、連続バラバラ殺人事件の犯人グループが一網打尽になったらしい。

向井署長としては、これ以上無いくらい満足の行く結果であったのだろう。

なるほどホテルは最高級だったが、チェックインが午前四時では、仮眠と朝食を摂ればもうチェックアウトだ。

三人とも暇な身ではない。これから本社に戻って、今回の件を検討する段取りも必要だ。だから古関などは、タクシーの移動中もスマホでスタッフへの連絡や山畑農場へのお礼の手配などに忙殺されていた。

そうして三人は、予約した客車に乗る。これから東京までの長旅を、自由席の立ちっぱなしは願い下げだ。

とりあえず金はある。そして日本では日常の大抵の問題は、金を出せば解決する。

「姫田市から東京まで三時間ってところね」

列車の手配は北見がした。旅費はKOS社の経費だから、出向中の陸佐には頼めない。

「ええと、駅弁予約して駅で受け取るけど、欲しい人いる？」

「古関さんの弁当って、肉とか入ってないんですよね？」

「このお店は自然食の店だから、ヴィーガン以外のメニューもあるわよ。生姜焼きか何かにする、陸佐？」

「ハンバーグ弁当とかないですか？」

「豆腐ハンバーグ弁当があるわ」

「生姜焼きでいいです」

「北見は？」

「本社の社食で済ませるわ。食べるより少し寝たい」

「了解、ハードだったもんね、昨夜」

北見は席をリクライニングさせて、目を閉じるが、疲労感の割りに目が冴える。

向井署長はSCSが連続バラバラ殺人事件を一気に解決したと喜んでいた。

しかし、開発者の一員としては、心情は複雑だ。SCSが姫田市の人間を、あそこまで愚直に分類し、住む場所を固定化しようとしなければ、あのような犯罪は起こらなかったのではないか。

SCSが殺人を犯したわけではない。しかし、犯罪が起こる環境を少しずつ作り上げてきたのも事実だ。それが姫田市の住民たちの願望の具体化が引き起こしたのだとしても。

もう一つ、気になること。SCSと類似のシステムは海外でも導入されている。あるいは姫田市で起きたようなことが、見つからないだけで、密かに進んでいるのか？

そして姫田市でのSCSの成功は、日本全体に何をもたらすのか……。

「あら、どこかでお会いしませんでした？」

北見は古関の声で目を開ける。予約車輌は半分ほど埋まっていたが、そこに小型のスーツケースを持った若い女性が入ってきた。

目つきのきつい その女性は、自分を呼び止めた古関に不審そうな顔を向ける。

「どなた様でしょう？」

「山畑農場のスタッフカーを運転していた方ですよね？　農業組合の川原さんでしたっけ？」

「お人違いでは？」

女はポケットからスマホを取り出す。女の真新しい印象の着衣とは裏腹に、スマホは二年以上前のモデルだった。

しかし、それはちゃんと機能しているようで、彼女が川原ではなく、榊原亜樹であることを、古関のスマホに通知させた。

「あっ、すいません。完全な人違いですね。でも、そっくりだったのよ」

「他人のそら似なんか、よくあることですわ。お気になさらずに」

そうして列車は動き出す。ＳＣＳは数時間前に突如市内に現れた榊原亜樹をスマホを介して追跡していたが、彼女が姫田市の外に移動したことで、追跡を止めた。

そして姫田市警察署からの照会もなかったため、彼女に関する全てのデータを一週間後に消去した。

この作品はフィクションであり、作品に登場する事件、人物、
団体名等は、実在するものと一切関係ありません。

地図作成　デザイン・プレイス・デマンド

光文社文庫

文庫書下ろし

不《ふ》可《か》視《し》の網《あみ》

著 者 林《はやし》 譲《じょう》治《じ》

2022年4月20日 初版1刷発行

発行者 鈴 木 広 和
印 刷 豊 国 印 刷
製 本 榎 本 製 本

発行所 株式会社 光 文 社
〒112-8011 東京都文京区音羽1-16-6
電話 (03)5395-8149 編 集 部
8116 書籍販売部
8125 業 務 部

ISBN978-4-334-79343-2 Printed in Japan

組版 萩原印刷